篤齋藏晚清鑒藏家翰札

白謙慎署

李雋 編

西泠印社出版社

序

清道光十六年（一八三六）的七夕節，吴榮光、徐松、程恩澤、温啓封等幾位在京師的好友，相約至蔡世松家中雅集，他們携帶各自的藏品，賞奇析疑，品評優劣。詩酒唱和，流連久之。吴榮光作詩紀其事，程恩澤亦以長詩答之：

七月七日宜曝書，東鄰竿曳貂襜褕。西鄰遂啓長康厨，褾綾碧鸞錦摴蒱。蔡經家有狡獪珠，犨珍斗之温與徐。長髯秀目延陵吴，似米不顛倪不迂。藏弆精贍東南無，亦携蹬玉籤珊瑚。免中徐公今漢儒，手繪泑澤昆侖墟（星伯前輩經術湛深，尤精西域地理）。袖易瓠本稱宋初（是日携宋槧單疏本《周易》），飛卿嫻雅清而臞。欲觀北苑當從吾（雲心同年藏有北苑真迹，須款門看之），蔡侯一一自卷舒。每發高論先大呼（友石同年收藏富，鑒别佳，尤喜談論），九經三史誰則儲（鑒藏家以張、吴、顧、陸爲九經三史）。有唐宋元來於於，書訣喜見龍蛇攄。畫禪静對烟雲鋪，或徵古制瞿與觚。知人論世訂史誣，晴虹出笈光照廬。興酣談鋒敵兩都，評書讀畫豈俗夫。昔有妮古歐陽蘇，考其政事皆偉如……滿堂欣然酌市沽，卧游何處非五湖。穿針樓下走白魚，今我得見《秋山圖》（陶秀實因秘閣曝書，得見《秋山圖》，引黄筌評之）。公詩天籟吹菰蒲，我詩自笑詅痴符。

這首名爲《丙申七月七日，携酒食就友石同年宅，奉邀吴荷屋、徐星伯兩前輩，温雲心同年各携書畫會看，荷屋有詩，因答其意》（《程侍郎集》卷十）的長詩詳盡地記録了這次以收藏鑒賞爲内容的雅集盛况，還原了彼時以官僚文士爲主體構築的鑒藏生態。

時值清王朝國勢由鼎盛至漸衰之際，官府收藏較之以前相對削弱，而私家收藏却漸趨興盛，伴隨着考據學的繁榮與金石學的復興，官僚文士大肆搜求古器碑版、金石書畫。各類鑒藏活動日益頻繁，形成了崇古、玩古、鑒古、藏古的社會風尚。吴榮光、崇恩、顧文彬、孫毓汶等一衆鑒藏家應運而生，圍繞着他們形成了以官宦和士子爲主體的交游圈，他們以文會和雅集爲交游方式，品評優劣，論辯真贋，題咏作跋，考訂著述，極一時之風雅。

在他們的交游圈裏，收藏信息交流互通，藏品互薦、互换、互購，構成一种系统而獨特的書畫流通模式。道光十六年（一八三六）七夕雅集之東道主蔡世松，亦富收藏。元人趙孟頫《杭州福神觀記》（現藏故宫博物院）就曾爲蔡氏文房中物。此卷之歸蔡世松，正是經吴榮光鑒定與推薦，吴氏於該卷拖尾專作長跋以記之。據吴榮光所述，蔡氏得《杭州福神觀記》的時間恰是道光十六年初秋，想來很可能是巧月，與七夕雅集相距不遠。而顧文彬《過雲樓書畫記》冠首之《釋智永真草千文卷》，曾爲温啓封舊藏之物，吴榮光、蔡世松等或於雅集中早已見之，而最終歸於顧氏過雲樓。

有史可證的書畫鑒藏活動，可上溯自漢晋，由兩宋而至明清，日趨熾盛。而『鑒藏家』之名則甚後方始。元人盛熙明有《圖畫考》七卷，卷七專論『鑒藏』，分爲辨繆、品價、印記、裝背、藏玩五門，却無一語提及『鑒藏家』。晚至明末清初，鍾惺在《跋黄大痴畫》一文中，將受畫人悦道稱爲鑒藏家，然并不知悦道爲誰人。直至康乾以後，鑒藏家逐漸成爲富收藏兼善鑒别者之專有美稱。至乾嘉年間，學者洪亮吉在《北江詩話》中將藏書家分爲五等，分别爲考訂家、校讎家、收藏家、賞鑒家、掠販家，爲人津津樂道，却未見對鑒藏家有所界定。

其實，凡涉及收藏活動，均離不開鑒定，但并非所有稱爲收藏家者都善於鑒定。顧文彬就曾對其子顧承説，湫石書莊主人程楨義『以耳爲目』。這一評價，直接將大收藏家程楨義排除在鑒藏家之外，足見藏家之間，對於善鑒之重視。有清一代數百年間，好言收藏者數以萬計，可稱收藏家者數以千計，堪稱鑒藏家者恐僅以百計。如若把蔡世松、温啓封等稱之爲收藏家，則吴榮光、顧文彬可稱鑒藏家，蓋其於極富收藏之外，兼善鑒别。吴氏所著《辛丑銷夏記》，前承清初孫退谷之《庚子消夏記》，後啓清末端匋齋之《壬寅消夏録》，爲有清一代書畫鑒賞之經典。顧氏所著《過雲樓書畫記》因其考辨精審、見解高邁而成清末鑒藏著録之扛鼎。二者相較，高下立見。

壬寅之夏，篤齋宗老告有《晚清鑒藏家書札》之輯，將於西泠梓行，繼《篤齋藏清代百家書札》《篤齋藏晚晴名臣翰札》《楓下清芬——篤齋藏兩罍軒往來尺牘》《篤齋藏翁松禪尺牘》《篤齋藏俞樾手迹三種》《篤齋藏吴大澂手迹四種》《篤齋藏晚清金石家翰札》之後，爲篤齋藏札八種之殿。唯沮於時疫，未克速成。頃以其稿見示，裒輯吴榮光、崇恩、潘遵祁、顧文彬、李鴻裔、孫毓汶、邵松年、李葆恂八家書札爲一編。此八家皆以鑒藏名世，然與時浮沈，容有顯晦。以各家籍貫、居所觀之，大抵集中在吴門、京師、嶺南、山左，此四地爲晚清藏品流散之要域，尤其京師、吴門爲歷代藏家聚集之地，嶺南至近代因商業發達，漸趨繁榮，大有後來居上之勢。

以人物論，吴榮光、顧文彬身後之名日熾，故爲今人所熟稔。細加推求，其餘六家亦不遜于吴、顧。如崇恩爲宗室之翹楚，香南精舍藏金石之富，由《金石契》可窺一斑。潘遵祁係姑蘇『貴潘』三松堂後人，身歷四朝，得享高年，晚歲名重吴下。潘氏族香雪草堂所蓄精品，與蘇鄰李鴻裔所藏佳构，轉歸顧氏，皆爲過雲樓書畫之白眉。邵松年岳父楊慶麟，係吴江楊澥（龍石）之子，官至廣東布政使，邵氏《澄蘭室古緣萃録》所記，頗多爲楊氏遺物。

以書札内容論，或公事家書、詩詞唱和，或書畫品評、碑帖考訂，不一而足。如孫毓汶係出山左高門，久官京師，書學魯公，稿中所録致李芝陔札，皆與書畫相關，其鑒藏事迹鮮爲人知，至其孫輩孫照捐贈國家，煊赫名迹，在在有之，方爲世人所見，詫前所未聞。李葆恂深諳金石之學，久客端方幕府，匋齋所蓄刻石碑版，多經寓目，今稿中各札，故多本色當行之語。崇恩家書雖無關鑒藏而多日常瑣碎，却可見其爲人處世、待客接物之親和通達。

説來也巧，自端方《壬寅消夏録》編定百廿載之後，又逢壬寅，篤齋藏札叢刊恰亦殺青，伏案賞鑒，得消夏之樂，與匋齋遥想呼應，此其一巧。崇恩家書册後有光緒二十三年丁酉（一八九七）徐用儀、袁昶、姚丙然三家跋，皆爲篤齋（陸學源）所作。余之序《鑒藏家書札》，亦爲篤齋作，二者相去且兩甲子，此其二巧。前後三壬寅，古今兩篤齋，此稿之行世，冥冥中似有定數在焉！

壬寅巧月，聲聞居士李軍識于吴門芭蕉檻外

目録

吴榮光（一七七三—一八四三）

原名燎光，字殿垣，一字伯榮，號荷屋、可庵，别署拜經老人、白雲山人，廣東南海縣佛山鎮（今屬佛山市）人。嘉慶四年（一七九九）進士，授編修。官至湖南巡撫兼署湖廣總督，居京師二十餘年，曾以翁方綱、阮元爲師，工于詩文辭章，酷嗜金石考證之學，精于鑒賞，所聚書畫古籍吉金樂石多爲宋元巨迹，海内絶品，名極一時，允稱乾嘉以後名宦收藏家之標杆。吴氏著有《歷代名人年譜》《吴荷屋自訂年譜》《筠清館金文》《筠清館鐘鼎款識》《吾學録》《帖鏡》《盛京隨扈日记》《筠清館金石録》《金石款識類》《緑伽南館詩稿》《辛丑銷夏記》《石雲山人詩稿》《石雲山人文集》等。身爲嶺南名宿，其著述對嶺南鑒藏文化的興起與發展影響尤爲深刻。吴榮光兼擅書畫，其書法尤爲世所重，康有爲推爲『吾粤之冠』。

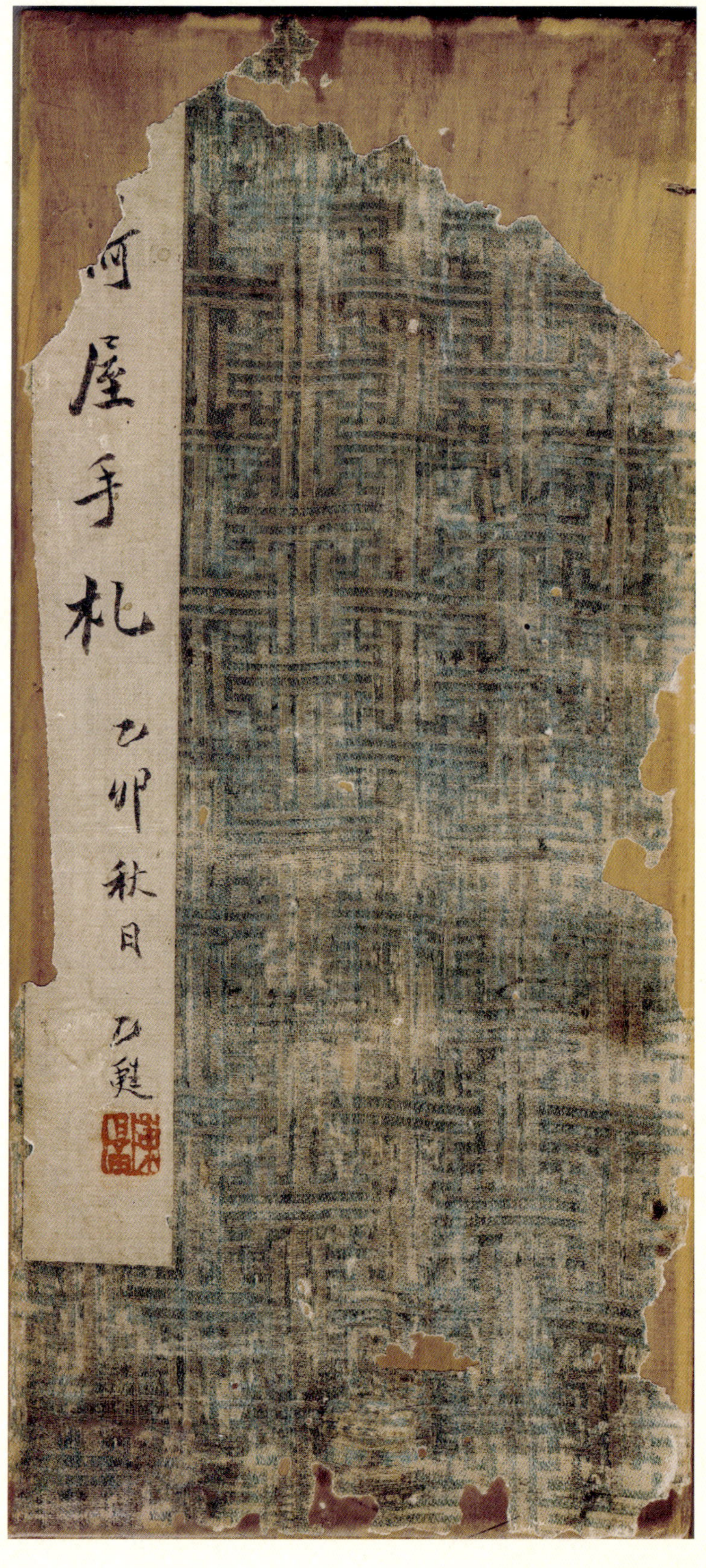
何屋手札
乙卯秋日

荷屋手札。乙卯秋日。乙甦。

鈐印：陳厚田（朱）

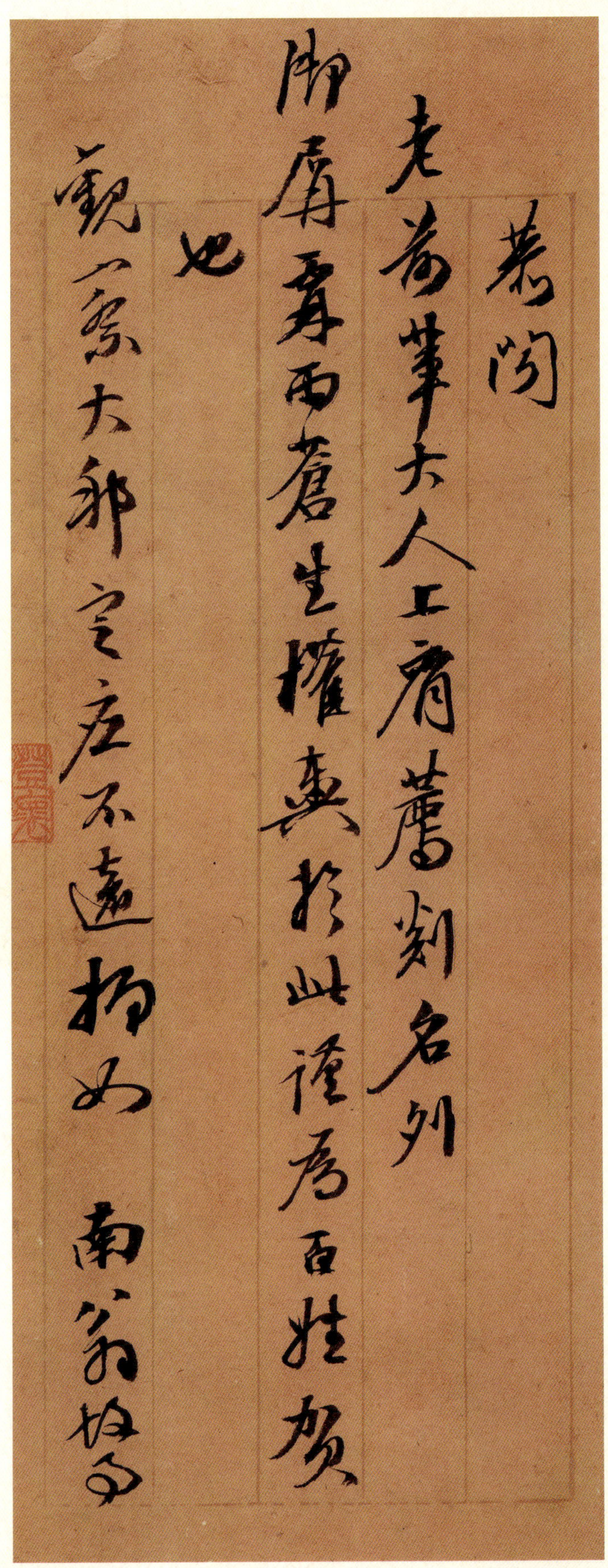

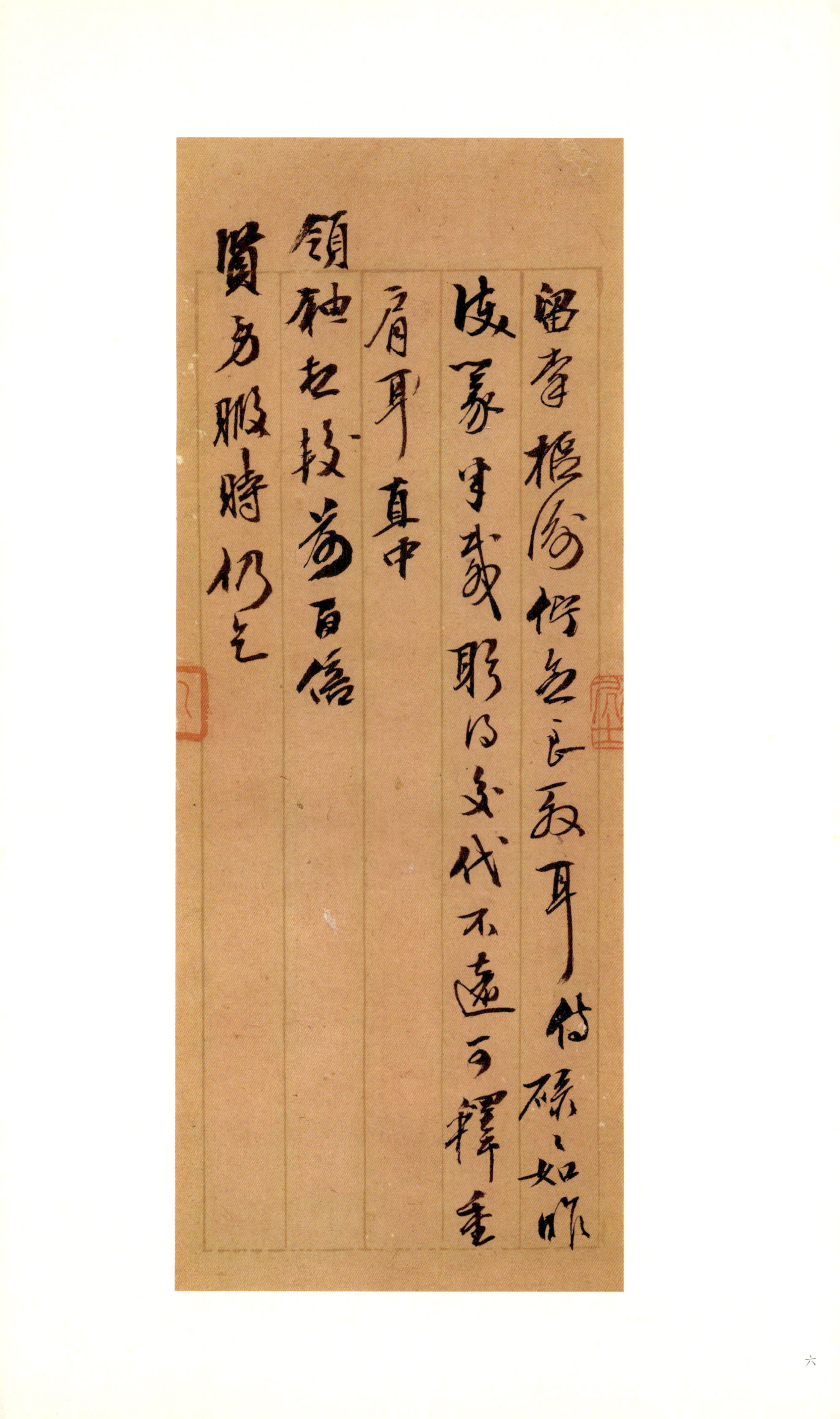

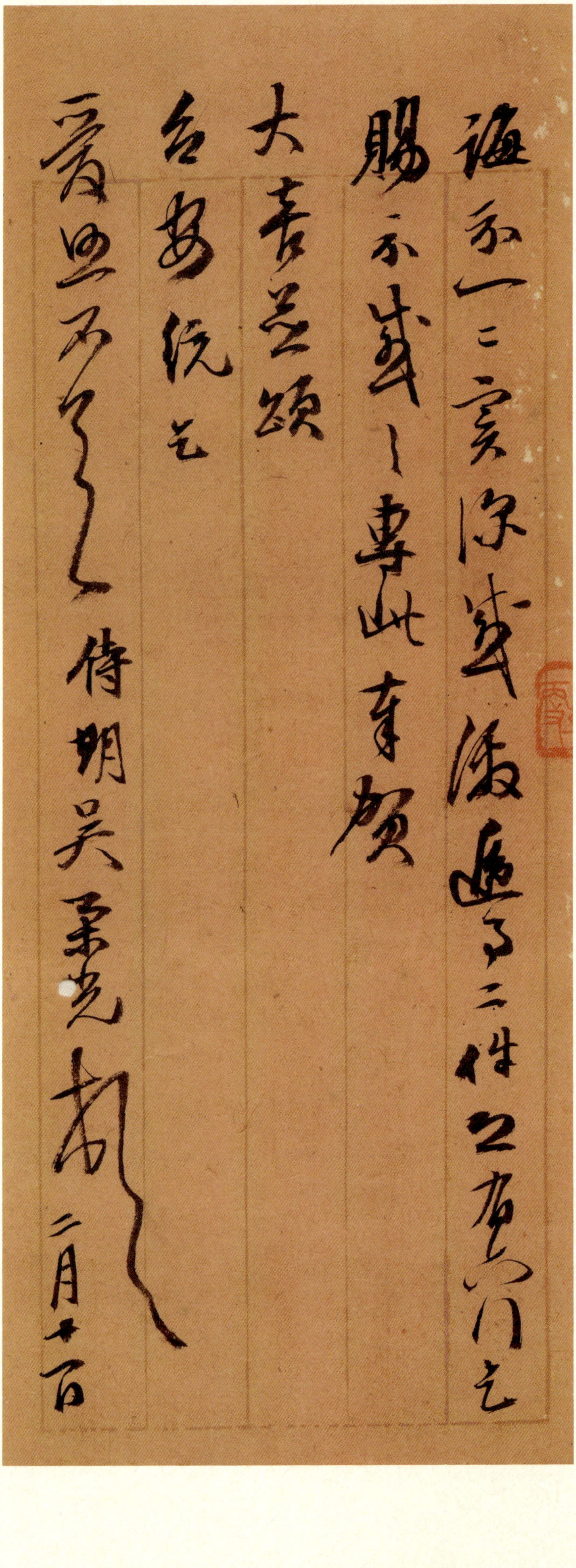

論亦一一實除箋後返了二件已交門之

賜示箴、專此奉覆

大吉並頌

台安統乞

賓照不一　侍明吳寬頓首　二月十日

恭聞老前輩大人上膺薦剡，名列御屏。霖雨蒼生，權輿於此，謹爲百姓賀也。觀察大邦，定應不遠，抑如南翁故事，留掌樞衡，伫念良殷耳。

侍碌碌如昨，護篆半載，躬得交代，不遠可釋重肩耳。直中領袖，想較前百倍賢勞，暇時仍乞誨示一二，實深感激。遞事二件，恐有六行，乞賜示，感感。

專此，奉賀大喜，并頌台安。統乞愛照，不具。

侍期吴榮光頓首，二月十一日

日前一函奉状并道

典籤伏奉

来书知

老前辈大人又托一物所道以颂以属

所示详而且挚或且不朽　郑奎观行也

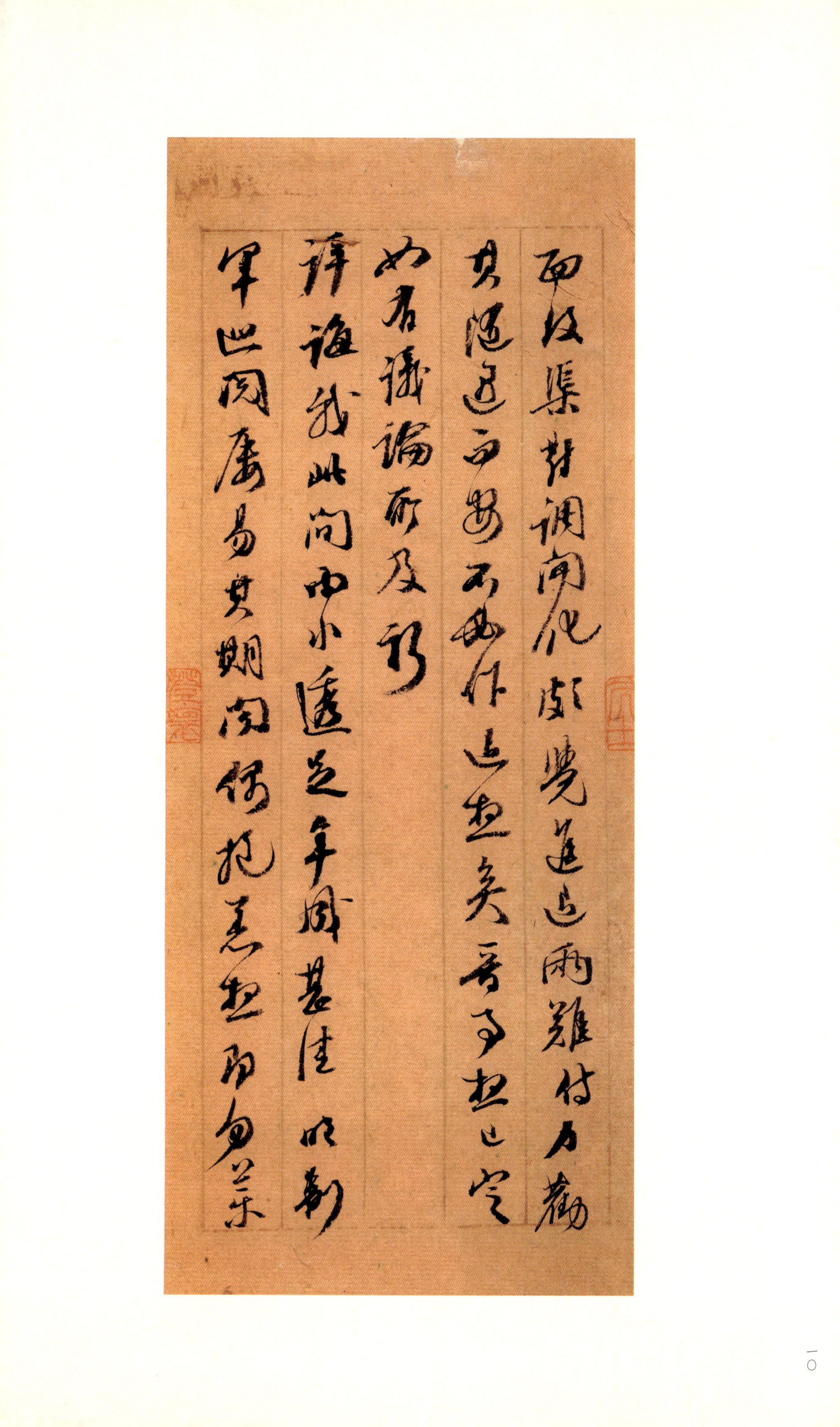

耳　鶴翁根誠布亭甚為相洽　宋庵
語之曰：僕錄如有間見千萬不厭
詳語此間佩酒，如本鄉郵中得一些佳殊
不易得也。來者便過，擬之可沒信來帶
親家事此布請

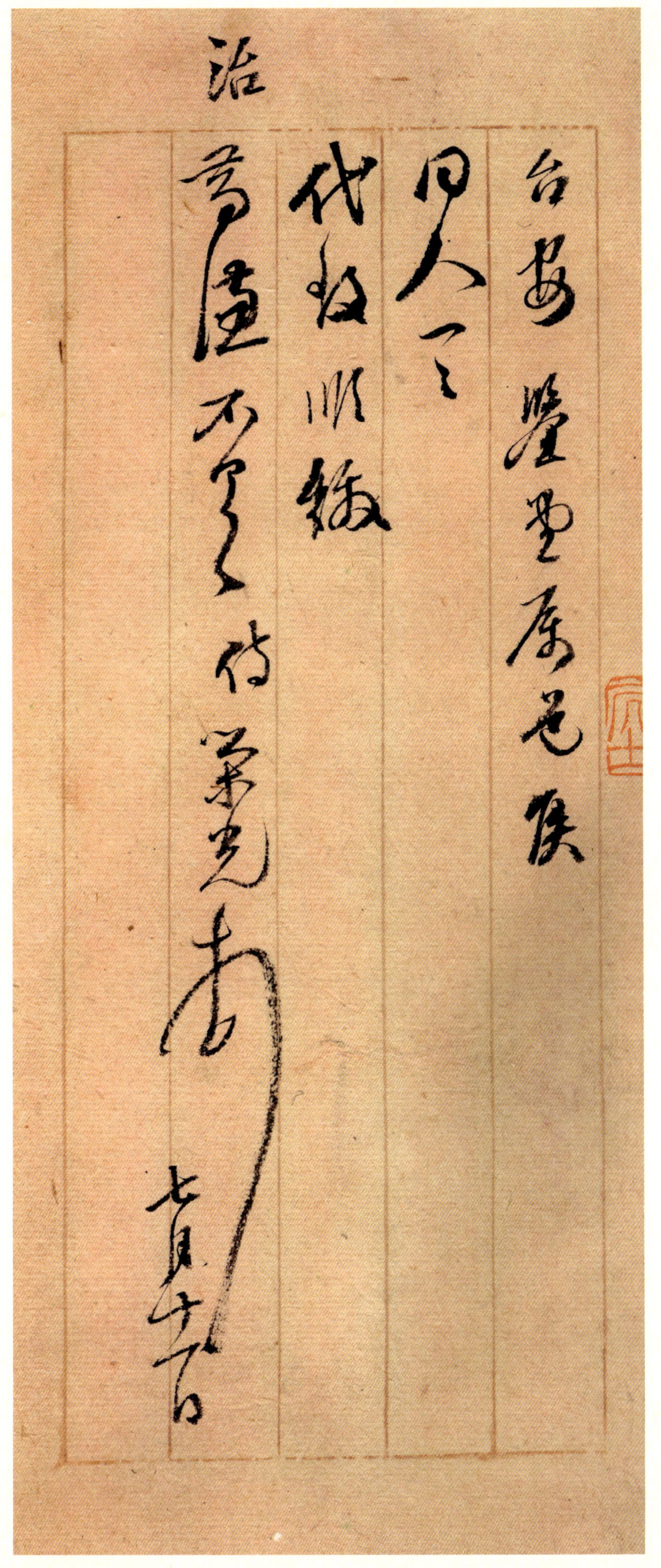

日前一函奉狀，想達典籤。伏奉來書，知老前輩大人公私一切順適，以頌以慰。

所示詳而且摯，感且不朽。鄧舍親信已面致，渠對調開化頗覺進退兩難。侍力勸其隨遇而安，不必作退想矣。晋事想已定，如有議論所及，祈詳誨我。此間雨水透足，年成甚佳。唯制軍巡閲屢易其期，聞偶抱恙，想即勿藥耳。鶴翁推誠布公，甚爲相洽，宋廉訪亦尚矍鑠。如有聞見，千萬不厭詳誨。此間僻陋，如在鄉村中，得一北信殊不容易也。來差係遞摺之丁，復信交帶記妥。專此，布請台安。鑒堂屬道候，同人一一代致。順繳尊謙（治），不具。

侍榮光頓首，七月十一日

啟者　程中丞昨回本山，閏七月廿四日

手書並前函亦由孫子承詳示爵安，敬悉

老前輩大人起居康勝，以秋爽適易勝至頌

侯繳府藥臺諭如此，具多所頻

大木東修不允，意以清集因以無須長林耳　侍

陵瑯之兩月　蘇中丞大約素秋初可出署之也
歲殊為屬之野播金穀冬月可以稍為補
夫後因之　程中丞病甚未痊不至可處現在
為未能即赴身也省垣陰雨幾傷秋稼半耳
積雨晴秋成未減分數也　壁書又蒙　夫調善

河殺勝前秋現已赴洪矣明年

司慶外夜有事加（封典）級其封旨正書加之時矣并乞

切亦為國　竹居悽只過多　表請勅賠此

撫費盡苦心未知

聖意如何分務乞

治

寄我此間兄弟別子付恆於揚蘇郡叔和禱
及堂侄事宜撥外加之以待新任者行
專此復候即請
台安近日因茶事繁以兼之
心照不一 侍姻吳棠頓首
九月十七日

啓者：

程中丞差回，奉到閏七月十四日手書，并前函亦到。録示各件，感謝不可言喻。敬惟老前輩大人起居康勝，公私順適，曷勝至頌。

侯際清案牽涉如此，其多所賴大才秉衡公允，是以結案，得以無縱無枉耳。侍護理已將兩月，蘇中丞大約春初可到，望之如歲，殊爲凛凛。黔藩全賴冬月可以稍爲粘補，夫復何言。程中丞病尚未痊，不無可慮，現在尚未能即起身也。

省垣陰雨，幾傷秋稼，幸再禱而晴，秋成未减分數也。鑒堂又蒙奏調普洱，較勝前缺，現已赴滇矣。明年旬慶，外官有無封典加級？書到日正查辦之時矣，萬乞切示。兹因竹居爐欠過多，奏請勒賠。此摺費盡苦心，未知聖意如何。六行務乞寄我。

此間羌無别事，侍惟於拐販邪教私禱及營伍事宜格外加意，以待新任者耳。

專此復謝，即請台安。近事仍前奉懇，萬乞心照，不具。（治）

侍期吴榮光頓首，九月十七日

丙辰七月朔日

手書敬悉

老前輩大人禔躬多豫 福履安和以頌

以暨過承之詳如見面譚先生戚誼不盡

也賤饑之葉樓竟不月

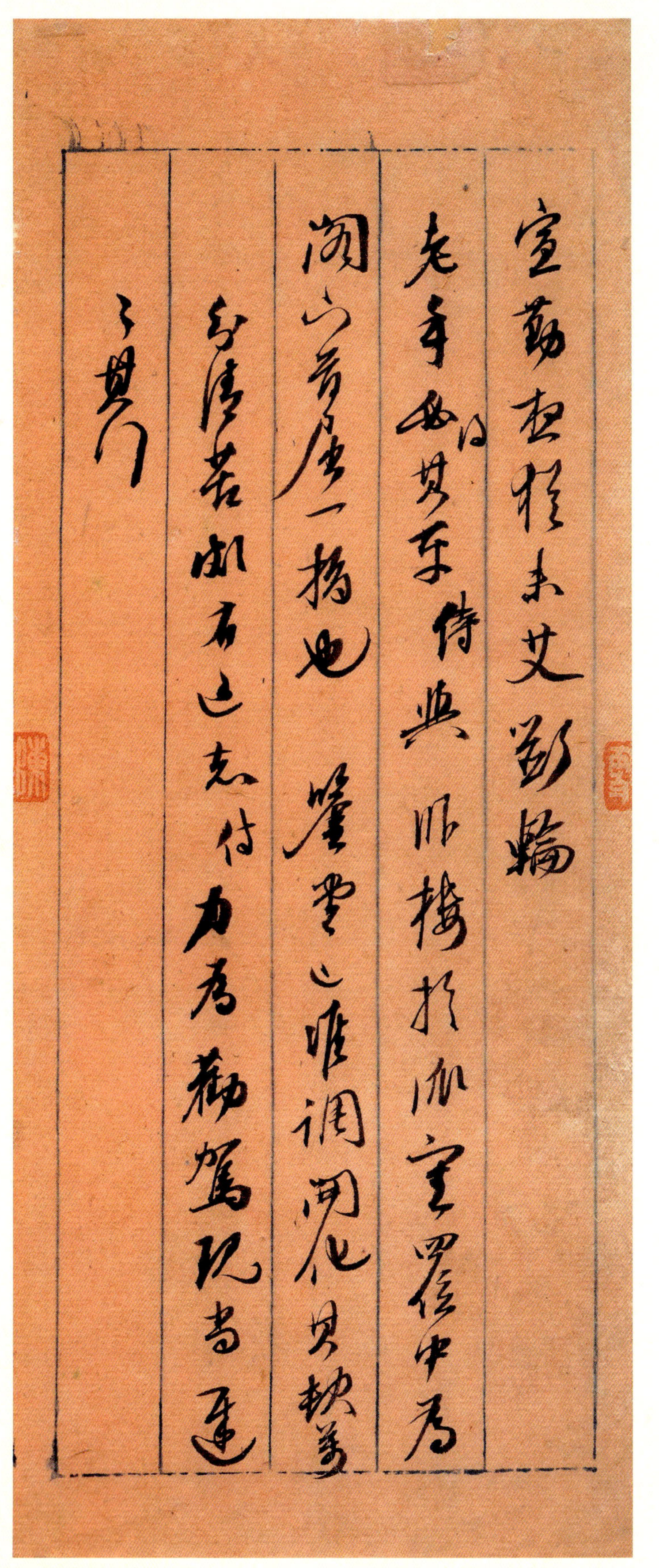

来甬已兩旬之一矣　研農先生光景何如
到京時來獲見殊快人也　中丞起居
夏間已會入秋後又纏綿之語似甚缺
來委付彼理茲因病擱延復草草奉
履山

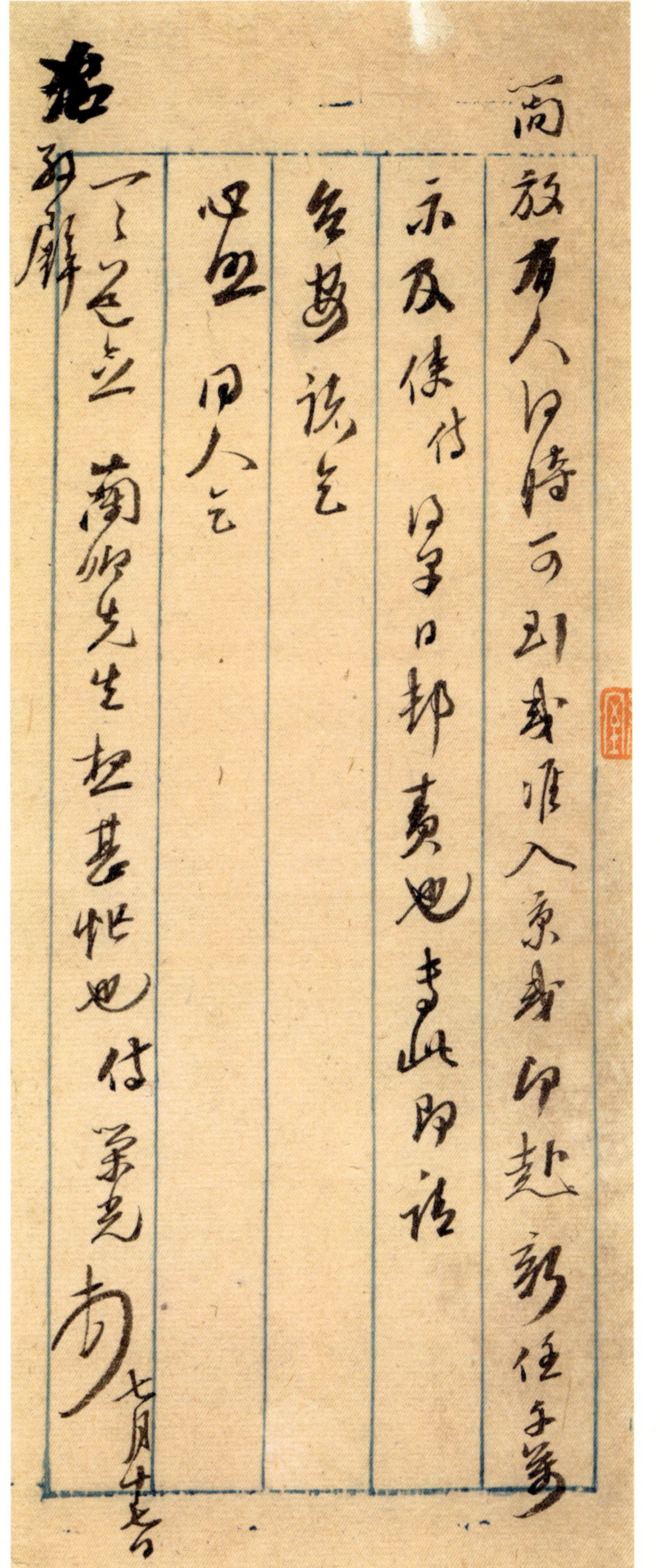

即日奉到七月朔日手書。敬惟老前輩大人禔躬茂豫，福履安和，以頌以慰。近事之詳，如見面譚，真感激不盡也。贖鍰之案，樓既下一月宣勤，想猶未艾，斫輪老手，必得其平。侍與卧樓於派置，四位中爲閣下首屈一指也。鑒堂已准調開化，其缺萬分清苦，頗有退志。侍力爲勸駕，現尚遲遲其行。來函已面致意矣。

研農先生光景何如？侍到京時未獲一見，殊怏怏也。中丞抱恙，夏間已愈，入秋復又淹纏，現已請假開缺，奏委侍護理。兹因謝摺差便，草草奉覆。如簡放有人，何時可到？或准入京，或即赴新任，千萬示及，使侍得早日卸責也。

專此，即請台安。諸乞心照，同人乞一一道念。蘭卿先生想甚忙也。

侍榮光頓首，七月十七日

（治）敬璧。

浩

鑒堂已赴滬，前函已函閱，並承

翁注方書推行故　鑒堂時提及昔

渭老傳三年可推爲之助衛，丙辰入書好名利

兩月也附解

洛寫函不一一　侍名另具

鑒堂已赴滇省，前已啓聞。兹承錦注，容當於信致鑒堂時提及。普洱邊俸三年可推（前已加銜），而所入尚好，名利兩得也。附璧尊謙（治），不具。

侍名另具。

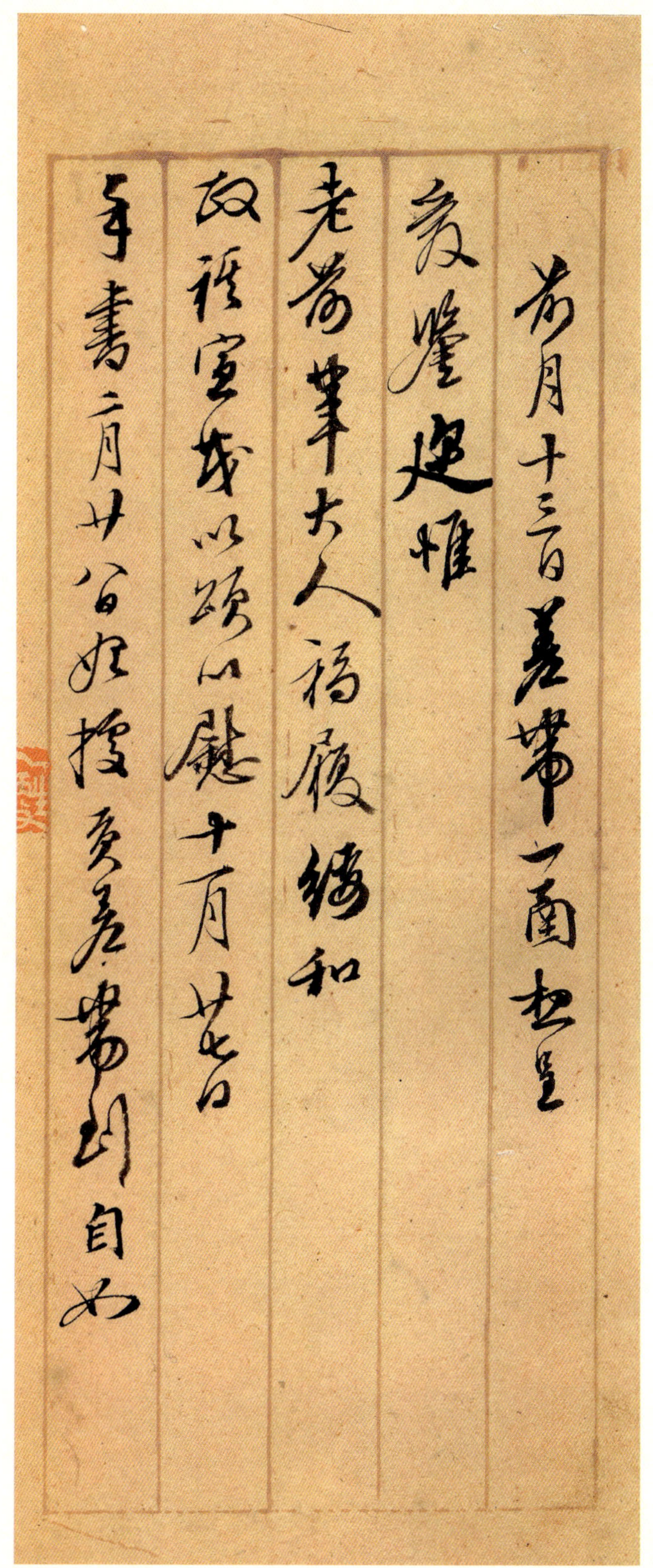
前月十三日姜常一函想呈
發鑒遲惟
老前輩大人福履綏和
政禧定成以頌以慰十月廿七日
手書二月廿四日始接受姜常自如

尊候所云和陽城内文選房頫自後來往

較熟之處可以從容

即寄生之處則已詳地不盡之精致津逮也何乞

隨示傳示弟分感激

來書備盡之至意以房頫郎 付瑧之兄

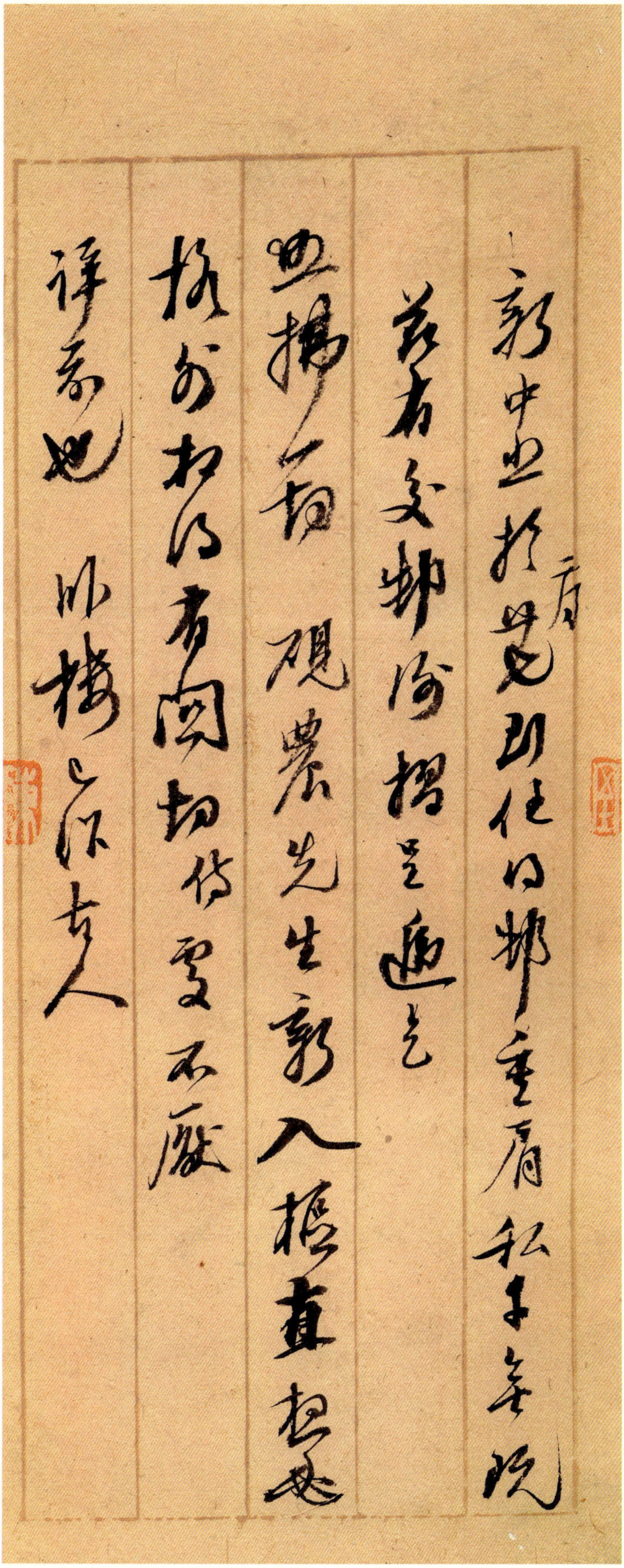

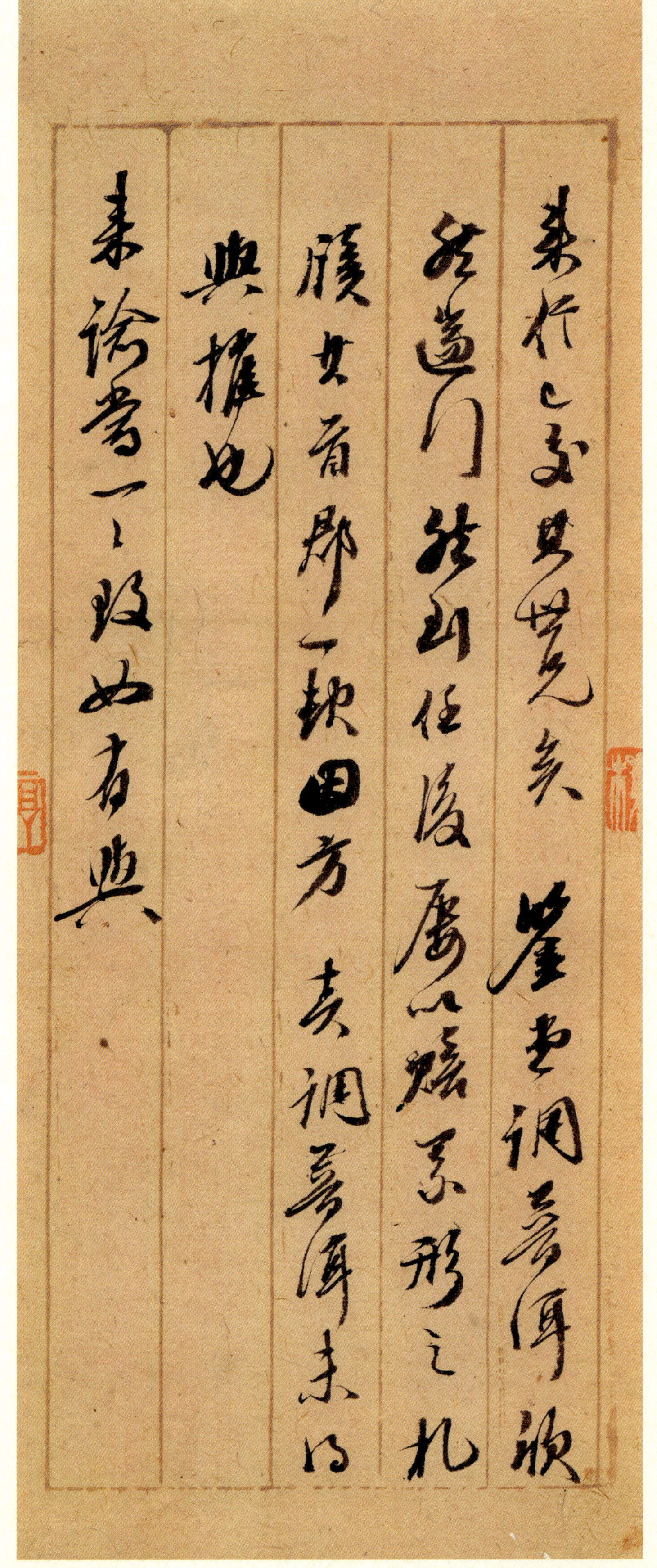

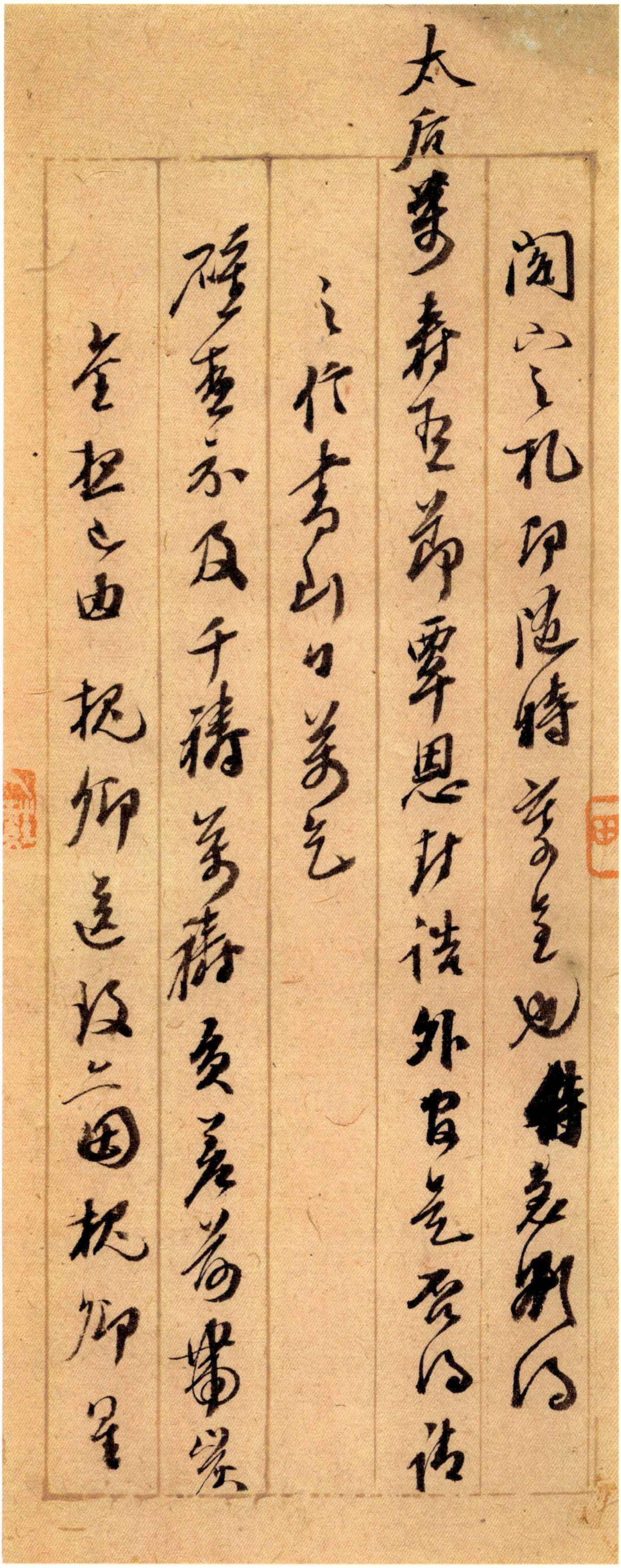
閣下之札即隨時寄至也僕差刻何
太后萬壽至節覃恩封誥外官無所請
之作書以日萬矣
陵臺不及千禱萬禱負荒荷帶從
查想之由擬卿遣役之函擬卿呈

春芜八赘及此手收去後即请

台安湖仮

適稍谈之

二发照不了了　付朗吴第先生

楼主先生著集大人阅之　二月初六

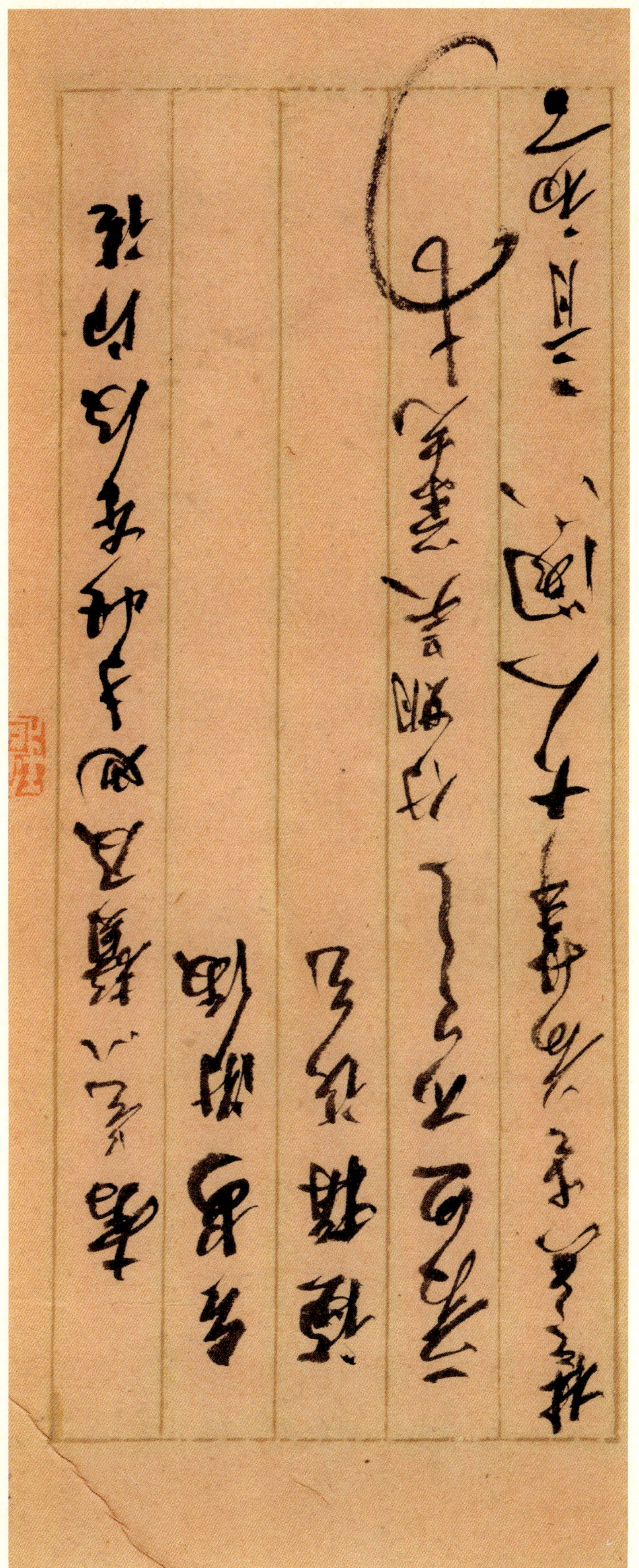

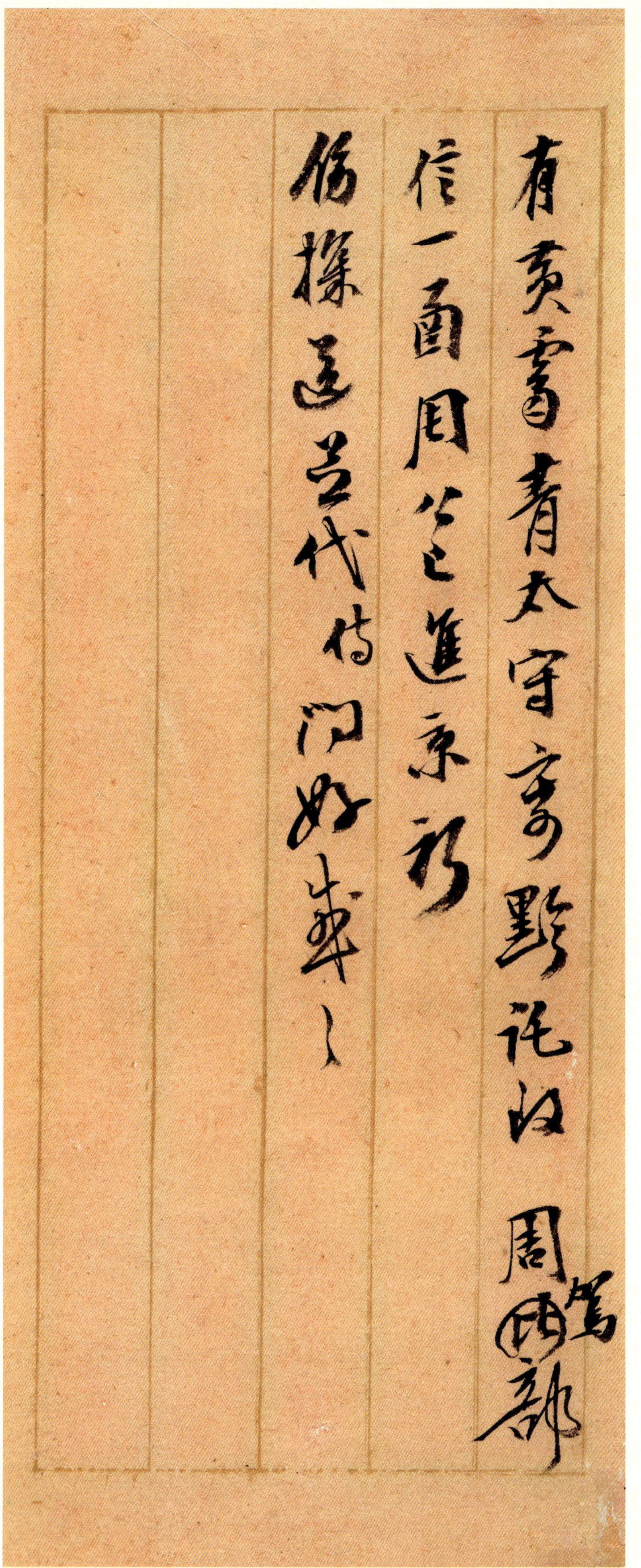

有賣書青太守處託以 周國都

信一函用以進京拜

仍擬送其代向門好生之

前月十三日差帶一函，想呈愛鑒。邇惟老前輩大人福履綏和，政祺宣茂，以頌以慰。十一月廿七日手書，二月廿八日始據貢差帶到，自如尊諭所云，相隔城内，交送爲煩，自後來往，較熟之差可以徑交邸寓，生差則恐路址不熟，轉致浮沉也。仍乞隨示縷示，萬分感謝。來書縷盡之至，何以爲報耶？侍碌碌如昨，新中丞於二月廿七到任，得卸重肩，私幸無既。兹有交卸謝摺呈遞，乞照拂一切。硯農先生新入樞直，想必格外相得，有關切侍處，不厭詳示也。卧樓已作古人，來信已交其世兄矣。鑒堂調普洱，欣然遄行，然到任後屢以賠累形之札牘，其首郡一缺，因方奏調普洱，未得與推也。來諭當一一致，如有與閣下之札，即隨時寄呈也。侍急欲得太后萬壽聖節覃恩封誥，外官是否得請之信，書到日萬乞確查示及，千禱萬禱。貢差前帶炭金想已由槐卿送致，亦因槐卿星奔，是以贅及也。專此奉復，即請台安，附繳謙稱。諸乞愛照，不具。

侍期吴榮光頓首，三月初一日

楚香老前輩大人閣下。

有黄霽青太守寄黔托致周駕部信一函。周公已進京，祈飭探送，并代侍問好，感感。

適接復書，云議論仙翁到京，有云住

人情甚累，曾居東明經之

詳示及近日何如

不欲一二再。福大月以前向常太常徒之

中久未有年帖，請安來，取幹去京時圖

常太常告知弟後即趨詣　大日忠弟

未見出京後望寄語　安山野後再望

一年均未前見後或　大日忠向不孝外甚信

如知翁　秋翁之例或別有見探之變初

研翁或可託探者

探明示及如或丶丶　特又懇

遞摺後有無議論，仙翁到京有無保人，清查案曾否奏明？俱乞詳示及。
近事仍乞示我一二。

再禧大司空曾向常太常德言弟久未有稟帖請安，弟即於在京時因常太常告知弟後，即趨詣大司空第，未見，出京後復具稟請安，到黔後再具一稟，均未荷見復。或大司空向不答外官信，如知翁、秋翁之例，或別有見怪之處，祈探明示及（研翁或可托探否），切感切感。

侍又啓

芸舟五内年十月十八日

手書條分縷述一篇大文不覺俯首至

地也欽佩

正位大樞雖則加倍勤劬者祥於

國事者想知其必有為也耕孫女能為

承因惠寄說因將摺何健菴方伯所

來付來山時健菴已升福建中丞與付之

大尉有據者閱又史漁村翁以郵政

無著遞

陵野接之未出來長以此及來寄政局

試無與一摺未報叙野省而辨章

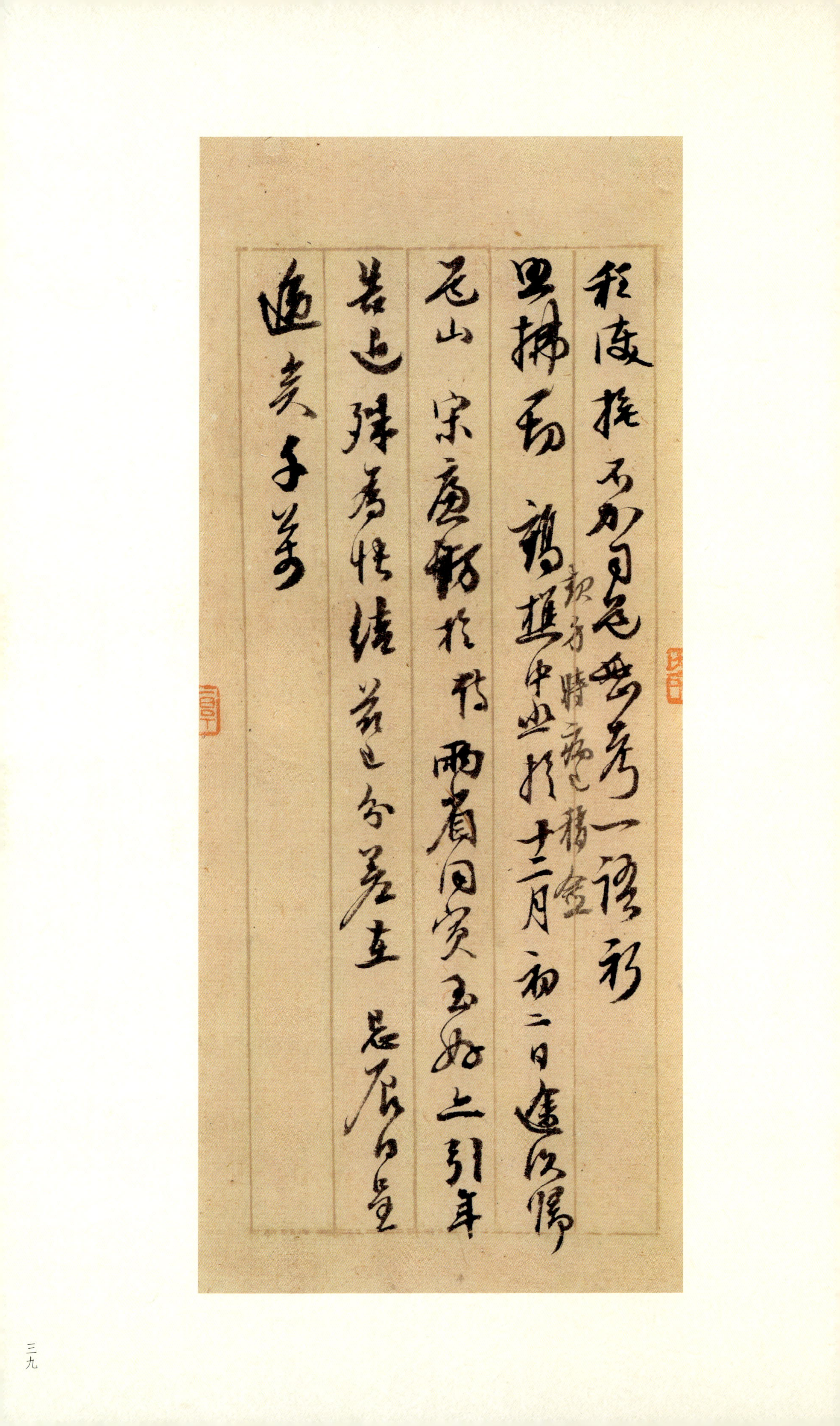

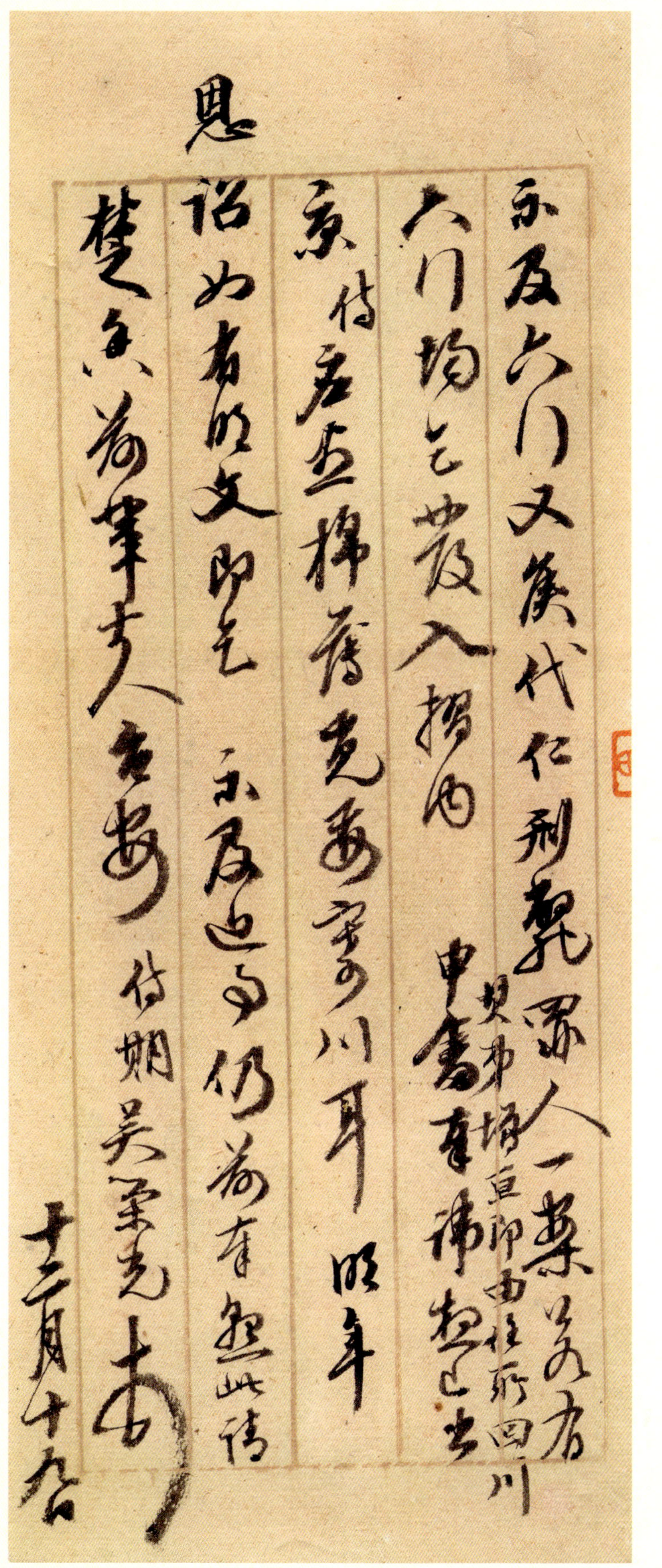

差弁至，得奉十月十八日手書。條分縷述，一篇大文，不覺俯首至地也。欣悉正位大樞密，雖則加倍勤勞，然有裨於國事者，想知無不爲也。

侍碌碌如昨，前示司道密考説，因抄摺係健庵方伯所奏，計奏到時健庵已升福建中丞，與侍之大耐官職者有間。又史漁村前以布政護黔撫，亦未出奏，是以此次奏學政（無考語）考試無弊一摺末聲叙黔省向辦章程，護撫不加司道密考一語，祈照拂一切。

鶴樵中丞（起身時病已稍愈）於十二月初二日途次歸道山，宋廉訪於侍兩省同寅至好，亦引年告退，殊爲悵結。兹已分差在忌辰日呈遞矣，千萬示及六行。又侯代仁刑斃罪人一案，若有六行，均乞發入摺内。申畬奉諱（其弟增亘即由任所回川），想已出京，侍應盡棉薄，覓妥寄川耳。明年恩詔如有明文，即乞示及。近事仍前奉懇。

此請楚香前輩大人台安。

侍期吴榮光頓首，十二月十九日

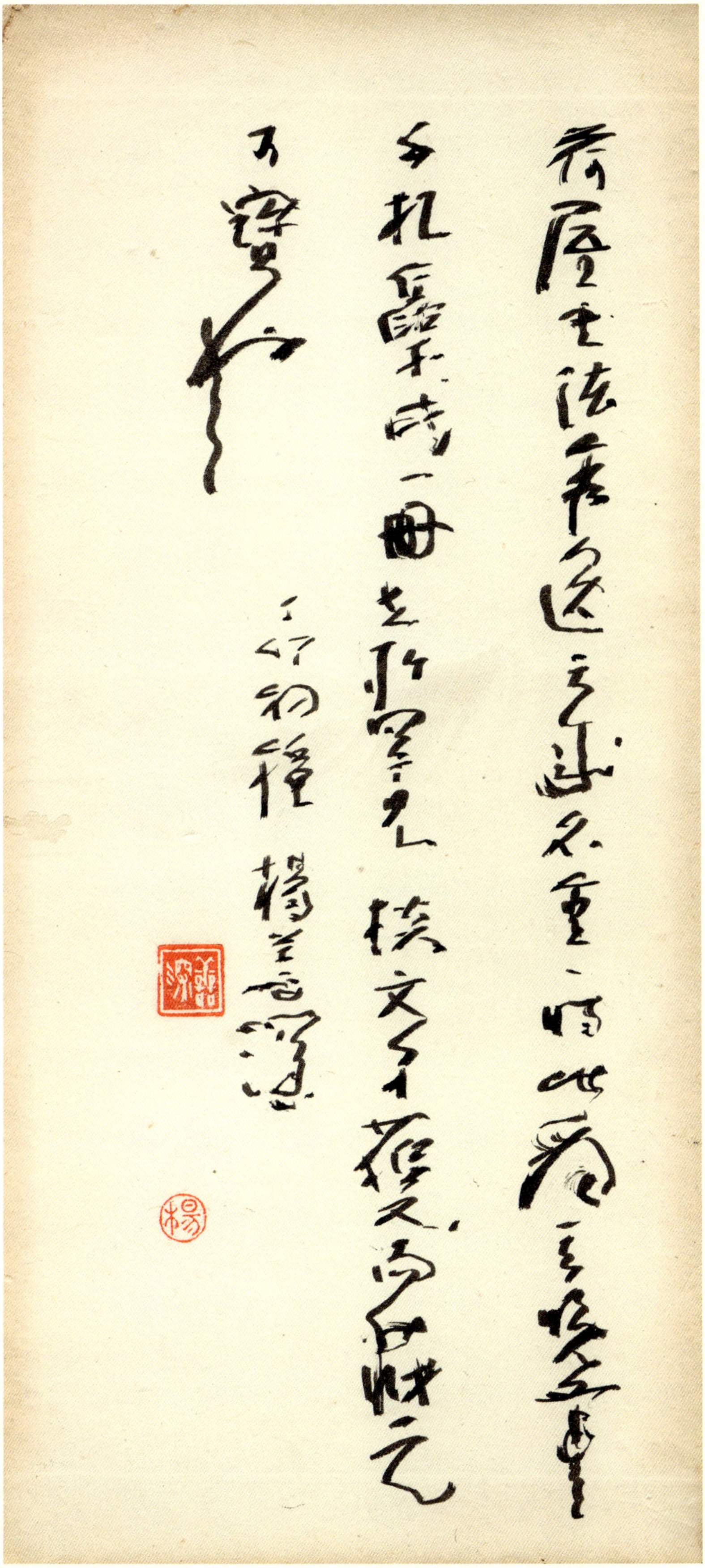

荷屋書法，雋逸天成，名重一時。此爲其晚年手札，集成一册，世所罕見。棪文弟獲而藏之，可寶也。丁卯初秋，楊善深。

鈐印：善深（白） 楊（朱）

崇恩

崇恩（一八〇三—一八七八）

覺羅氏，字仰之、禹舲、語舲、雨舲，别號香南居士、敔翁、語舲道人，室名有壺青閣、香南精舍、吾亦愛吾等。清宗室。歷經道光、咸豐、同治三朝，由内閣學士官至山東巡撫。喜收藏、精鑒賞，在外任官多年，每到一處，必以訪求金石爲樂。返京後亦日往返於琉璃廠廟市，搜尋法書名畫舊拓碑帖。偶有所得，賞奇析疑，亹亹不倦。其收藏歷代書畫古籍碑帖極富且精，名重一時。崇恩一生仰慕蘇軾，書法東坡而能得窺堂奥，作詩亦喜疊東坡韵，畫山水，出入宋、元諸名家，擷其精華，故能超軼凡近。是清代中晚期宗室之中極具代表性的書法家、收藏家、鑒賞家、金石學家、詩人。著有《香南居士集》《香南精舍金石契》《金石玉銘》《枕琴軒詩草》《崇雨舲中丞詩稿守岱集》等。其題鑒、跋文等向爲學界所重。

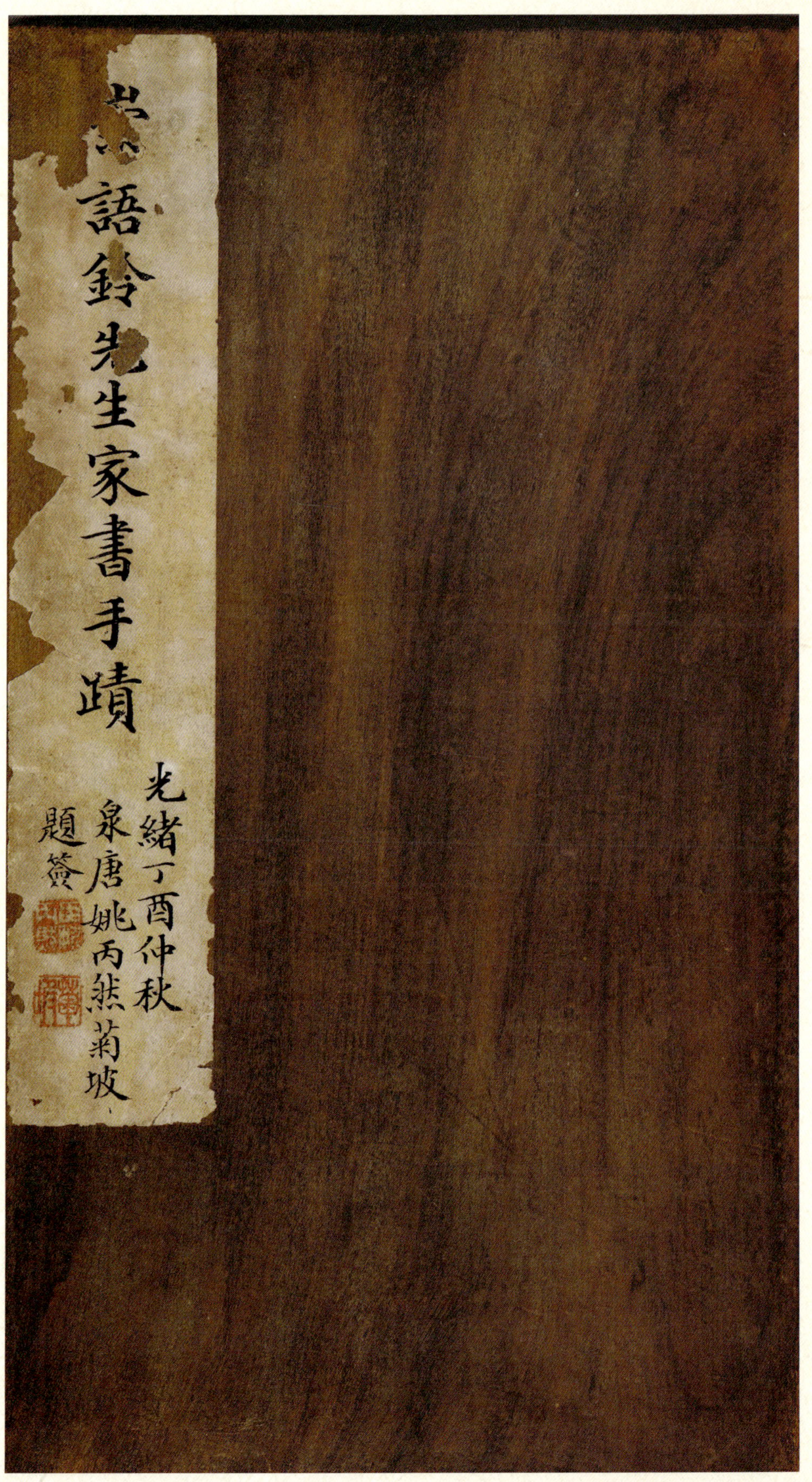
語鈴先生家書手蹟
光緒丁酉仲秋
泉唐姚丙然菊坡
題簽

崇語鈐先生家書手迹。光緒丁酉仲秋，泉唐姚丙然菊坡題簽。

鈐印：臣姚丙然（白）　菊坡（朱）

此冊後有徐忠愍公袁忠節公兩跋恐後人不知特錄小傳於下

徐用儀海鹽人字吉甫別字筱雲咸豐舉人由考充軍機章京累官兵部尚書光緒間義和團起與許景澄袁昶立山聯元等極言民團不可恃外釁不可啟當國者立主用兵遂與袁許及立山聯元同及於難後復原官追謚忠愍與許袁並稱為三忠

袁昶桐廬人字爽秋光緒進士官戶部主事累擢徽寧池太廣道江寧布政使條列時政二萬餘言多議行官至太常寺卿庚子拳亂作力言拳匪不可恃外釁不可啟忤首禍諸臣被誅生平學說不主故常而一返於平實中正尋追復原職謚忠節

以上兩傳錄自中國人名大辭典

徐忠愍咸豐九年己未舉人與先從伯存齋公為同榜故稱先比部公為同年也

一千九百六十年夏正庚子歲春二月杪 西吳陸樹基培之記於滬瀆 時年七十有九

此册後有徐忠愍公、袁忠節公兩跋，恐後人不知，特録小傳於下：

徐用儀，海鹽人，字吉甫，别字筱雲。咸豐舉人，由考充軍機章京，累官兵部尚書。光緒間，義和團起，與許景澄、袁昶、立山、聯元等極言『民團不可恃，外釁不可啓』，當國者立主用兵，遂與袁、許及立山、聯元同及於難，後復原官，追謚忠愍，與許、袁并稱爲『三忠』。

袁昶，桐廬人，字爽秋。光緒進士，官户部主事，累擢徽寧池太廣道、江寧布政使，條列時政二萬餘言，多議行，官至太常寺卿。庚子拳亂作，力言『拳匪不可恃，外釁不可啓』，忤首禍諸臣，被誅。生平學説不主故常，而一返於平實中正。尋追復原職，謚忠節。

以上兩傳録自《中國人名大辭典》。

徐忠愍，咸豐九年己未舉人，與先從伯存齋公爲同榜，故稱先比部公爲同年也。

一千九百六十年夏正庚子歲春二月杪，西吴陸樹基培之記於滬瀆。時年七十有九。

鈐印：陸樹基印（白）　有清地官（朱）　固廬（白）　已年七十又九（白）

父書付與吾兒鼐年、我于閏月六日赴園、任老

爺登程日過安瀾辰刻、初四罷刻、宴大皆酉刻

召見、三刻許、四五點一連三日召見

四面、仰承

玉音垂問、無微不至、我六書所能言、因

聞知有腿伯母之喪、賞假五日、命于十二日再進

領牌、我于昏趕進城、到東二廊下穿孝、次日送

殯、因山向不宜、謹于廣慧寺權厝、是日酉刻始回

家中均健適。一切整齊。甚合我意。均免代

我廑注。我亦可以少想。八九兩日到外叔族家一走。

十日靜養一天。十一日赴園。仍住老升堂。所有

合見一切均吉祥。先寫此函，使汝母子等放心。餘容

續寄。閏月十五午刻默又書

問汝

弟妹好，並問汝夫婿麟年、㦤年、梁年

小姐及三三、五六諸君均好。汝岳母及汝姐之新婿女

同此問好不另

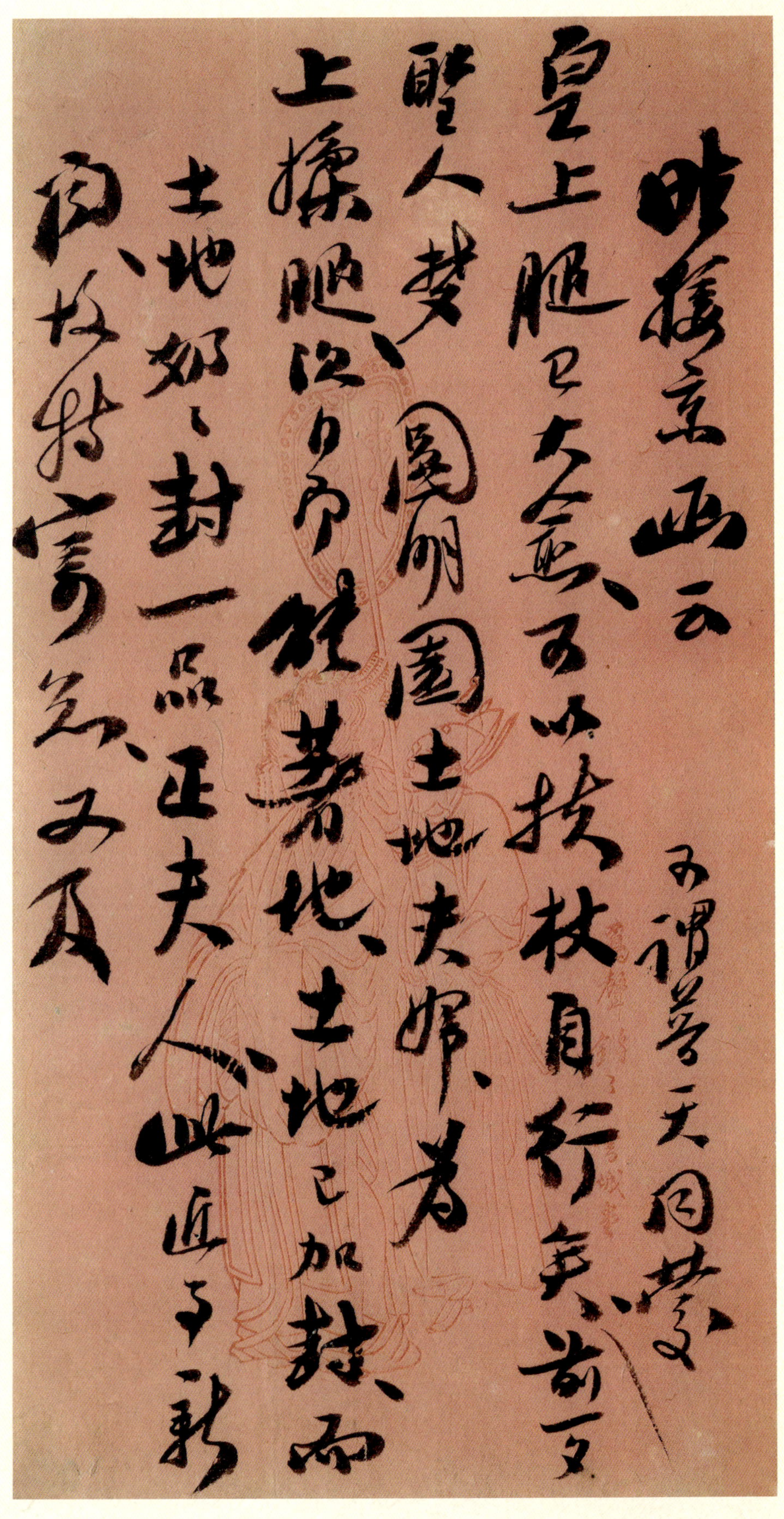

父書付與吾兒彝年：

我于閏月二日赴園，住吉升堂，次日遞安摺，辰刻召見（三刻許）。四、五、六，一連三日（初四四刻，初五、六皆五刻）。共見四面。仰承玉音垂問，無微不至，我亦盡所欲言。因問，知有胞伯母之喪，賞假五日，命于十二日再遞繕牌。

我于六日趕進城，到東廊下穿孝，次日送殯，因山向不宜，謹于廣善寺權厝。是日酉刻始回家。家中汝娘備辦一切整齊，甚合我意。汝兄代我應酬，我亦可以少憩。八、九兩日，到至近各親族家一走。十日靜養一天。十一日赴園，仍住吉升堂，所有召見一切，均各吉祥。先寫此函，使汝母子等放心，餘容續寄。

閏月十一日午刻，敬翁書

問汝阿姑好，并問汝夫婦、麟年、磐年、梁年、八妞及二、三、五、六諸君均好。汝岳母及汝姐姐、外甥女同此問好，不另。

昨接京函，云皇上腿已大愈，可以扶杖自行矣，可謂普天同慶。前一夕，聖人夢圓明園土地夫婦爲上揉腿，次日即能著地。土地已加封，而土地奶奶封一品正夫人。此近事新聞，故特寄知。又及。

父書付与吾兒鼎年 九月百日以書為渡
與姑甚好、閔墨保年之喜、伊以為慰、渺嘗
千萬在此阿姑身上到、留以是為至要、我
三十日出濟南、歇兩夜、即赴晋州、至遲不過十七八
早則可在十三四、一頭可以回棠、目下賊已迯潰
雖萬一故之亞官人、保吾從我同路、免中不得一、
作答也、有便即此常寄字來、以慰我望、
所切處、九月三日 故 書于漢山書院

父書付與吾兒鼐年：

九月一日得汝書，知汝阿姑甚安，闔署亦俱平善，深以爲慰。汝等千萬在汝阿姑身上刻刻留心，是爲至要。

我三十日到濟寧，歇雨天，初三日即赴曹州，至遲不過十七、八，早則可在十三、四，一準可以回署。因目下長毛賊已逃净，惟剿辦土匪而已。

八哥、保哥説我問好，冗中不得一一作答也。有便即時常寫字來，以慰我望，是所切屬切屬。

九月三日，敬翁書于漁山書院

適闻闾格上城向我借钱六七百

已，我因其平日绝无尊敬长者之意，

对人只称我本家甚属无状，当即辞

却，随其到家托词借贷千万不可应许，

是为至要。

其人贪得无厌，善於绕弯，甚属可恶。

適間閏格上城，向我借錢六七百吊，我因其平日絶無尊敬長輩之意，對人只稱我本家，甚屬無狀，當即辭却。恐其到家托詞借貸，千萬不可應許，是爲至要。其人貪得無厭，善於繞豪，甚屬可惡。

意香夫人遂没世百行抵沂州携
纍兒書知看署均佳甚慰我于廿
二日閱伍畢日内替拿羣画如能將
首要李希画等簽案方為入
告刻下已獲廿餘名其中頗有指名之画
李希画亦有瑞倪所用小任一二日以待

发摺否则我一行误今年又题劾矣

廿四又接家书知荣三姪又从易州来署

伊疾气过重且系私来千万不必挽留

可给银廿两催其早去设或伊有不便

则交累不小矣专此即问

近好 兹内儿女媳妇暨姬妾等均好

敬铭书

九月廿四日

沂州试院

意香夫人奩次：

廿一日行抵沂州，接彝兒書，知省署均佳，甚慰。

我于廿二日閱伍畢，日内督拿群匪，如能將首要李希孟等獲案，方好入告。刻下已獲廿餘名，其中頗有指名之匪，李希孟亦有端倪，所以小住一二日以待發摺，否則我一行，該令等又鬆勁矣。

廿四日又接家書，知恭三侄又從易州來署。伊痰氣過重，且係私來，千萬不必攀留，可贈銀廿兩，催其早去。設或伊有不便，則受累不小矣。

專此，即問近好。并問兒女、媳婦暨姬妾等均好。

敔翁手書，九月廿四日，沂州試院

鈐印：語鈴（朱）

意香夫人奩次：廿三日一函，諒已入目。是日閱伍單

連日猜拳首要各函，趕辦奏稿，於廿五日拜發，復次

（柳美西得懿兒書，京郎均佳。）

日早飯後起節東行，五十里住白塔莊，接蘇線之

書，知署中安吉為慰。恭三姪之兄尚未北旋，應其不必頓

來。我有錢未有不帮之理，莫有所需可寫書來，使酌量

寄去。此時常川來往，我不能平空包這許多車錢也。至于

所助銀兩，前函已寫，茲不贅。書此即問 近好。斅翁書

并問以的姻姊姬

辛莘均好

廿六日燈下

意香夫人奩次：

廿三日一函諒已入目。是日閱伍畢，連日督擒首要各匪，趕辦奏稿，於廿五日拜發。次日，摺差回，得彭兒書，京邸均佳。早飯後起節，東行五十里住白塔莊，接蠡兒書，知署中安吉爲慰。

恭三侄若尚未北旋，囑其不必頻來。我有錢，未有不幫之理，若有所需，可寫書來，便酌量寄去。如此常川來往，我不能平空包這許多車錢也。至于所助銀數，前函已寫，茲不贅。

專此，即問近好。并問兒女、媳婦、姬妾輩均好。

敔翁書，廿六日燈下

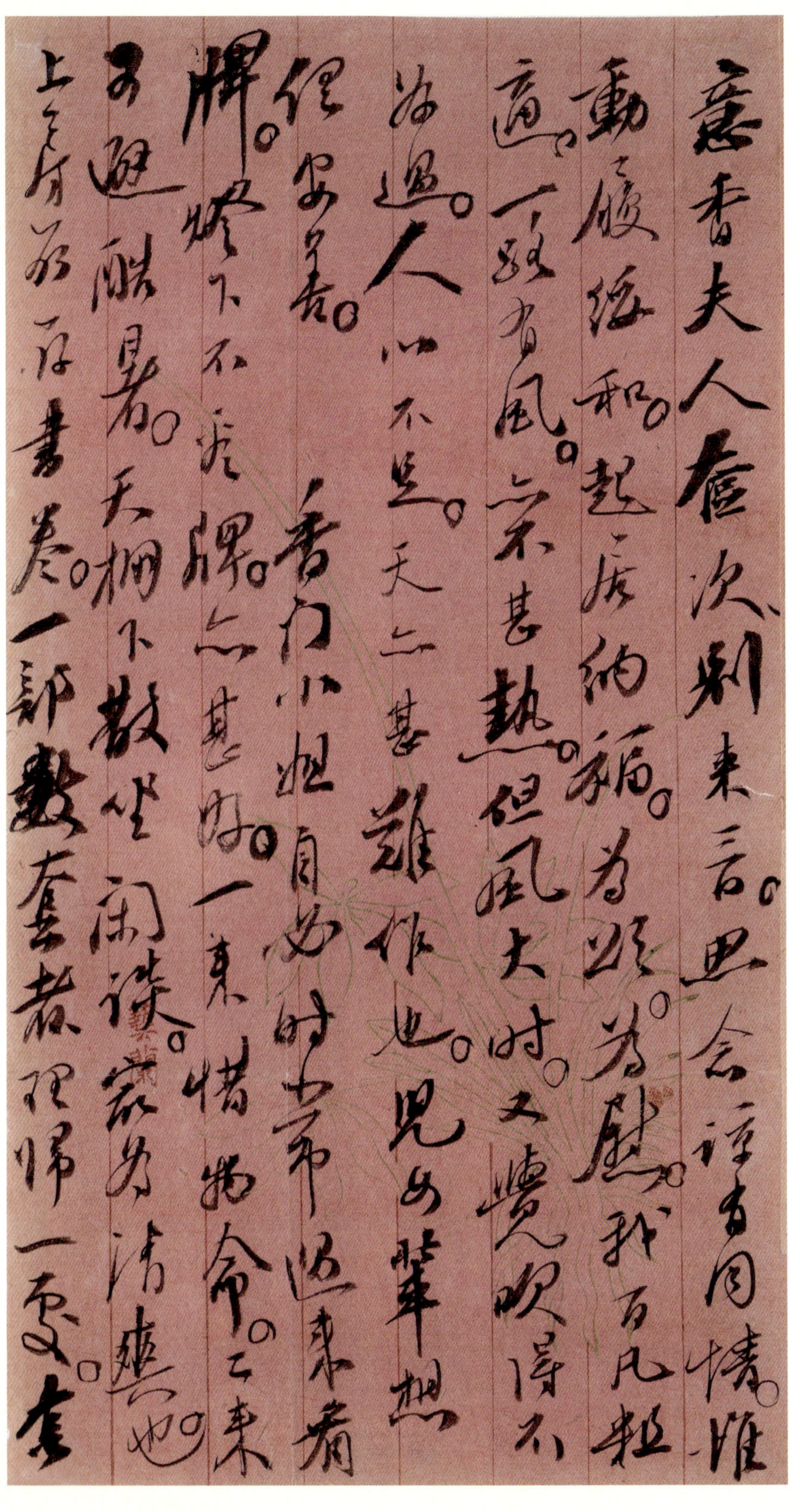
意香夫人座次：别来言。思念諄有同情。惟
動定綏和，起居納福。爲頌爲慰。我百凡粗
適。一路有風，并不甚熱。但風太大時，又嫌吹得不
好過。人亦不惡。天亦甚難作也。兒女輩想
俱安吉。香門小姐自必時常過來看
牌。牌下不來，牌亦甚好。一來惜物命，二來
可避酷暑。天桐下散坐閑談。家務清楚也。
上次所存書卷一部，數套，請理歸一處。奎

内拄乱者、先归各处，其余者统为一堆。候
我回署检阅。琐琐费病，想已大愈。贤年字仍令他
逐日描识。小姐可令他在廊簷下读书，不必镇日在屋内。
以免受暑。果年可在前面同浣上天棚，不须要，我时来
上房亦可，但不可令其在窗上睡。一来睡上蒸热。二来上
下脱均不稳便。至嘱至嘱。外今日往刘督庙，又屡出门
夫人近好，并问香门小姐、霖年、夫(?)、麟年、懋年
元年、八妞、孙孙女均好。　十三日曲园(?)书

意香夫人奩次：

別來三日，思念諒有同情，惟動履綏和，起居納福，爲頌爲慰。

我百凡粗適，一路有風，亦不甚熱，但風大時，又覺吹得不好過。人心不足，天亦甚難作也。兒女輩想俱安善。

香門小姐自必時常過來看牌，燈下不看牌亦甚好，一來惜物命，二來可避酷暑。天棚下散坐閑談，最爲清爽也。上房所存書卷，一部數套者，理歸一處；套内拉亂者，各歸各套；其尋不出號者，統爲一堆，俟我回署撿閱。

韵琴病想已大愈，磐年字仍令他逐日認識。八妞可令他在廊檐下頑耍，不必鎮日在屋内，以免受暑。梁年可在前面河沿上、天棚下頑耍，或時來上房亦可，但不可令其時常上船，一來船上蒸熱，二來上下船均不穩便，至囑至囑。

我今日住劉智廟。又及。

此問夫人近好，并問香門小姐、𧇊兒夫婦、麟年、磐年、良年、八妞、外孫女均好。

二十三日曲録店書

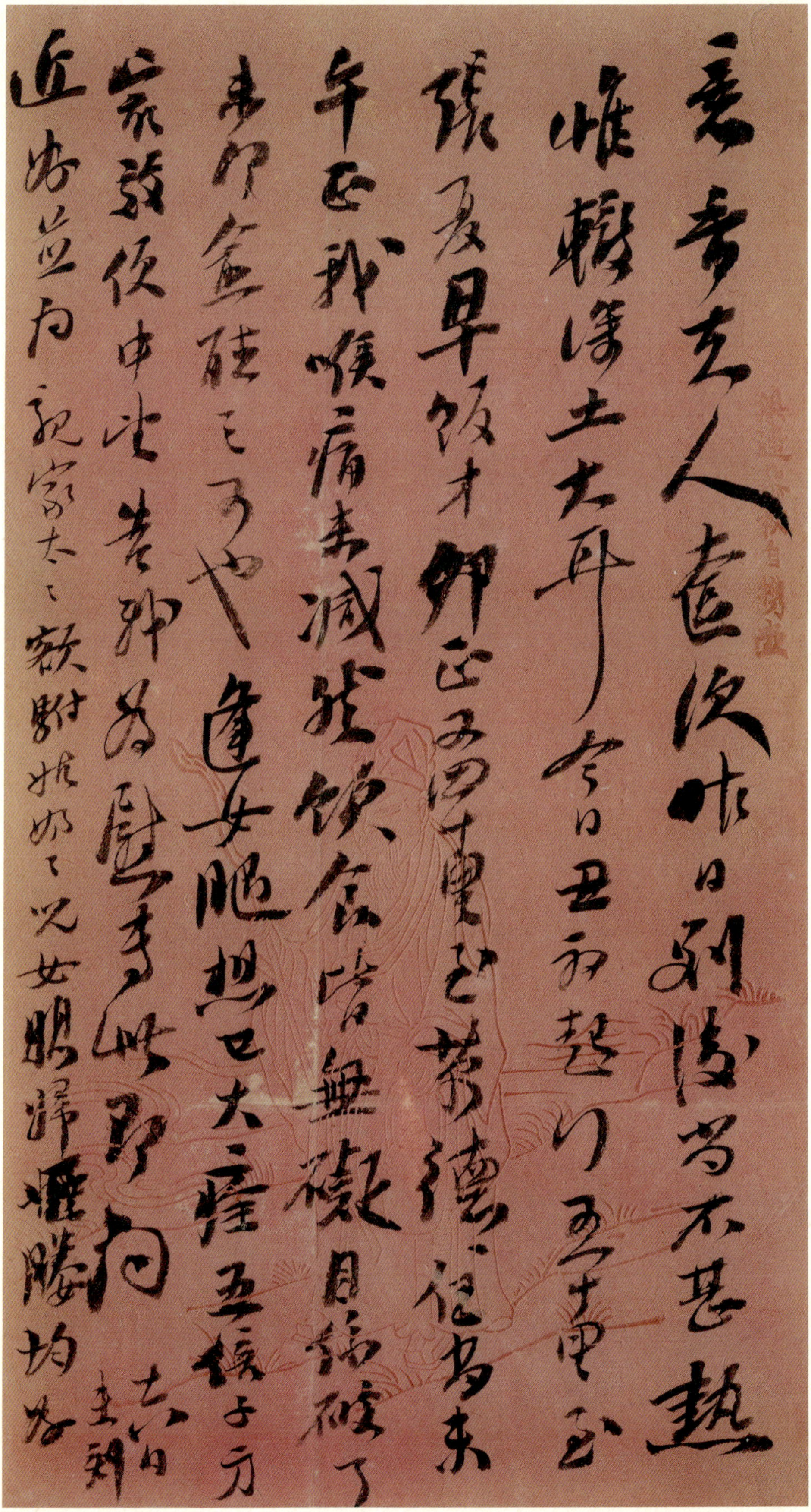

意香夫人奩次：

昨日別後，尚不甚熱，惟轍深土大耳。今日丑初起行，五十里至張夏，早飯纔卯正。又四十里至萬德住，尚未午正。

我喉痛未減，然飲食皆無礙，目係破了未即愈，聽之可也。逢女腿想已大痊，五倍子方最效，便中望告我爲慰。

專此，即問近好。并問親家太太、額駙姑奶奶、兒女、媳婦、姬媵均好。

十六日未刻

意香夫人奁次别来不过数日而驰念之

情可信于往昔一由于怀抱悽切一由于病体感

深也我一路眠食均佳腿脚亦有起色每日于

百里内外亦不觉劳每于一梳饭不烦亦不减夜

甚得睡精中亦当于我补小肫两三分颇觉

精神健旺

卿等万勿为念但望随时照料自排遣

康儿进庭恐生病盖此子平生病于苹每每补于

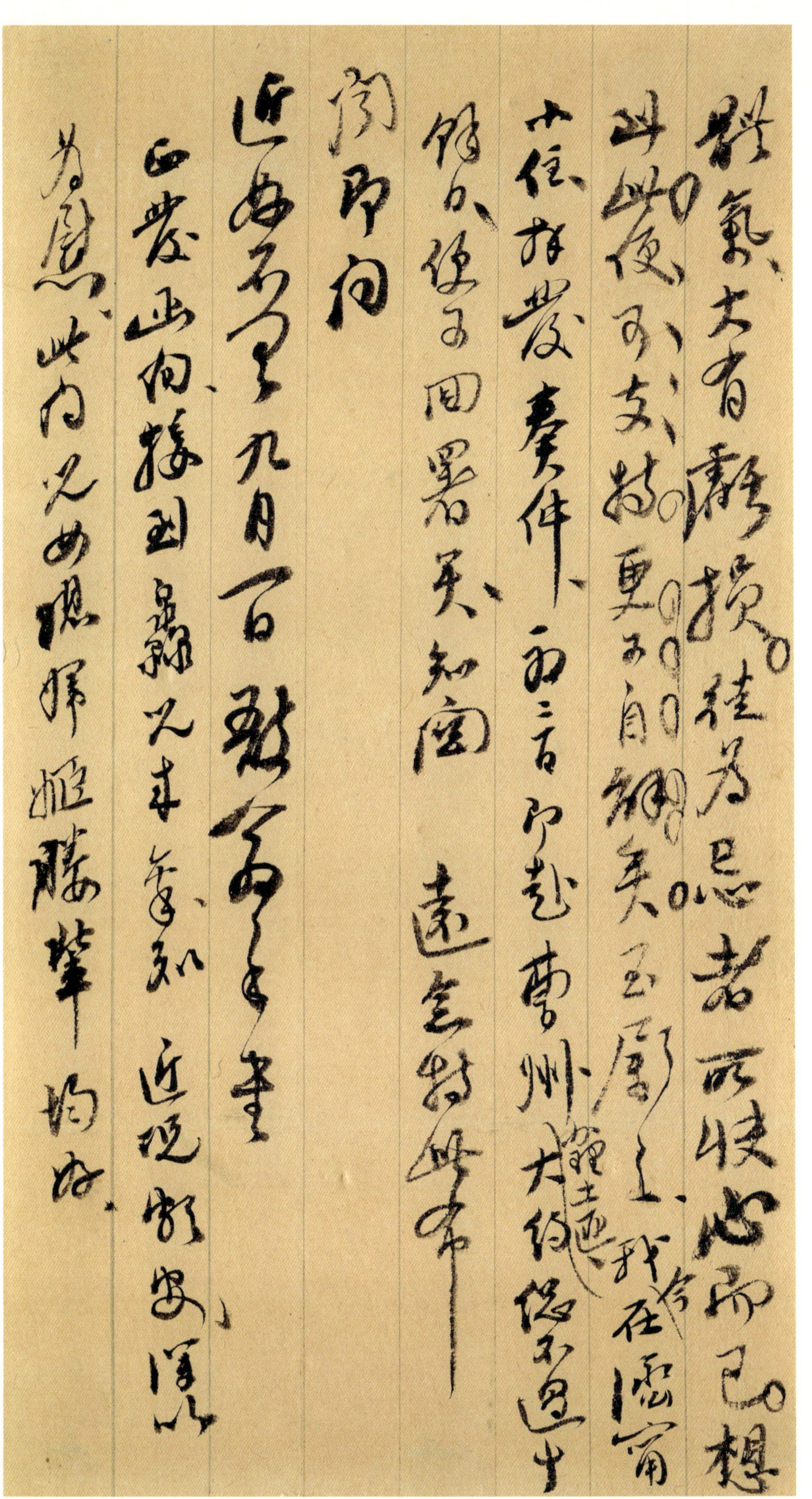

意香夫人奩次：

別來不過數日，而馳念之情，百倍于往昔。一由于懷抱慘切，一由于病餘感深也。

我一路眠食均佳，腿脚亦有起色，每日行百里内外亦不覺勞。每頓一碗飯，不增亦不減。夜甚得睡，轎中亦尚可找補小盹兩三個，頗覺精神得養。卿等萬勿懸繫。但望隨時任命，善自排遣，庶免悲思生病。蓋悲思生病，于事無補，于體氣大有虧損，徒爲忌者所快心而已。想到此便可支持，更可自解矣。至屬至屬。

我今在濟寧小住，拜發奏件，初三日即赴曹州，辦理土匪，大約總不過十餘日便可回署矣。

知關遠念，特此布聞。即問近好，不具。

九月一日，敔翁手書

正發函間，接到蠡兒來稟，知近況頗安，深以爲慰。此問兒女、媳婦、姬媵輩均好。

言秀夫人奩次、昨以累中素叙　趙慶納

禧、諸子和平、甚為欣慰、日内必精神[防]可以支

持、子回話、善二太々、並子婿英四老爺、更一一花院

貴人情、宜明教扶向也、但須留神[依]睡、不可多一主

孝、路遠、為家、若後我回署、又此無工夫矣、若心中

不高興、不願出門、無不安勉強也、我至曹州、向為

總戎、只有一女、十分鍾愛、府中之外光家人、因上下轉、

十六頁，今托桂亮致，向共字八字，俟取來後，我
回明甲子細商量，今特寄知。並有面談，五姊姊
知之。我今日由（自曹州府起身南下）履居北轄便，因時會鎮台晚間時
許。僅行五十里，住定陶縣，十二日可至濟寧，十六日定可回
署矣。有此手卿可照。
近佳否。予向兄如媳婦姬妾等均好。敦翁書
汝家太太、如猪、外婆、煙均代致。向八保姊夫婦等均好
姊姊
九月初一日

意香夫人奩次：

昨得署中書，知起居納福，諸事和平，甚爲欣慰。日内如精神倘可以支持，可回拜善二太太，并可到莫四老爺處一看。既盡人情，亦可略散煩悶也，但須留神偵聽，不必與主考路遇爲要。若俟我回署，又忙無工夫矣。若心中不高興，不願出門，亦不必勉强也。

我至曹州，聞多總戎衹有一女，十分鍾愛，府縣之辦差家人，因上下轎十分願意，今托哲克敦向其索要八字，俟取來後，我回署，再子細商量。今特寄知，并可面諭五姨奶奶知之。

我今日自曹州府起身南行，步履居然輕便，因拜會鎮台，耽閣時許，僅行五十里，住定陶縣。十二日可至濟寧，十八日定可回署矣。

專此手泐，即頌近佳，不具。問兒女、媳婦、姬妾輩均好。親家太太、女婿、姑奶奶、外孫女望均代致。問八侄、保侄夫婦等均好。

敌翁書，九月初八日

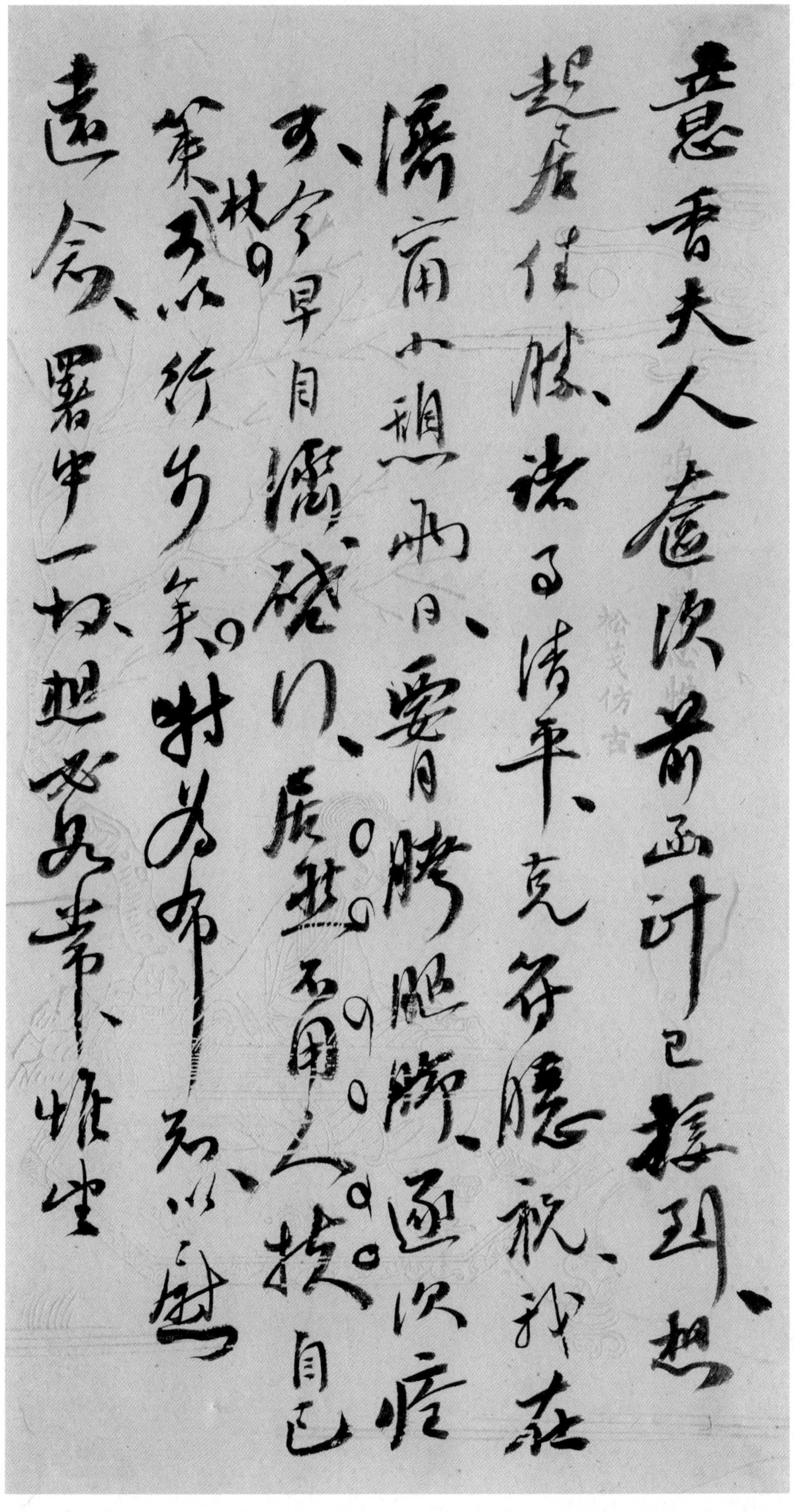

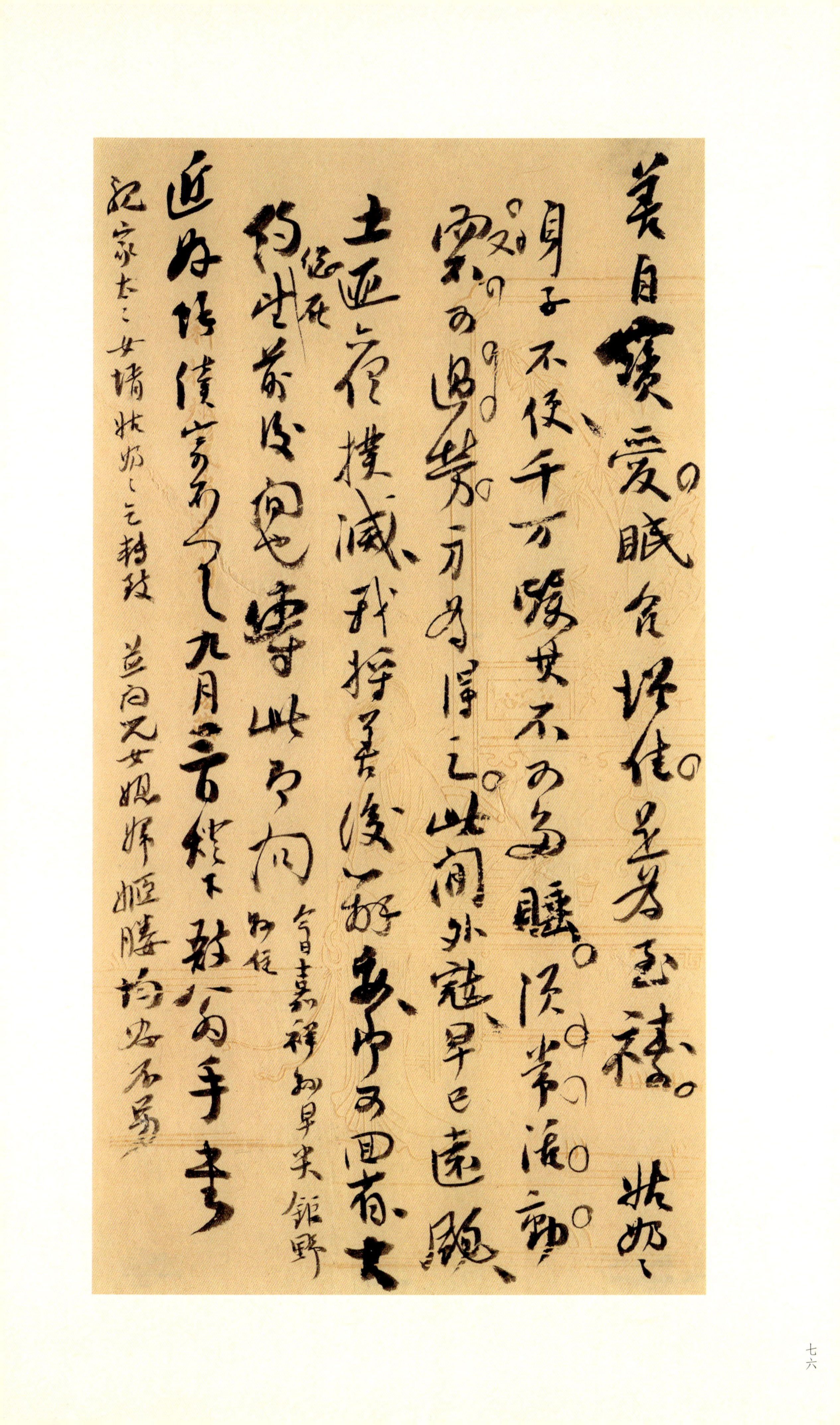

意香夫人奩次：

前函計已接到，想起居佳勝，諸事清平，克符臆祝。我在濟寧小憩兩日，腰胯腿脚逐次痊可，今早自濟啓行，居然不用人扶，自己策杖可以行步矣。特爲布知，以慰遠念。

署中一切想必如常，惟望善自寶愛，眠食增佳，是爲至禱。姑奶奶身子不便，千萬囑其不可多睡，須常活動而不可過勞，方爲得之。此間外寇早已遠揚，土匪亦俱撲滅，我將善後辦妥，即可回省。大約總在望前後間也。

專此，即問近好。餘續寄，不具。

九月三日燈下，敬翁手書

今日嘉祥縣早尖，鉅野縣住。

親家太太、女婿、姑奶奶乞轉致，并問兒女、媳婦、姬媵均好。不另。

意香夫人奩次：別後出城，心目一快，三十里至珠帽店（新寧口）

早飯已未初矣，頗從渡口大清河，其色正黃而渾濁，急

張大與黃河等。又三十里（長四十餘里）珠帽店，又三十里濟陽城內李院住。

五日早行四十里新家渡早飯，又三十餘里過河，又三十餘里齊

東縣李宅住（側邑從未往）。榛翻過，仕女出觀並俗人甚色嬲稍

（富）庶。我一路眠食均佳，可免懸念。六兒八姐目見壯，並七兒與

兩外孫女想已大愈否，切切。便中望一二字見寄為慰。此問

近好，並問以女請娘均安，吾輩均好。育吾啟 初書

意香夫人奩次：

別後出城，心目一快，三十里至新開口早飯，已未初矣。飯後渡出清河，其色正黄而渾，溜急浪大，與黄河等。又三十里珠帽店（有四十餘里），又三十里濟陽城内書院住。五日早，行四十里，顔家渡早飯。又三十餘過河，又二十餘里齊東縣李宅住。僻邑從未經撫軍到過，仕女出觀萬餘人。其邑頗稱富庶。我一路眠食均佳，可免懸念。

六兒、八妞目見壯茁，七兒與兩外孫女想已大愈，念切念切。便中望一一寄知爲慰。此問近好，并問兒女、婿、媳均好，妾輩均好。

二月五日，敬翁書

意香夫人奩次，廿六日申刻出省，行十餘里，便登

莫干到黃山，宿在室更之後，兩腿當可曲豎，兩足頭

癱，為不文材，二十七日頂夏打尖，日未落，即到黃鶴嶺上，大

轎及毛頭諸暗驚較輕便。今日辛庄打尖，更勝于前

知。卿可放心。一路秋稻登場，晚禾接穗，往前人

物氣象如佳，而山水相暉，大有豐年之樂。奈抑心

与境默，自覺乏遲。此圖多外物無多耳。但願子

阮如，請子自行保重。卿須放心，兒女亦須放心，應指不

若能早日相見千萬保重 並頌所居 匯洋二老姑爺

尊侯到齊容再詳述 近寺茲致函

夫人近安 何必輩均安 姪女輩 拔翁先生一月廿四日三姊致意

親家太太 安 姑嫂 大嫂 奉致 致太勞

外孫 隨 青果一包 陳明甫所贈 彩自贛州帶來者

團圓 果一匣 路過此一匆 得見此果小而精美 一文錢一枚 食之

果然甘脆 所以買了一万多个 今不花千常 亡兩大家共享

也 今日福壽臣黃子行皆携至此地

意香夫人奩次：

廿六日申刻出省，行十餘里，便昏黄矣。到黄山店，在定更之後，兩腿尚可曲盤，兩足雖疼，尚可支持。二十七日張夏打尖，日未落即到萬德住，上下轎及走路皆略較輕便。今日辛莊打尖，更勝于前矣，卿可放心。

一路秋稼登場，晚禾栖畝，徑閑人静，氣象頗佳，而山水相暉，大有豐年之樂。奈我心與境异，自覺可悲，此固與外物無與耳。但身子既好，諸事自然俱好。卿既放心，兒女亦更放心。屈指不廿餘日即可相見，千萬保重，是所切屬。途次匆匆，不能多寫，俟到濟寧，再爲詳述。

專此，敬致問夫人近好，問兒輩、姬妾輩均好。

敔翁手書，八月廿八日辛莊寄

親家太太、女婿、姑奶奶、大格等希敬致，不另。

外糖腌青果一包，陳明甫所贈，新自蘇州帶來者。團圓果一匣，路過小萬，得見此果小而精美，一文錢一枚，食之果然甘脆，所以買了一百個，今分若干帶去，可與大家共享也。今日福禹臣、黄子行皆接至此地。

意香夫人大喜，廿四日得家書，知廿三日午时（午刻）喜升
兒，誕育一男，大小人均平安，可喜之至，官名尚未取
定，乳名擬出幾個，与
仰甫酌，擇一好者名之，此子八字五行缺木，所以
用木旁字也。我身體甚好，不必挂念，昨日起見

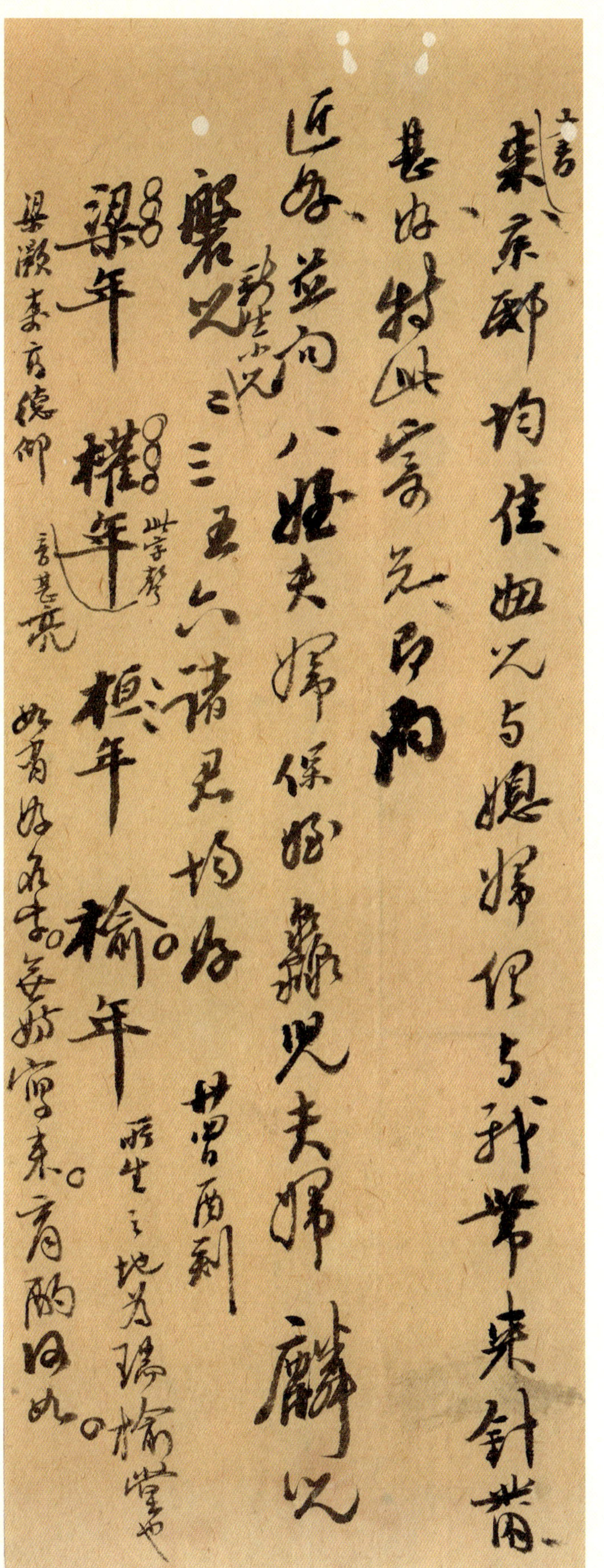

意香夫人大喜：

廿四日午刻得家書，知廿三日午時喜，升兒誕育一男，大小人均平安，可喜之至！官名尚未取定，乳名擬出幾個，與卿商酌，揀一好者名之。此子八字，五行缺木，所以用木旁字也。

我身體甚好，不必馳繫。昨日彭兒書來，京邸均佳，妞兒與媳婦俱與我帶來針黹，甚好。特此寄知，即問近好。并問八侄夫婦，保侄，粦兒夫婦，麟兒，磐兒，新生小兒，二、三、五、六諸君均好。

廿四日酉刻

梁年（梁灝壽高德仰）、權年（此字聲音甚亮）、桓年、榆年（所生之地爲瑞榆堂也）。如有好名字，無妨寫來商酌，何如？

意香夫人近好，稱今日到青州，明後兩日滿漢兵

可後完，昔日行，若口准于回署，今先寄去文石二千

枚，卿可與見如韓，餘之此星中等者，其上者尚有（自留此枚精妙々，送與校餘）

三十餘枚，次于此者甚為，從見時細看細玩也，文

石本乎天生形像，不借人力而然，此廿一枚皆有意思，惟

陳重觀取買，似不甚真，於伊部觀同寶貝，伊買者甚皆

用此開眼孔，所以上當不少。廿一日青州寺院寺 啟白

意香夫人近好：

我今日到青州，明後兩日，滿漢兵可看完。廿四日行，廿七日準可回署。

今先寄去文石二十枚，卿可自留數枚，請姑奶奶選幾枚，餘與兒女輩分之。此是中等者，其上者尚有三十餘枚，次于此者甚多，統俟見時細看細玩也。文石貴乎天生形像，不借人力方妙，此二十枚皆有意思。惟陳秉初所買似不甚真，然伊却視同寶貝，伊買古董皆用此副眼孔，所以上當不少。

廿一日青州書院書，敌翁

上次寄來[illegible]蘿蔔、王瓜及蘋果，所寄之花糕均甚好，路遠不必再帶。係那回有再喫亦可，即墨買得泡在甘蔗塊上，若可爲玩中下者置之小松樹盆中二，有趣也。

上次寄來醬蘿葡、王瓜及韵琴所寄之花糕均甚好，路遠不必再帶，俟我回省再吃可也。即墨買得海石廿餘塊，上者可爲文玩，中下者置之小松樹盆中亦有趣也。

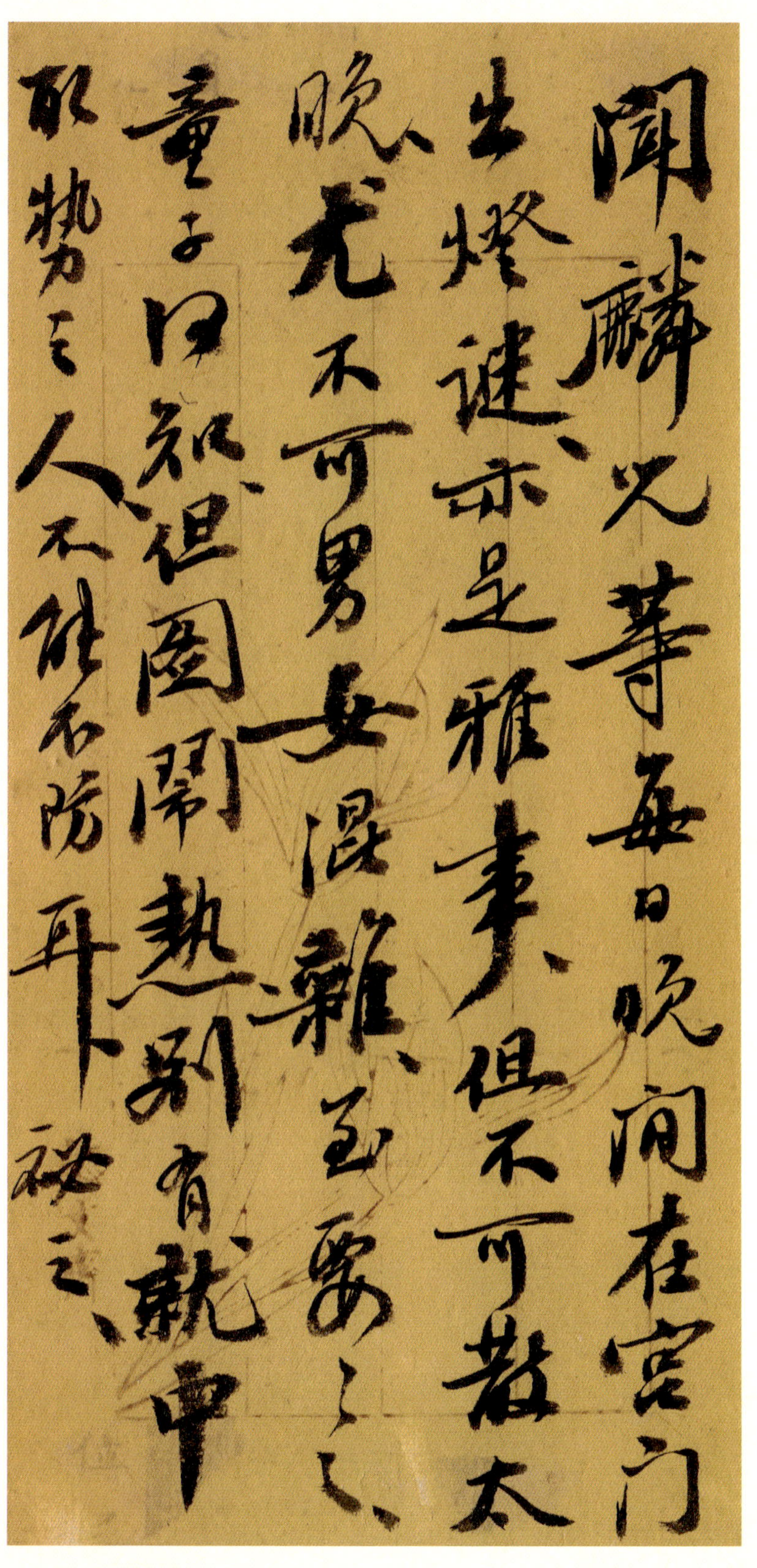

聞麟兒等每日晚間在宮門出燈謎，亦是雅事，但不可散太晚，尤不可男女混雜，至要至要。童子何知，但圖鬧熱，别有就中取勢之人，不能不防耳。秘之。

敬答敬問

逢年小姐近好，並續在投均好

堂上乞代致不置　十月二日自膠西寄

今日在滕州買得黄花三十尾，略加監醃，專

人送看，限五日提到，計初八日定可到也。此係打

掃過的，恐諸城之不醃不鬧者，到看滋味耳。

十月三日　鏜下

敔翁敬問逢年小姐近好，并辰格、續格均好，堂上乞代致，不具。

十月二日，自膠西寄

今日在膠州買得黄花三十尾，略加鹽腌，專人送省，限五日趕到，計初八日定可到也。此係打掃過的，恐諸城之不腌不開者，到省變味耳。

十月三日燈下

似[illegible]減坐穿衣著被一概需人，其之苦

不可言。新花並一烟一壺，乃与款對[illegible]

女共言之。頭痛不能為，前能使役作

二月九日[illegible]告于東吳行紙

府孫子信安並安，姪[illegible]安信[illegible][illegible]佳好

夫[illegible][illegible]母病不及[illegible][illegible][illegible]

[illegible]補信可[illegible]見，[illegible]已見過，[illegible][illegible][illegible][illegible][illegible][illegible]常來也。[illegible][illegible][illegible]

似略減，然穿衣著襪一概需人，真真苦不可言。新花薰烟一壺，可與額駙、逢女共嘗之。臂痛不能多寫，餘俟後信。

二月十九日，敔翁書于東昌行館

問孩子們好，并好，姬妾們均好。問保任夫婦雙好。病中不及遍覆，望致意。如柏阮來候補，便可不見。若已見過，嗣後亦不必令其常來也。至囑至囑。

鈐印：語鈴（朱）

英奇徒以薄伎炎凉每每增人慨歎若不使
書生被蒙亦狃不如此懇往也我輩之不致終于
困窮者可侍之以理下之以心閒寄於定靜中有見
高明以為何如墨池堂初拓二冊瓌爛既美而
題跋小字絶精乃
秘笈珍藏
心賞之品割愛

乘興加之題跋尤為心感四朝詩選厲樊榭南一
肆中曾見一部尚可典去齋所押宋拓坐位帖否
在其價若何日已便中一
代問之詞學叢書蹤訣葉可不買內選詞苑英華
元板初印未之有嘯存專書即啟
弁安秋日暑尚酷難
万之珍攝不宣　門愚小弟崇恩頓首
閏七夕燈下

英奇徒以薄俗炎凉，每每增人慨嘆。若不使書生，彼蒼亦斷不如此恝然也。我輩之不致終于困窮者，可信之以理，卜之以心。閑嘗於定静中有見，高明以爲何如？

墨池堂初拓二册氈蠟既美，而題跋小字絶精，乃秘笈珍藏、心賞之品，割愛乘興加之題跋，尤爲心感。《四朝詩選》廠橋路南一肆中曾見一部尚可。典古齋所押宋拓《坐位帖》尚在否，其價若何？乞便中一代問之。《詞學叢書》既缺葉，可不買。如遇《詞苑英華》元板初印者，乞爲購存。

專肅，即叩升安。秋暑尚酷，惟萬萬珍攝，不宣。

門愚小弟崇恩頓首，閏七夕燈下

賦得蟬聲驛路秋山裏 得歸字五言八韻

一路蟬聲裏秋光伴客歸亂山征騎發荒

驛釣雲飛碧樹含情遠紅亭遞響微峯

巒閒遠遠津渡認依稀霧霧商絃引層層峭

壁園短板搖夕照孤磬度煙霏風露寒以

許邱園願不違

上林欣舊托流韻近

瓊扉

賦得蟬聲驛路秋山裏（得歸字五言八韵）

一路蟬聲裏，秋光伴客歸。亂山征騎發，荒驛斷雲飛。
碧樹含情遠，紅亭遞響微。峰巒開迤邐，津渡認依稀。
處處商弦引，層層峭壁圍。短鞭摇夕照，孤磬度烟霏。
風露寒如許，邱園願不違。上林欣舊托，流韵近瓊扉。

前詩奉和蝯叟之詩先成方伯經之
西樓二因次韻
數聲泥滑滑到雲婆餅焦將雛邀送
喜逢歸鵓鴣細聽鄉音方自鳴大雅音無
昭原非見漢魏時或無風騷浮如雲煙
清如雨滿滿勤如龍擎在遠如鷹縛
廣穀待錦織勸穫雖吾鄉丁壯事耕耩
歸子勤晝宵林雨淨如沐花檣破枝趨村落烟
彩浪碉壁泉聲異行此二物詩都今古足消山
前月下籜短簷風前樓長城此非立野戰出敵挑亦
速排徒乞施技艱難乃繼我詩之紀律且反於進邀此真
之已日來時勤排設　越舍堂月草草

前詩索和，蝯叟之詩先成，方伯繼之而特工，因復次韵。

數聲泥滑滑，到處婆餅焦。將雛燕送喜，逐婦鳩何驕。
細響方自鳴，大雅音忽昭。居然見漢魏，時或兼風騷。
沛如雲浩浩，清如雨瀟瀟。奇如龍擘石，迅如鷹解絛。
賡韵傳錦箋，觀稼臨青郊。丁壯事耕耩，婦子勤晝宵。
林巒凈如沐，花樹欣扶翹。村落烟彩活，磵壑泉聲囂。
行吟二妙詩，頓令百憂消。山肩月下聳，短髮風前搔。
長城屹然立，野戰安敢挑。神速推猿公，絶技矜熊僚。
我詩乏紀律，且復相遮邀。吟髭久已白，未暇勤推敲。

敔翁崇恩草草

千里迢迢鏁棘分無緣舉白一浮君仙才自沐三霄露綵筆遥傳五色雲顏脱曾經冠羣彦緒餘猶足張吾軍金鍼度与從教妄羞然哥常剌繡文（張字作修大解讀古考）九秋弹指又平分試院茁茶苦憶君遥羨鑑衡懸朗月自若魔障墮深雲長城睥、詩無敵快馬縱横筆埽軍才道仁治愧知己何时杯酒細論文千里迢迢鑠棘分，無緣舉白一浮君。仙才自沐三霄露，彩筆遥傳五色雲。

穎脱曾經冠群彦，緒餘猶足張吾軍。金針度與從教看，羞煞尋常刺綉文。

（張字作侈大解，讀去聲）

九秋彈指又平分，試院煎茶苦憶君。遥羡鑒衡懸朗月，自嗟魔障墮深雲。

長城睥睨詩無敵，快馬縱横筆掃軍。才盡江淹愧知己，何時杯酒細論文。

語鈴中丞工於詞翰書學東坡收藏甚富鑒别碑帖尤為精審此冊乃撫山左時出省巡閱與其眷屬書札敘述瑣事頗有意趣後有詩牋三紙亦見一斑其後嚴官四京家藏之物散失殆盡得此吉光片羽猶想見雅人深致也

篤齋仁兄同年屬題　丁酉冬日弟徐用儀書

語鈴中丞官山東日延何蝯叟主濼源書院時與唱和其風韻可想回

其當時中書實踐之上超拔塵
壒之外出觀其所與正信然耶

中丞所藏黄忠端公斷碑
研今隸書

以上皆屬題因并記之

右冊陸鈐中丞極山左時手蹟也長夏盛暑過陸氏屬庵小憩
篤齋仁兄出此索題久而未報乃適奉 命視學是邦倘他日訪閱軼事
當年流風善政猶有存者豈特開卷神往已乎丁酉仲秋姚丙然記

榮恩滿洲正藍旗人姓覺羅氏字仰之號語鈴又號香南居士
三善官至山東巡撫 中國人名大辭典

此冊先比部公所遺另有此（榮）公書聯八言加跋一副頗佳
比部公卒於光緒庚子之春正月今六十一年矣偶觀此冊弥增感歎
一千九百六十年夏正庚子仲春月杪西吴陸樹基識於海上時年七十有九

中丞有玉牒榮恩之印是有清宗室也 堅叟又記

語鈴中丞工於詞翰，書學東坡，收藏甚富，鑒别碑帖尤爲精審。此册乃撫山左時出省巡閲與其眷屬書札，叙述瑣事，頗有意趣。後有詩箋三紙，亦見一斑。其後罷官回京，家藏之物散失殆盡。得此吉光片羽，猶想見雅人深致也。篤齋仁兄同年屬題，丁酉冬日弟徐用儀書。

鈐印：用儀長壽（白）

語鈴中丞官山東日，延何蝯叟主濼源書院，時與唱和，其風韵可想，宜其家書中處置瑣瑣，亦超拔塵壒之外，出視其所與，不信然耶？昶。

中丞所藏黄忠端公斷碑研今歸予處。竺翁屬題，因并記之。

鈐印：臣昶重黎父（朱）

右册語鈴中丞撫山左時手迹也。長夏盛暑，過陸氏寓廬小憩，篤齋仁兄出此索題。久而未報，乃適奉命視學是邦，倘他日訪聞軼事，當年流風善政猶有存者，豈特開卷神往已乎？丁酉仲秋，姚丙然并記。

鈐印：臣姚丙然（白）

崇恩，滿洲正藍旗人，姓覺羅氏，字仰之，號語鈴，又號香南居士。工書。官至山東巡撫。——《中國人名大辭典》。

此册先比部公所遺，另有崇公書聯八言加跋一副，頗佳。比部公卒於光緒庚子之春正月，今六十一年矣。偶觀此册，彌增感嘆。一千九百六十年夏正庚子仲春月杪，西吴陸樹基識於海上，時年七十有九。

中丞有『玉牒崇恩』之印，是有清宗室也。堅叟又記。

鈐印：庚子年七十有九（白）

潘遵祁

潘遵祁（一八〇八—一八九二）

清收藏家、書畫家。字覺夫，一字順之，號西圃、簡緣退士、抱衡居士等。江蘇吴縣（今蘇州）人。道光二十五年（一八四五）進士，二十七年（一八四七）翰林，旋乞歸，回鄉後主講紫陽書院二十餘年，鍾情於山林之幽寂，卜居鄧尉，築香雪草堂。藏書萬卷，有《香雪草堂書目》和《西圃藏書目》著録舊刻精抄及明清佳槧數百種。其書畫收藏主要承接於祖父潘奕雋和父潘世璜，母舅陸恭舊藏也是其藏品的重要來源。因得宋代揚無咎之《四梅花卷》，遂以名閣，戴熙爲繪《四梅閣圖》。享山居之樂逾四十年，晚年與吴中耆舊結爲九老會，以切磋書畫詩文爲樂。工書能詩，卒年八十五。

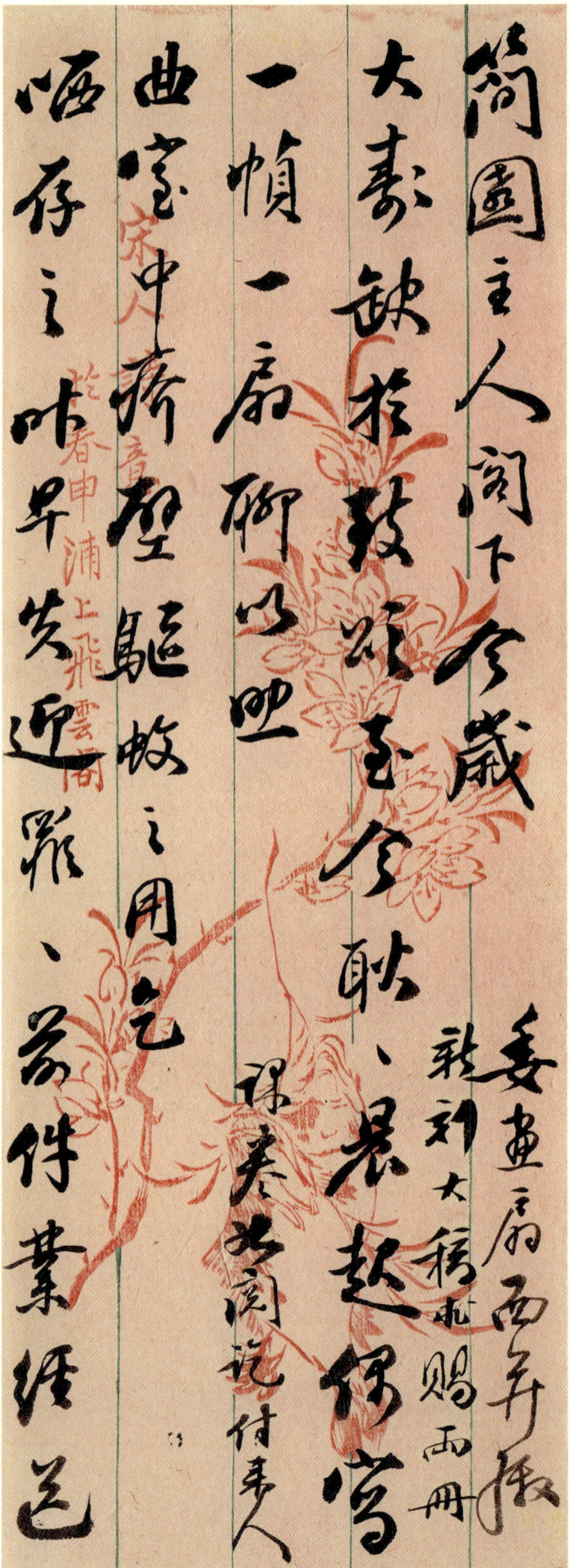
簡園主人閣下：今歲
大壽，缺於致賀，今秋、晨趕作寫
一幀一扇，聊以助
曲宴中齋壁驅蚊之用也。
幅存之。昨畢先返羅、茶件業經送

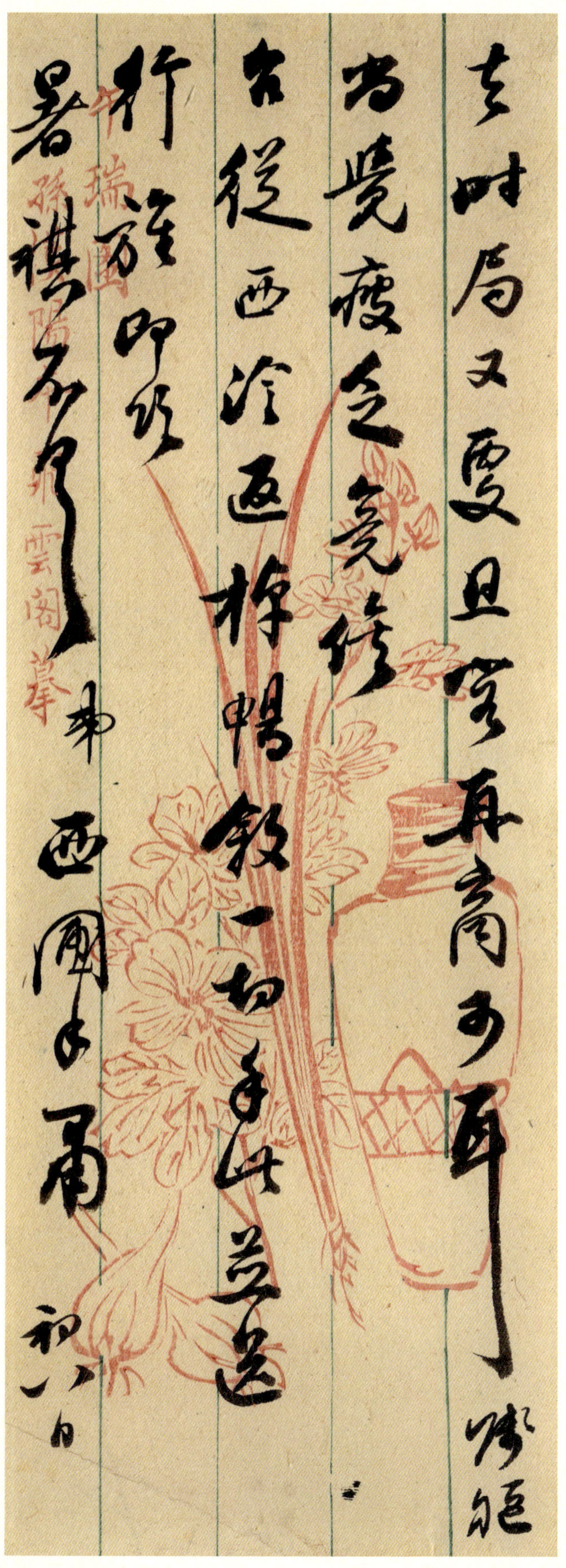

簡園主人閣下：

今歲大壽，缺於致頌，至今耿耿。晨起偶寫一幀一扇，聊以助曲室中疥壁驅蚊之用，乞哂存之。

昨早失迎，罪罪。前件業經送去。時局又更，且容再商可耳。賤軀尚覺疲乏，竟俟台從西泠返棹暢叙一切。

手此，并送行旌，即頌暑祺，不具。

弟西圃手肅，初八日

委畫扇面并繳，新刻大稿求賜兩册。課卷如閱訖，付來人。

一粟庵水樹與

閭生仁兄話舊即送之常德請

正

常時頗怯天厄汝終歲飽瓜傷獨處漂

擔家室到今日却羨君身猶可攜三年

不見換鬚鬢野鶴閒雲渺何許忽然

鵠翼落人海執手歔欷淚如雨平生

知己等閒沒旅寓荒涼不能去語與渡航

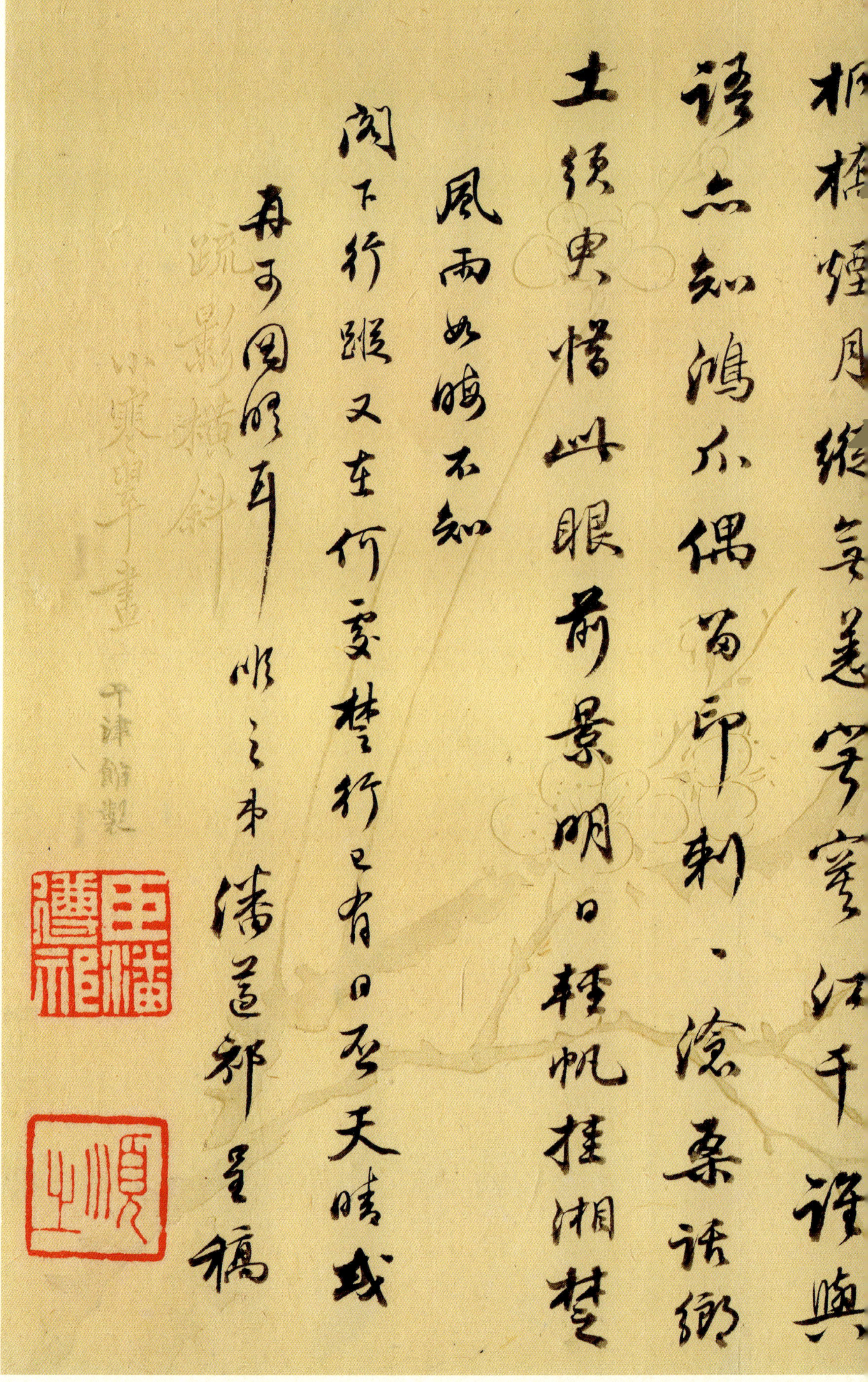

一粟庵水榭與閏生仁兄話舊，即送之常德，請正。

常時頗怪天厄汝，終歲匏瓜傷獨處。漂摇家室到今日，却羡君身輕可舉。三年不見换鬚鬢，野鶴閑雲渺何許。忽然矯翼落人海，執手親朋泪如雨。平生知己草間没，旅殯荒凉不能撫（謂護航同年）。桐橋烟月縱無恙，寂寞江干誰與語。亦知鴻爪偶留印，剌剌滄桑話鄉土。須臾惜此眼前景，明日輕帆挂湘楚。

風雨如晦，不知閣下行踪又在何處，楚行已有日否？天晴或再可圖晤耳。

順之弟潘遵祁呈稿

鈐印：臣潘遵祁（白） 順之（朱） 空諸所有（白）

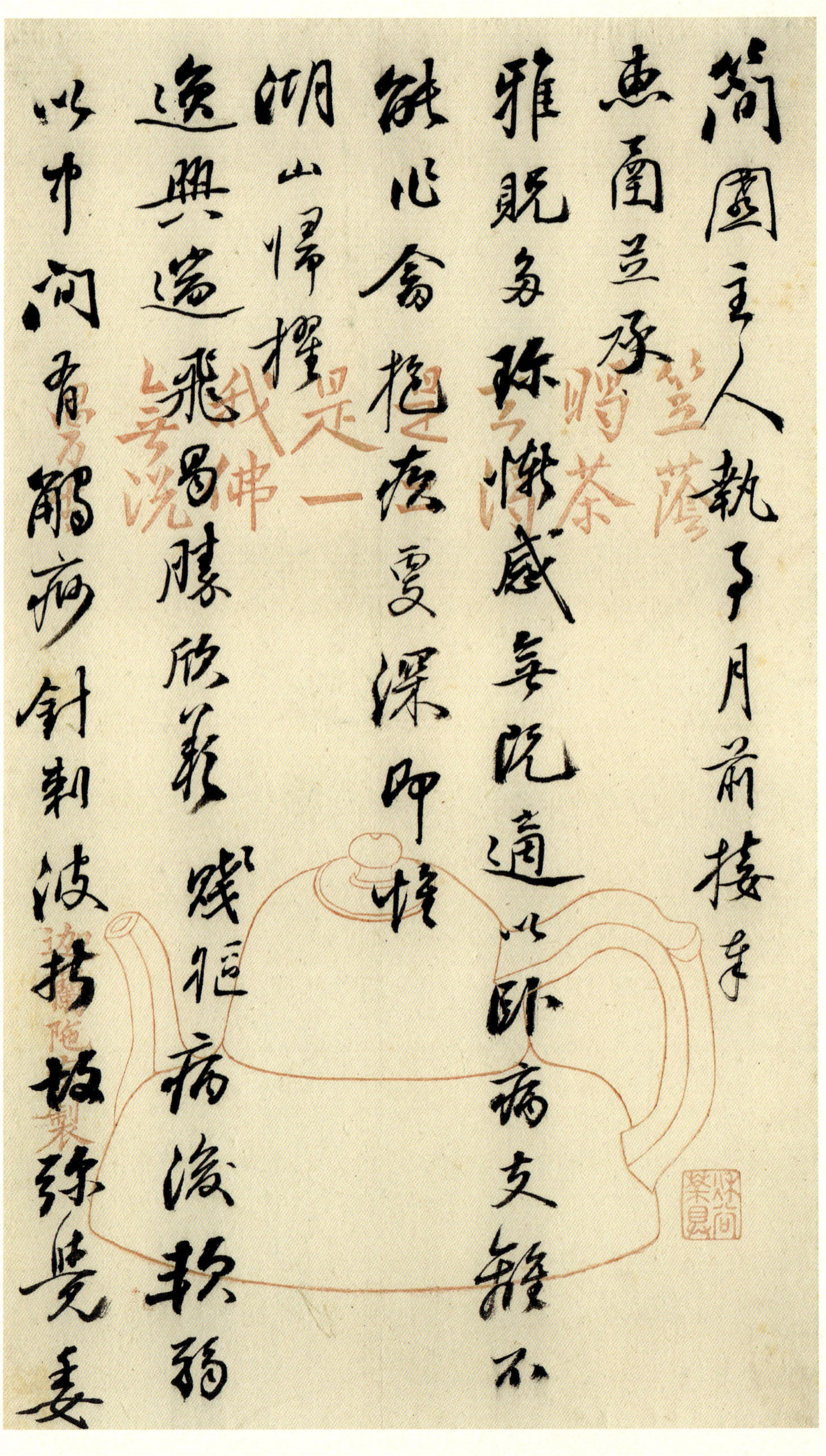

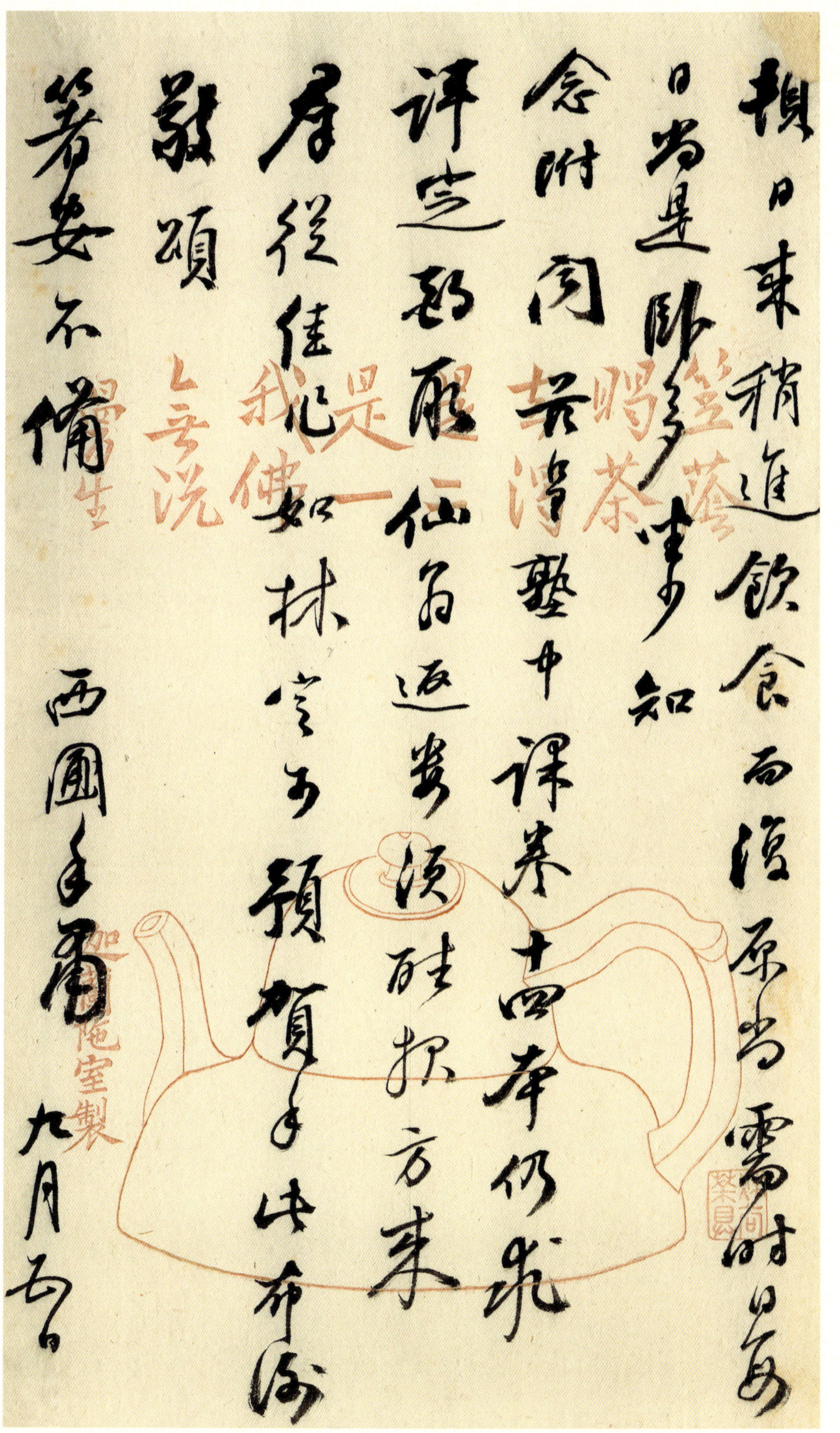

簡園主人執事：

月前接奉惠函，并承雅貺多珍，慚感無既。適以卧病支離，不能作答，抱疚更深。即惟湖山歸棹，逸興遄飛，曷勝欣羡。賤軀病後軟弱，以中間有觸痧針刺波折，故彌覺委頓。日來稍進飲食，而復原尚需時日，每日尚是卧多坐少，知念附聞。

兹呈塾中課卷十四本，仍求評定酌取。仙翁返婁，須聽報方來。群從佳作如林，定可預賀。

手此布謝，敬頌箸安，不備。

西圃手肅，九月五日

簡園主人自武林返櫂出示贈丁滙

甫學使之作並疊韻見貽敬訂探梅

之游僕方至白堤冒雨尋花歸途次和

錄呈　清正

六橋煙柳記吟秋七月中君曾至杭又送江春度

早郵君自探囊欣得句我方開甕

生憐愁殺故人好駐三年節詞客重

維十日舟篷把臂孤山嶺鄧尉梅花書

林而未果

今朝拟負叩门聲，却上扁舟一葉輕。
冥访幽花携蠟屐，天教细雨灑塵纓。
已看北郭争持未，還喜南方早息兵。
轉眼明年春事早，安排載酒共聽鶯。久

臘月二十六日西園初脫稿

簡園主人自武林返棹，出示贈丁濂甫學使之作并叠韵見貽，預訂探梅之游，僕方至白堤，冒雨尋花，歸途次和，録呈清正。

六橋烟柳記吟秋（七月中君曾至杭），又送江春度早郵。君自探囊欣得句，我方開瓮坐繞愁。故人好駐三年節，詞客重維十日舟。若把孤山誇鄧尉，梅花清夢幾時酬（僕屢欲游武林而未果）。

今朝孤負叩門聲，却上扁舟一葉輕。客訪幽花携蠟屐，天教細雨濯塵纓。已看北郭争扶來，還喜南方久息兵。轉眼明年春事早，安排載酒共聽鶯。

臘月二十六日，西圃初脱稿

鈐印：臣潘遵祁（白）　順之（朱）

風雪嚴寒閉門獨坐再疊前韻

奉柬

筍園主人并促和章請正

六花爭壓早梅春似此詩簡鬭

韻新試筆定名題蠟鳳廣詔

揚和秀當盤却喜薦冰鱗聊遣

掃迷烹茶約獨懷寒悴咏紫

人余去歲連悴兩女安得空江清絶處便

攜蓑笠去垂綸

西園初稾 新正四日

風雪嚴寒，閉門獨坐，再叠前韵，奉柬簡園主人，并促和章，請正。

六花争壓早梅春，似助詩筒門韵新。試筆定應題蠟鳳（謂賡和秀才），登盤却喜薦冰鱗。聊遲掃徑烹茶約，獨憶搴幃咏絮人（余去歲連悼兩女）。安得空江清絶處，便携蓑笠去垂綸。

西圃初稿，新正四日

鈐印：髯圃（朱）

簡園主人和詩三章復以閣陝甘捷
音志喜疊韻作見示再疊奉和
請正
先生斗室自吟春忽報臨洮唱
凱新浮白且斟杯素蟻擒王
免釋釜中鱗星辰乍看銷兵
象風雪寒留橐筆人李伯雨駕部宦冬入
戎幕閣隴地形堪飛米接編早
晚聽溫綸
西園祐脱稿

簡園主人和詩三章，復以聞陝甘捷音志喜疊韵作見示，再疊奉和，請正。

先生斗室自吟春，忽報臨洮唱凱新。浮白且斟杯裏蟻，擒王竟釋釜中鱗。

星辰夜看銷兵象，風雪寒思橐筆人（李伯雨駕部客冬入戎幕）。關隴地形堪聚米，

撫綏早晚聽温綸。

西圃初脱稿

鈐印：君子之交（朱）

春朝鄧山人來約山塘看梅偕女夫秦兆甲泛載花而悔
夢回已是丙寅人（是日辰初立春）自嘆行周甲子身正擬小窗閒遣興
忽呼輕舫別尋春殘雲著樹冰花重婿日當門綠縢新
扶病衝寒成底事遠梅猶乃倍精神

再用人字韻示秦壻

從今屏擬作閒人終於迎春便討春種樹房涯差免俗
愛花成癖竟忘貧（度歲甚拮据而所乃野梅影）小園早已芟雜垢清侶真
宜歸去塵埃安排游屐興青山淡淡亦翩翩

閬生吾兄詞壇和正 縵園居士草 祁遜稿

春朝鄭山人來，約山塘看梅，偕女夫秦兆甲往，載花而歸。

夢回已是丙寅人（是日辰初立春），自笑行周甲子身。正擬小窗閑遣興，忽呼輕舫別尋春。殘霙著樹冰花重，妍日當門彩勝新。扶病衝寒成底事，遠梅移得倍精神。

再用人字韵示秦聟。

從今準擬作閑人，纔報迎春便討春。種樹爲涯差免俗，愛花成癖竟忘貧（度歲甚拮据而所得野梅頗夥）。小園早已營離垢，清侶真宜號去塵。次第安排游屐興，青山淡淡水粼粼。

閏生尊兄詞壇和正。

絸園居士遵祁初稿

毫述雖每自精嬖並敵道不知載雖然乃共商何事也
有紅紗罩眼來
技須共見斯無憾鑑以然共乃不合一日短長文自有兩畔
青白意何存
一萬巖霞豐羽曦度過何然信不疲輪與舉比雙擁者
為指使眼識指詩
續之馬隊笑何園問道共嘲老識途寄語門前題鳳客少
亦讀乃不明無
事和
荷園主人見示之心詩　正　西園居士呈草

五色迷離每自猜，斐然敢道不知裁。鷄蟲得失關何事，也有紅紗罩眼來。

技須共見斯無憾，鑒以能空乃不昏。一日短長文自有，兩眸青白意何存。

一篇薇露盥朝曦，屢照何能信不疲。輸與皋比雙擁者，尚揩倦眼戲拈詩。

續之馬隊笑何圖，問道空慚老識途。寄語門前題鳳客，將公贖得不明無。

奉和簡園主人見示之作，請正。

西圃居士呈草

鈐印：髯圃（朱）

簡園主人閣下：歲事碌碌，竟不及走荅，爲罪。送呈
龍眼兩斤，奉佐
調攝之需。硃拓楹帖一聯，聊備
新齋新春補壁之，莞存即頌
歲禧，不具。 西園手肅
尊件已脩竟，垂書新正報命。

簡園主人閣下：

歲事碌碌，竟不及走答爲罪。送呈龍眼兩斤，奉佐調攝之需；硃拓楹帖一聯，聊備新齋新春補壁，乞莞存。即頌歲禧，不具。

西圃手肅

尊件已飭小兒重書，新正報命。

又拜

菊圃主人文几：連日雨雁正念。清恙諒即霍然。附去自製再造丸一枚，

御佐潤振之。收存四五月課卷，務望飭於書局內印三百為荷。

緣要需者多也。秋君遴問，雖能六珠，不能老態，無妨耳。

足下亦少費心力為是。手此奉覆，敬請

珍衛，即頌

大安不一

西圃手肅

雲藍閣製

簡園主人文几：

連日不晤，正念清恙諒即霍然。附去自製再造丸一枚，聊佐調攝，乞收存。四五月課卷藉呈，能於數日内即還爲荷，緣要看者多也。秋暑蒸悶，賤軀亦殊不健，老態無可如何。足下亦以少費心力爲是。手此奉覆，諸惟珍衛。即頌大安，不具。

西園手肅

二十日雨轉雪未雪海早曾有作再寄

簡園主人乞和並訂春游

濛濛細雨欲沾衣曉拄吟筇上翠微一西溪

波濃塔影萬枝殘雪擁嵐霏逃禪畫裏

春粧在（余和逃禪四梅花詞有殘着有餘春粧在短步徧遲遲之句）務覩詩中夢已

飛銀蝸金舸之子限衆爭如步屧過柴扉（簡翁詩小閣金舸雲臓浣華堂銀蝸鬟春衣閣心雖有尋梅夢恰蕊出未寺已非簡翁堅約而春雨阻故云）

西園草稿

二十七日雨罅，登香雪海早望有作，再寄簡園主人乞和并訂春游。

濛濛細雨欲沾衣，曉拄吟笻上翠微。一面澄波凌塔影，萬枝殘雪擁嵐霏。逃禪畫裏香猶在（余和逃禪《四梅花詞》『將殘』一首，有『餘香猶在，欲步偏遲』之句），務觀詩中夢已非。銀燭金船無限樂，争如步屧過柴扉（放翁詩：小閣金船嘗臘酒，華堂銀燭製春衣。關心雖有尋梅夢，冷蕊幽香事已非。簡翁堅約而爲雨阻，故云）。

西圃呈稿

鈐印：山澤之臞（白）

闵翁三兄大人阁下：阔别多时，往返未值，怅甚。

昨闻有洞庭游，而中道小有感冒，扰玉郎尉而不果，羡且愧也。刻以补制郡学明伦堂扁额，未悉周蕃芝同年驹骖时任何官？郎照何职书？

见必知其详，乞即开示。再，吴江震泽西郊国朝重赋鹿鸣重游泮宫者有何人？详其姓氏，至顺时乞留意，即此著安，不一。

表妹婿潘遵祁顿首

閏翁三兄大人閣下：

闊别多時，往還未值，悵甚。

昨聞有洞庭之游，而弟適小有感冒，擬至鄧尉而不果，羡且愧也。刻以補製郡學明倫堂扁額，未悉周蔭芝同年殉難時任何官，恤贈何職？吾兄必知其詳，乞即開示。再，吴江、震澤兩縣國朝重賦鹿鳴、重游泮宫者，可得而詳其姓氏否？暇時乞留意。

即頌箸安，不具。

表妹婿潘遵祁頓首

闻生内表兄年大人阁下：初七专诚趋叩，未获
面申一切，想鹤仙兄已转达。山中函棹，舍亲
忽卧病，尚未霍然，一俟痊可，即令晋谒
师座。考期已近，未识
台驾尚须回渎否？想阁考后必在城中
也。本欲再谒，家中上下病者颇多，稍閒即
晋谒。即请
吟安不一。小弟潘遵祁叩

乙丑

閏生内表兄年大人閣下：

初七專誠趨叩，未獲面申一切，想鶴仙兄已轉達。山中返棹，舍侄忽卧病，尚未霍然，一俟痊可，即令晋謁師座。考期已近，未識台駕尚須回瀆否？想開考後必在城中也。本欲再謁，家中上下病者頗多，稍閑圖晤。

即請吟安，不具。

弟期潘遵祁頓首

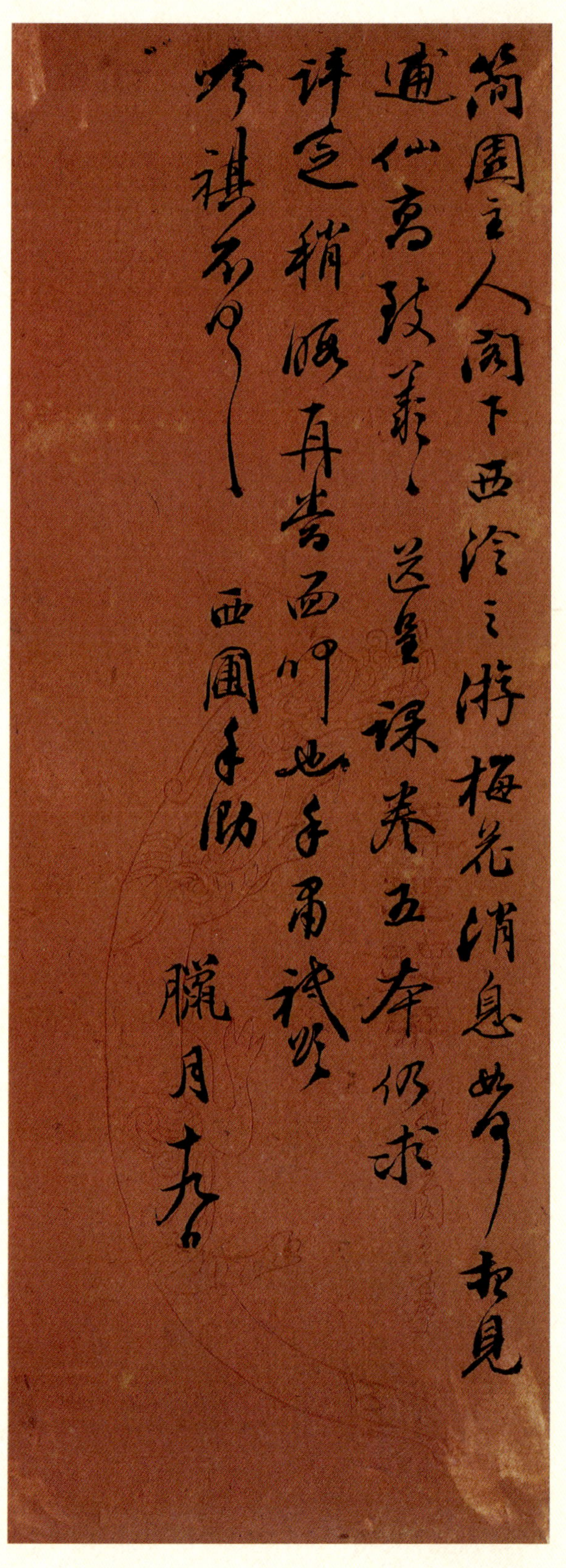

簡園主人閣下：

西泠之游，梅花消息如何？想見逋仙高致，羡羡。送呈課卷五本，仍求評定。稍暇再當面叩也。

手肅，祇頌吟祺，不具。

西圃手泐，臘月十九日

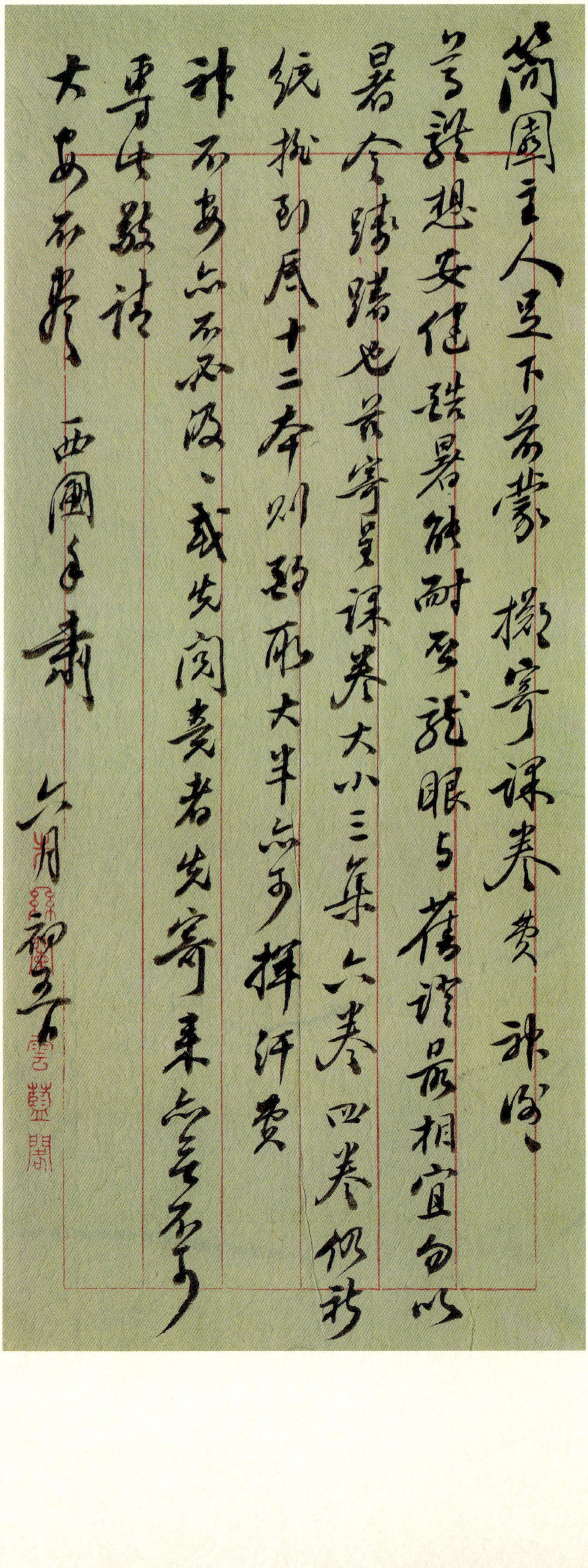
簡園主人足下前蒙 擲寄課卷費 神、敬
悉謹想安健酷暑能耐至疏眼与舊諳最相宜白以
暑令請緩也前寄呈課卷大小三集六卷四卷俱新
繳擬到底十二本則離所大半亦可揮汗費
神不安亦不必改、或先閱竟者先寄來亦無不可
專此敬請
大安不具 西園手肅
六月初五

簡園主人足下：

前蒙擲寄課卷，費神，謝謝。

尊體想安健，酷暑能耐否？龍眼與舊證最相宜，勿以暑令躊躇也。兹寄呈課卷大小三集，六卷、四卷仍祈統排到底，十二本則酌取大半亦可。揮汗費神不安，亦不必汲汲，或先閱竟者先寄來亦無不可。

專此，敬請大安，不盡。

西圃手肅，六月初五日

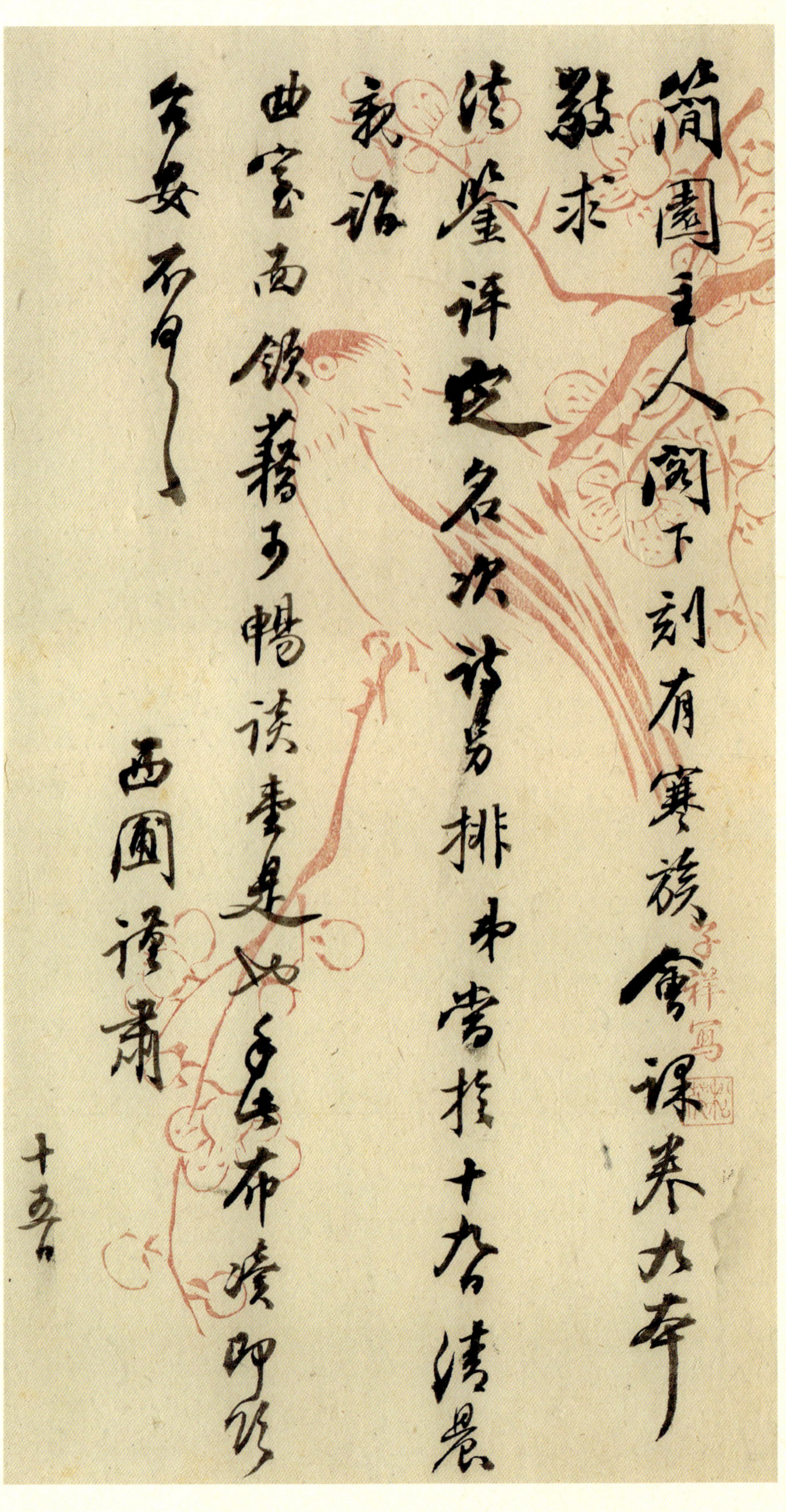
簡園主人閣下：刻有寒族會課卷九本，敬求清鑒，評定名次，請另排中，當按十名。清晨親詣曲室面領，藉手暢談，甚是。以手布覆，即頌午安，不盡。
西園謹肅
十五日

簡園主人閣下：

刻有寒族會課卷九本，敬求法鑒，評定名次。詩另排。弟當於十九日清晨親詣曲室面領，藉可暢談壹是也。

手此布瀆，即頌台安，不具。

西圃謹肅，十五日

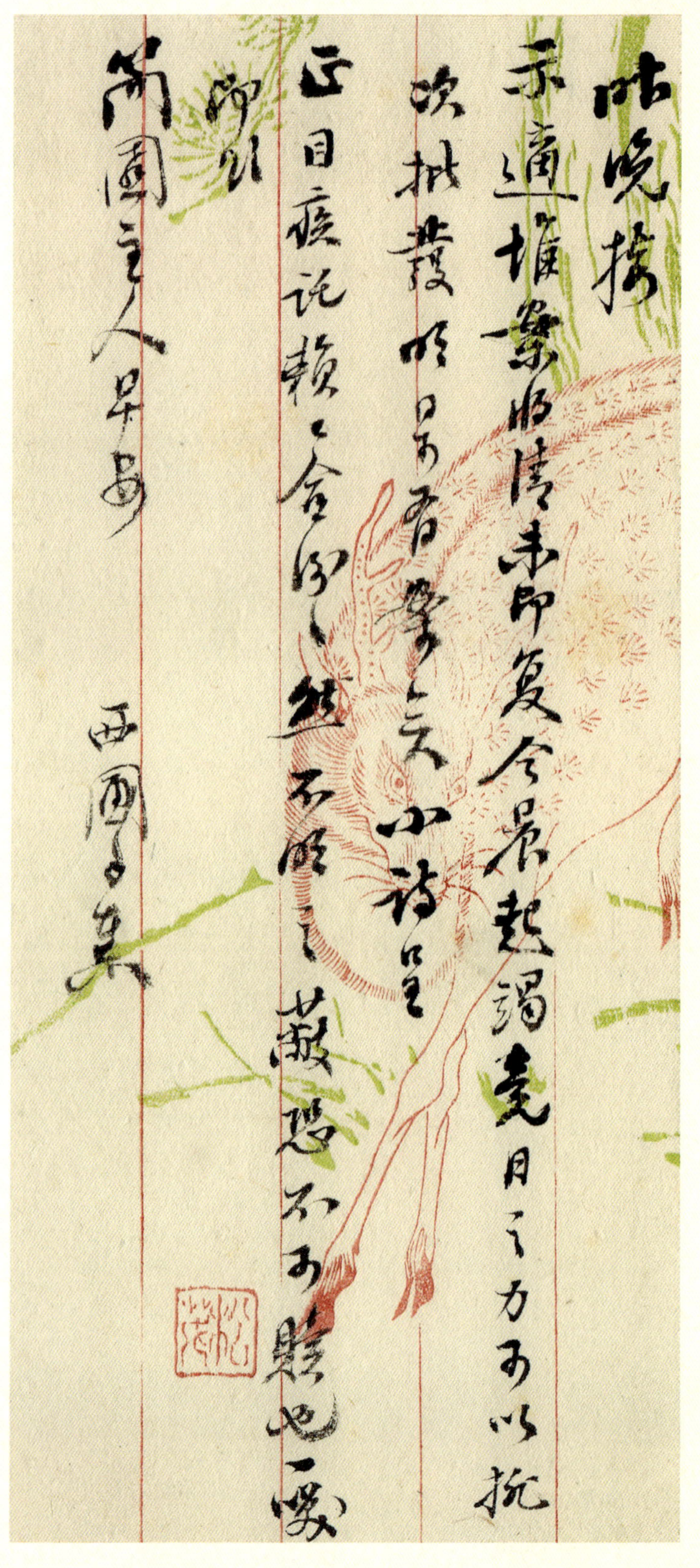

昨晚接示，適堆案將清，未即復。今晨起，竭竟日之力可以排次批發，明日可有案矣。

小詩呈正。目疾托賴已愈，謝謝。然不明之蔽，恐不可贖也，一笑。

即頌簡園主人早安。

西圃手奏

簡園主人足下同是閒人愚從例新年先把往還義此代乎
元日奉和白也韓申兩約詠有同心小詩二律呈求
賜和春寒甚峭梅花消息當在驚蟄後矣讀川三作
古意不減耶手跡希布續
新禧不一
西園手肅
小年朝

簡園主人足下：

『同是閑人忘俗例，新年先把往還辭。』此戊午元日奉和句也。請申前約，諒有同心。小詩二律呈求賜和。春寒甚峭，梅花消息當在驚蟄後矣。瀆川之行想亦不汲汲耶？

手泐，布頌新禧，不具。

西圃手肅，小年朝

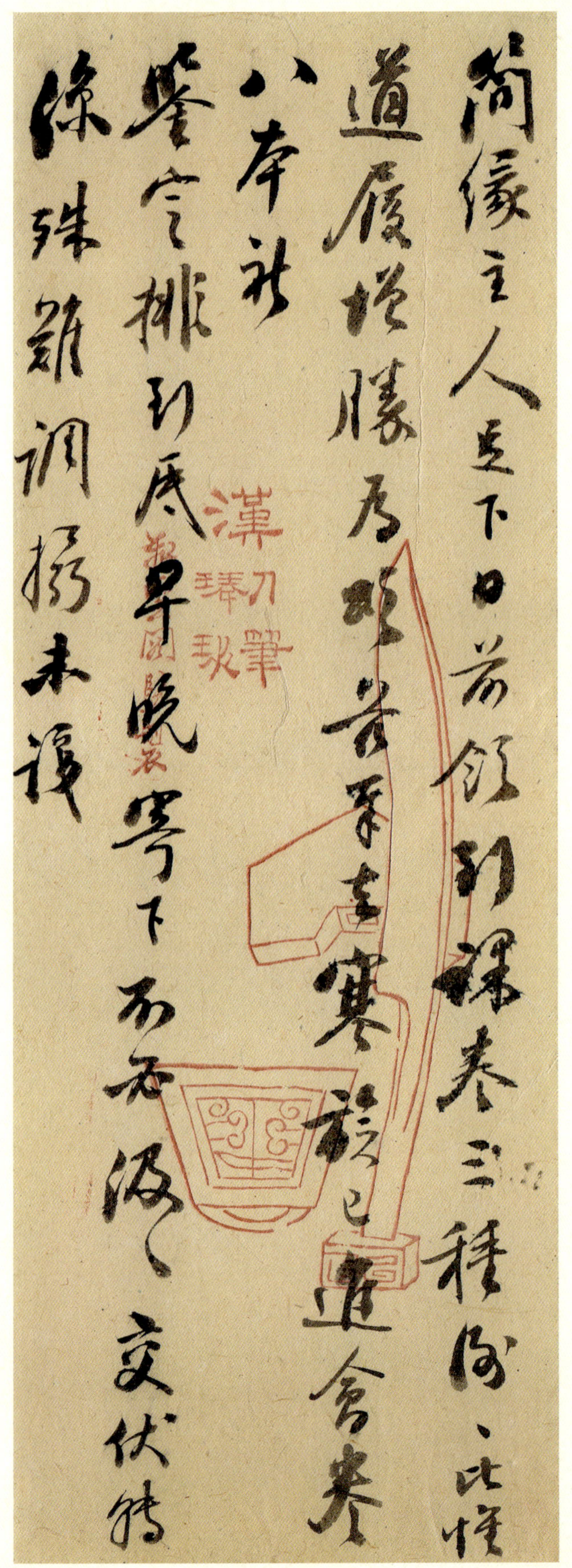

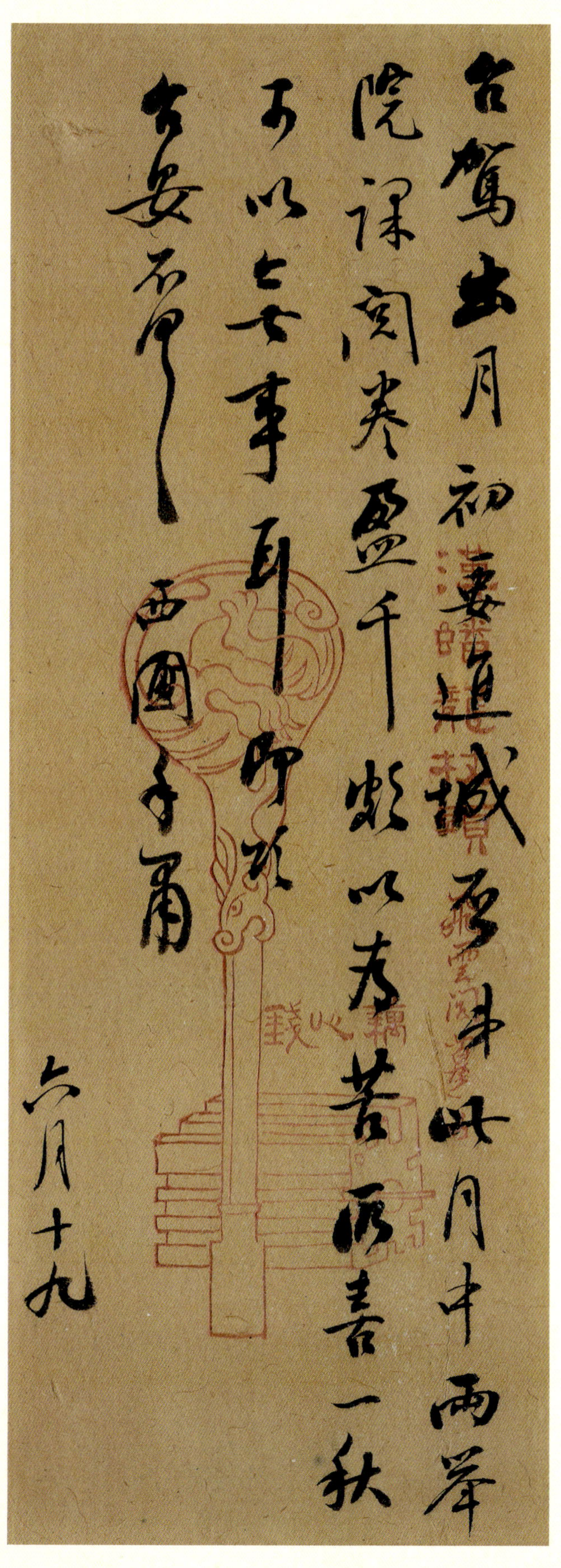

六月十九

簡緣主人足下：

日前領到課卷三種，謝謝。比惟道履增勝爲頌。

兹奉去寒族已進會卷八本，祈鑒定排到底，早晚寄下，不必汲汲。交伏轉凉，殊難調攝。未識台駕出月初要進城否？弟此月中兩舉院課，閲卷盈千，頗以爲苦，所喜一秋可以無事耳。

即頌台安，不具。

西圃手肅，六月十九

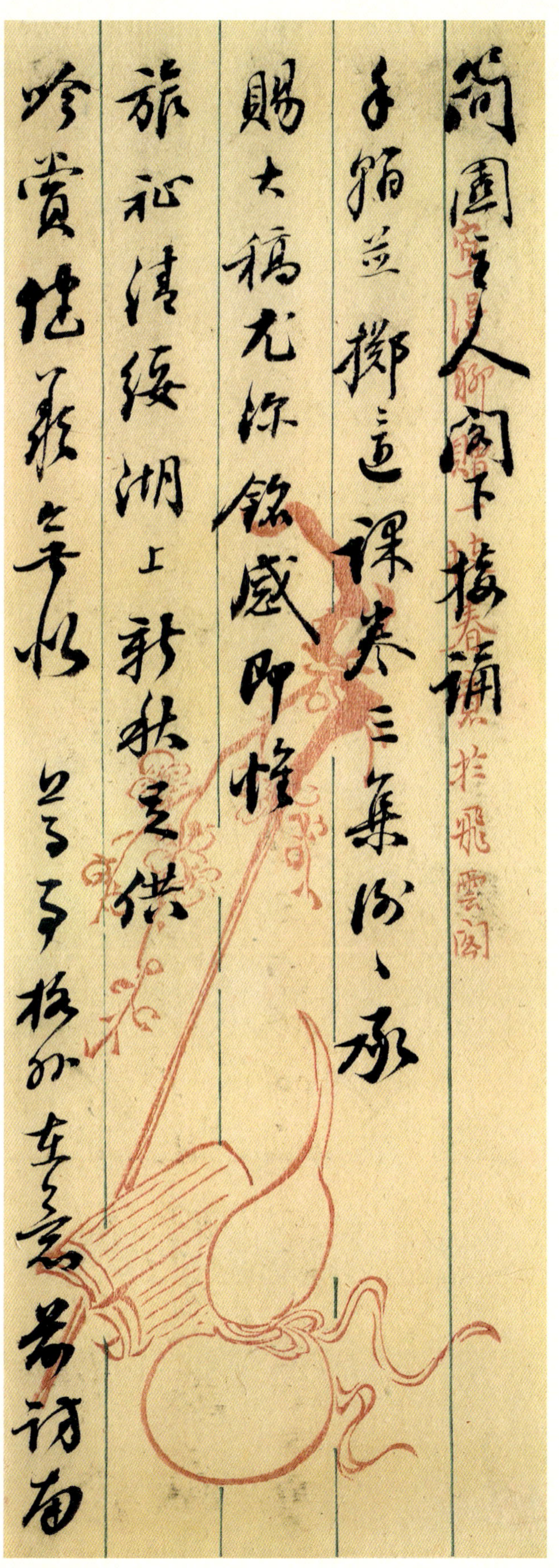
荷園仁人閣下：接誦
手翰並擲遺課卷三集，欣欣承
賜大稿，尤深銘感。即惟
旅祉清綏。湖上新秋，足供
吟賞。佳蔬之年收。　[illegible]

於飛雲閣

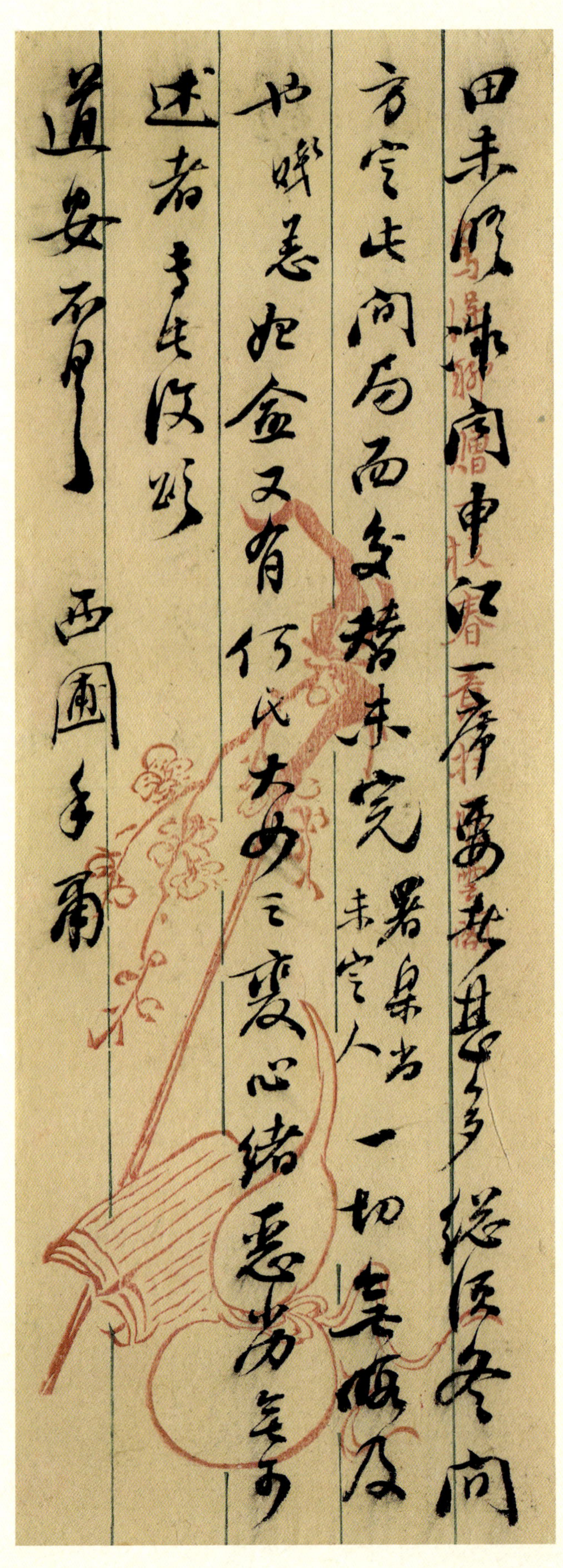

簡園主人閣下：

接誦手翰，并擲還課卷三集，謝謝。承賜大稿，尤深銘感，即惟旅祉清綏。湖上新秋，足供吟賞，健羡無似。

尊事格外在意。前訪南田未晤，微聞申江一席要者甚多，總須冬間方定。此間局面交替未完（署臬尚未定人），一切無暇及也。

賤恙始愈，又有何氏大女之變，心緒惡劣，無可述者。

專此，復頌道安，不具。

西圃手肅

顧文彬

顧文彬（一八一一—一八八九）

字蔚如，號子山，晚號艮盦、過雲樓主，江蘇元和（今蘇州）人。道光二十一年（一八四一）進士，授刑部主事，同治九年（一八七〇）官浙江寧紹道台。後厭倦官場，稱疾致仕。文彬素嗜書畫，自唐宋元明迄于清朝，諸名迹力所能致者，靡不搜羅，旁及金石，如鐘鼎、尊彝、古錢、古印之類，亦皆精究。辭官歸里後斥巨資營造『怡園』，花木泉石之勝名盛一時，築『過雲樓』專藏法書名畫，『廣大精微，無所不備』，時賢『群相推服，推爲江南收藏第一家』。顧文彬考辨精審，極具見解，晚年著《過雲樓書畫記》十卷詳爲述録，『謹嚴過於諸書，例言尤高』。其子孫悉心守藏，相爲賡續。歷經數代，『過雲樓』收藏遂有富甲天下之説。顧文彬嫻於詩詞，尤以詞名。多意境清幽，風格細密。著有《眉緑樓詞》八卷。書法溯源歐、褚，清正典雅，于所藏碑版卷軸，烏闌小字，題識殆遍。

仲遠仁兄大人閣下：握别以来，瞚经三月，寸衷馳系，与

日俱增。迩維

履祉延綏，

勛祺協吉，定如心祝。弟自八月廿五日登坐輪船，穩如履

地，疾若乘風，至九月初一日抵滬，即在城中團練局居住。

麗賓、翁相待甚優，局中同事如潘季玉、楊振甫、潘小雅

皆係舊人，季君梅、楊漱芳皆在江北未見也。賓翁為人

和平公正，極能有為，各鄉紳民尚多聯絡，即已陷之區

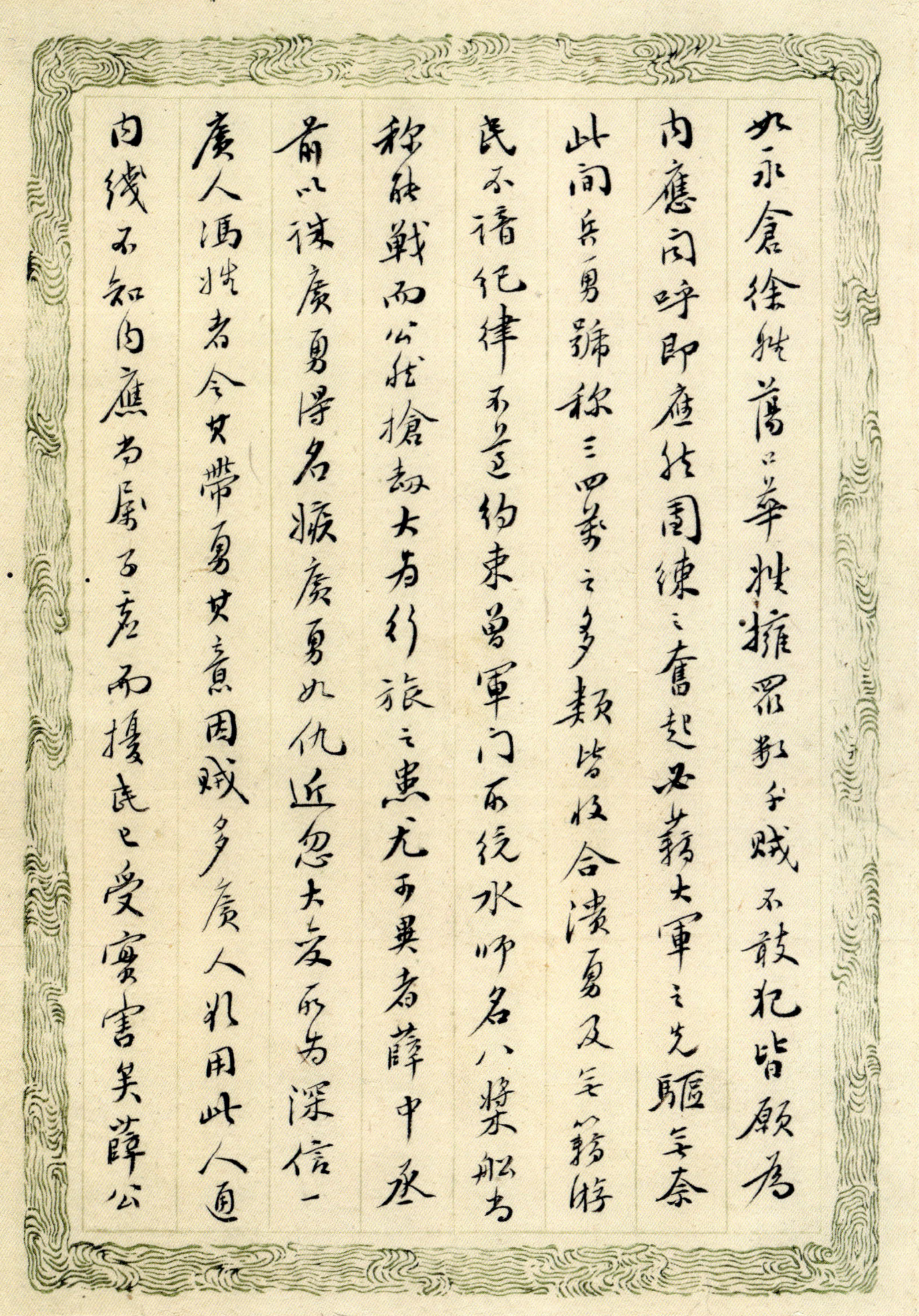

如永倉徐州舊以華洲擁衆數千賊不敢犯皆願為
內應問呼即應於團練之奮起必藉大軍之先驅無奈
此間兵勇號稱三四萬之多類皆收合潰勇及無以籍游
民不諳紀律不足約束曾軍門所統水師名八漿船者
稍能戰而公然搶劫大為行旅之患尤可異者薛中丞
前以誅廣勇得名擬廣勇如仇近忽大反所為深信一
廣人馮姓者令其帶勇其意因賊多廣人欲用此人通
內綫不知內應尚屬可虛而擾民已受實害矣薛公

並不知兵而自以為知兵毫無集思廣益之意如此大軍
務不設營務處不設糧臺豈非大奇兵勇皆零星散布
賊至距城二三十里僅以守兵千百禦之見賊即潰其不直
薄城下者恃城中有夷兵一二千黃浦有夷兵船數隻而
已蘇民逃難至滬者趁夷場如鶩洋房星羅棋布民
房參錯其中房價之昂每間每月多至十金少亦四五金
他物稱是近日紹興慈谿等處相繼失守甯波亦危在旦
夕蘇民至滬者更多聞賊中有知吾與夷人交言吞并

浙省後即將吞并上海不知本人如何登岸而賊之垂涎於

此亦可見矣弟前之竊以爲曾帥分兵來吳蘇城斷無

克復之望因一面專催一面公函敦請屬錢主事調甫坐

輪船而去薛公初不謂然弟見吳曉帆方伯及首切言屬其

勸導始勉從所議作述之一書令委員與錢公同往接與

帥本亦一家人乃平時既不通氣及至不能自立勢成坐困

而以求助於人爲恥吁亦可怪矣去秋賊數萬犯城下

薛公一籌莫展本人以炸炮擊退之薛公掩爲己功鋪

張入告東人以此衛之近日已度里由廣東滬不見官而

顧兄仲弟与季玉兄之言次爲八七年之事爲耿耿恐將來

必有艱難也聞曾帥之兵不勇分撥有入湘募勇之說果

如此則必不能速來且由皖入吳節節有阻弟与吳晚翁密

商欲以巨舟迎師以東船翼之而來此計若行可冀從

天而降否則緩不濟急耳 敝眷於十月間由鄉間搬

至東揚租房四樓四底每年房價三百數十金米珠薪桂

十倍於常苟安旦夕真如巢幕之鳥迴觀楚中境

請近安矣雲霄懷　郇師竟爾不起可勝悲痛希庵
中丞哀感素著甘於秀師能否水乳雲琴爽直勇
敢接皖必有作爲且必與楚中聯爲一氣東北一路當可
無慮矣閩川氣甚熾施南所屬有被擾者未知確否者
中秋日賞月如常衛生講求行止如自
閣下之事早已入奏中堂似可再遲矣房楣府書已得
數種與厚帳已有異同謹以奉贈餘容續覓再寄
花西俗近居常飄鄉間信早寄去尚無回音耳

全存於園局，待其支付之外不能支，仍寄還楚北。兄希
以充改之專。此布，即頌
勛安。弟希
亮詧不宣。愚小弟制頓首頓首　十月初五日

近見　上諭有人奏各省團練均不得力，有奏各省皆擬查察，並分別裁撤等語。此間經局如在裁撤之列，此日本難免，致上疑討，將皆歸本，欲引退。弟亦極欲脫身，倘得藉此了事，外傍亦不受害就矣。又叩

仲遠仁兄大人閣下：

握別以來，瞚經三月，寸衷馳繫，與日俱增，邇維履祉延綏，勛祺協吉，定如心祝。

弟自八月廿五日登坐輪船，穩如履地，疾若乘風，至九月初一日抵滬，即在城中團練局居住。龐寶翁相待甚優，局中同事如潘季玉、楊振甫、潘小雅皆係熟人。季君梅、楊咏春皆在江北，未見也。寶翁爲人和平公正，極欲有爲，各鄉紳民尚爲聯絡，即已陷之區，如永倉徐姓、蕩口華姓擁衆數千，賊不敢犯，皆願爲内應，聞呼即應。然團練之奮起，必藉大軍之先驅，無奈此間兵勇號稱三四萬之多，類皆收合潰勇及無籍游民，不諳紀律，不遵約束。曾軍門所統水師名八槳船，尚稱能戰，而公然搶劫，大爲行旅之患。尤可异者，薛中丞前以誅廣勇得名，嫉廣勇如仇，近忽大變所爲，深信一廣人馮姓者，令其帶勇。其意因賊多廣人，欲用此人通内綫，不知内應尚屬子虚，而擾民已受實害矣。薛公并不知兵而自以爲知兵，毫無集思廣益之意。如此大軍務，不設營務處，不設糧臺，豈非大奇？兵勇皆零星散布，賊至距城二三十里，僅以守兵千百禦之，見賊即潰，其不直薄城下者，恃城中有夷兵一二千、黄浦有夷兵船數隻而已。蘇民避難來滬者，趨夷場如騖。洋房星羅棋布，民房參錯其中，房價之昂，每間每月多者十金，少亦四五金，他物稱是。近日紹興、慈溪等處相繼失守，寧波亦危在旦夕，難民來滬者更多。聞賊中有知照與夷人，聲言并吞浙省後，即欲兼并上海，不知夷人如何登復，而賊之垂涎於此大可見矣。弟商之寶翁，非曾帥分兵來吴，蘇城斷無克復之望。因一面奏催，一面公函敦請，屬錢主事調夫坐輪船而去。薛公初不謂然，弟見吴曉帆方伯，反復切言，屬其勸導，始勉從所議，作泛泛一書，令委員與錢公同往。撫與督本是一家人，乃平時既不通氣，及至不能自立，勢成坐困，尚以求助於人爲耻。吁，亦可怪矣。

去秋，賊數萬犯城下，薛公一籌莫展，夷人以炸炮擊退之。薛公掩爲己功，鋪張入告，夷人以此銜之。近日，巴夏里由廣來滬，不見官而願見紳，弟與季玉見之，言次尚以去年之事爲耿耿，恐將來必有齟齬也。聞曾帥之兵不敷分撥，有入湘募勇之説。果爾，則必不能速來，且由皖入吴，節節有阻。弟與吴曉翁密商，欲以巨舟迎師，以夷船翼之而來。此計若行，可冀從天而降，所慮緩不濟急耳。

敝眷於十月間由鄉間搬至夷場，租房四樓四底，每年房價三百數十金。米珠薪桂，十倍於常，苟安旦夕，真如巢幕之烏。迴視楚中，境靖民安，奚啻霄壤。咏師竟爾不起，可勝悲痛。希庵中丞聲威素著，其於秀師能否水乳？雪琴爽直勇敢，撫皖必有作爲，且必與楚中聯爲一氣。東北一路當可無慮矣。聞川氛甚熾，施南所屬有被擾者，未知確否？省中諸同寅當各如常？衛生、譜香行止如何？閣下之事曾否入奏申雪？似不可再遲矣。屬購夷書已得數種，與原帳互有异同，謹以奉贈，餘者容購覓再寄。范西翁避居常熟鄉間，信早寄去，尚無回音。聘金存於團局，待其來付之。如不能來，仍寄還楚北，見希公乞致之。專此布泐，順頌勛安。諸希亮詧，不宣。

愚小弟制顧文彬頓首，十一月初五日

又拜

近見上諭，有人奏各省團練均不得力，有『著各省督撫查察并分別裁撤』等語。此間總局恐亦在裁撤之列。此事本難見效，亦難討好。督辦本願引退，弟亦極欲脱身，倘得蕭然事外，便可不受牢籠矣。

仲遠仁兄大人閣下：久稽牋敬，馳系殊深。比維
近祉安吉為頌。中丞之病，服嘗方甚效，真有回天之功，惟聞近
又增劇，當係焦急所致，能否容得，不勝懸系。
閣下之事曾否入奏？雖在軍務倥偬之際，亦宜速辦為要，念極念極。
省垣大兵四集，守禦穩固，惟被陷各府切盼速克，否則兵多餉少，
大可慮也。弟家中迭遭喪亡，心緒之惡，非復人境，現在宜都過夏，
俟七月下旬天氣稍涼，即返棹回省，大約八月初必可到省矣。近
日軍情，尚求陸續
詳示。若於七月初十以後，即不必
賜信，恐彼時弟已起身耳。
石刻畫一冊、全唐詩三本已交
令郎執之，兄將來並以附
閱。專此布，即頌
大安不一。

愚弟劉顧文椒頓首　六月初六日

仲遠仁兄大人閣下：

久稽箋敬，馳繫殊深，比維近祉安吉爲頌。中丞之病眼，尊方甚效，真有回天之功。惟聞近又增劇，當係焦急所致，能否無礙，不勝懸繫。

閣下之事曾否入奏？雖在軍務倥偬之際，亦宜速辦爲要，念極念極。省垣大兵四集，定當穩固，惟被陷各區切盼迅克，否則兵多餉少，大可虞也。

弟家中迭遭喪亡，心緒之惡，非復人境。現在宜都過夏，俟七月下旬天氣稍凉，即返棹回省，大約八月初必可圖晤矣。近日軍情尚求陸續詳示，若到七月初十以後即不必賜信，恐彼時弟已起身耳。石刻畫一册、《全唐詩》三本已交令郎執之兄收去，并以附聞。

專此布泐，順頌大安，不具。

愚弟制顧文彬頓首，六月初六日

飛詔下天來看乘雲獨倚西風寥闊桃李趁時栽
安排了寶炬成行嫌熱魚龍慘淡看公兩眼明如
月巨海拔犀頭角出遺恨都無毫髮 渡江天馬
南來算風流未減漢壇旌節彈壓萬貔貅英雄表
酷似卧龍諸葛故人欲授謀兵玉帳冰生頰赤壁磯
頭千尺浪畫舸亭、待發 落筆萬龍蛇紫宸

班曾把經綸少試玉立近天顔排閶闔況有星辰劍
履直須補袞鬢毛只憑青青地入手清風詞更好
酒醒詩豪餘事　細書白繭烏絲縈珠璣灑擲長
安紙貴好語謝新詞陽春曲要看柏隄春水流傳
一字銀鉤未見心先醉更覺元龍樓百尺胡海平生
豪氣　一飲動連宵洗金荷中夜笑談清軟宴罷

醉歸時歡難足并度去人未遠病來止酒蛛絲網徧
玻瓈盞不是離愁難整頓更把一杯重勸　綺羅陌上
芳塵記當年高會笙歌一片花桥自蹉跎難忘處少
日春風滿眼鶯愁蝶怨百年旋逐花陰轉蓮社豈堪
談耶夢夢裏尋春不見　西北是長安向河梁翳鳳
驂鸞仙去風月試追陪歡猶昨可惜南樓佳處征塵

薛濤箋

滿目旌旗依舊長亭路會少離多看兩鬢不是苦留
君住　更誰妙語披襟但悽涼顧影傳觴不御人去隔
仙凡蓬萊島聞道鈞天帝所懷人日暮江頭一帶斜
陽樹別浦鯉魚何日到鏤玉裁冰著句　右調南浦

萍石星使年大人集竹垞詞句題拙作春水詞并　賜和六章書
小冊見貽因集稼軒詞句四闋奉酬即送
還都

顧文彬呈稿并識

飛詔下天來，看乘雲、獨倚西風寥闊。桃李趁時栽，安排了、寶炬成行嫌熱。魚龍慘淡，看公兩眼明如月。巨海拔犀，頭角出遺恨，都無毫髮。

渡江天馬南來，算風流未減，漢壇旌節。彈壓萬貔貅，英雄表、酷似卧龍諸葛。故人欲接，談兵玉帳冰生頰。赤壁磯頭千尺浪，畫舸亭亭待發。

落筆萬龍蛇，紫宸班、曾把經綸少試。玉立近天顔，排閶闔、况有星辰劍履。直須補衮，鬢毛只恁青青地。入手清風詞更好，酒聖詩豪餘事。

細書白繭烏絲，粲珠璣灑擲，長安紙貴。好語謝新詞，陽春曲、要看拍堤春水。流傳一字，銀鈎未見心先醉。更覺元龍樓百尺，湖海平生豪氣。

一飲動連宵，洗金荷、中夜笑談清軟。宴罷醉歸時，歡難足、叔度去人未遠。病來止酒，蛛絲網遍玻璃盞。不是離愁，難整頓，更把一杯重勸。

綺羅陌上芳塵，記當年高會，笙歌一片。花柳自蹉跎，難忘處、少日春風滿眼。鶯愁蝶怨，百年旋逐花陰轉。蓮社豈堪談昨夢，夢裏尋春不見。

西北是長安，向河梁、翳鳳驂鸞公去。風月試追陪，歡猶昨、可惜南樓佳處。征塵滿目，旌旗依舊長亭路。會少離多，看兩鬢不是，苦留君住。

更誰妙語披襟，但凄凉顧影，停觴不御。人去隔仙凡，蓬萊島、聞道鈞天帝所。懷人日暮，江頭一帶斜陽樹。别浦鯉魚何日到，鏤玉裁冰著句。

右調《南浦》。

萍矼星使年大人集《竹坨詞》句，題拙作《春水詞》并賜和六章書小册見貽，因集稼軒詞句四闋奉酬，即送還都。

顧文彬呈稿并識

鈐印：文彬印（朱） 子山氏（朱）

笛秋仁兄大人閣下久疏音問馳系殊深弟迭遭
逆境心緒惡劣想
愛我者必代為扼腕也所有徽典樓租一節嘗承
介紹已有成議後因袁李家有事耽延今謀
已過去能否於年内將此事辦成種〻仰仗
鼎力続实照謝一切可与我庚兄商之此頌
台安不備愚弟顧文彬頓首十一月廿九日

笛秋仁兄大人閣下：

久疏音問，馳繫殊深。

弟迭遭逆境，心緒惡劣，想愛我者，必代爲扼腕也。所有敝典接租一節，前承介紹，已有成説，後因貴本家有事耽延。今諒已過去，能否於年内將此事辦成？種種仰仗鼎力，統容晤謝。一切可與我庚兄商之。

此頌台安，不備。

愚弟顧文彬頓首，十一月廿九日

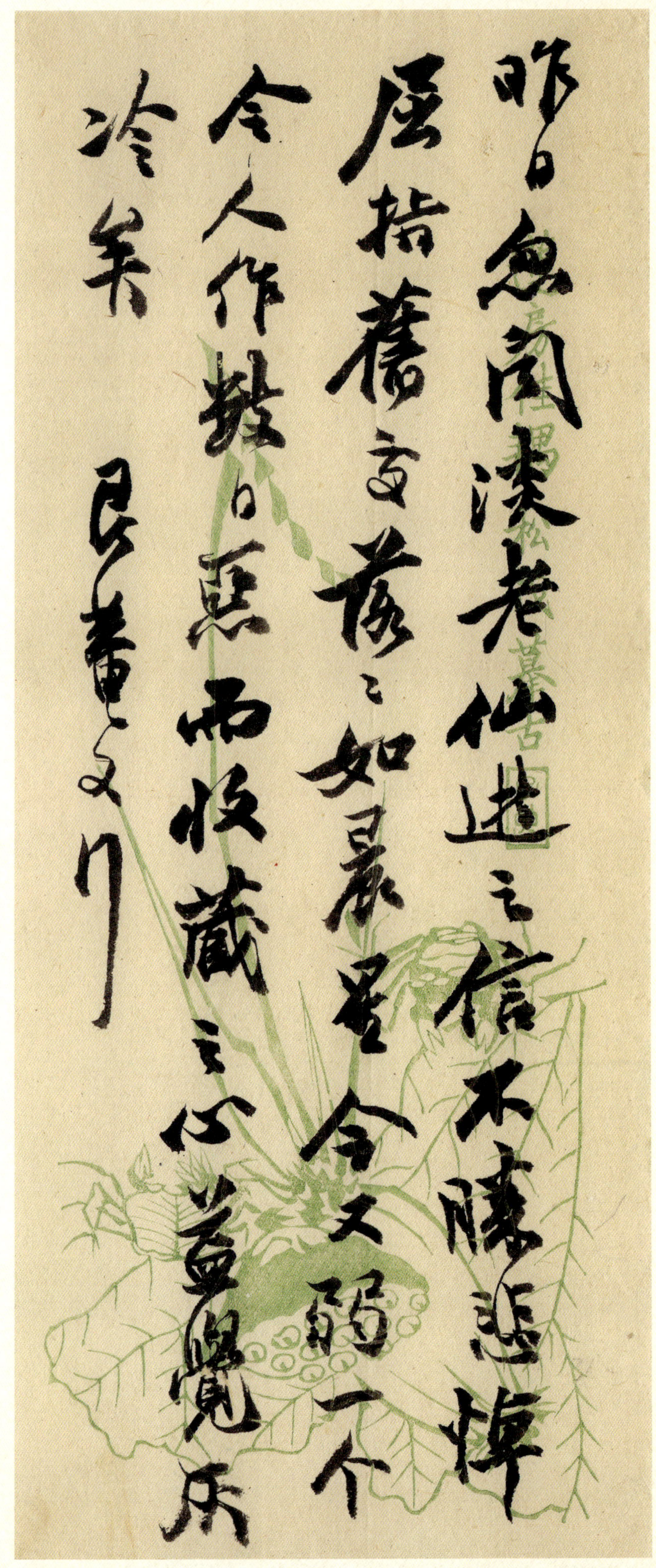

昨日忽聞淡老仙逝之信，不勝悲悼。屈指舊交落落如晨星，今又弱一个。今人作假日甚，而收藏之心益覺厭冷矣。

良黄又叩

昨日忽聞淡老仙逝之信，不勝悲悼。屈指舊交落落如晨星，今又弱一個，令人作數日惡，而收藏之心益覺灰冷矣。

良庵又拜

李鴻裔

李鴻裔（一八三二—一八八五）

字眉生，號香嚴，又號蘇鄰，四川中江（今屬德陽）人。清咸豐元年（一八五一）舉人。才高學贍，受曾國藩器重，長期在曾幕下參與機要，官至江蘇按察使賞布政使銜，不到四十歲，便辭官賦閑。卜居蘇州網師園。重加整修後，更名爲『蘇鄰小築』，設『萬卷堂』，藏書四萬餘卷，蓄三代彝鼎、漢唐以來金石碑版、法書、名畫以自娱。與吴縣潘祖蔭、獨山莫友芝等相友善，并與吴雲、顧文彬、潘曾瑋等姑蘇耆老結吴門真率會，終日鑒賞書畫，詩文唱酬。李鴻裔擅書法，臨摹魏、晋碑銘，無不形神畢肖。工于古詩文，治經之餘，對金石、文字頗有研究。著《蘇鄰詩集》。與劍閣李榕、忠縣李士棻合稱『蜀中三李』。晚年好佛，卒年五十五。

兩公星使大人執事除夕前三日奉
賜書天趣橫溢讀之笑不可仰想見
襟懷之曠勿藥而有喜也元氣未復之說
祇是小學生逃塾昨讀侯相回任之疏不
惟請進書房而且逼令出就外傳恐又乘
回鑾任不可得矣
執事聞之必皺眉小人聞之則拍手起舞

矣吏務非由吏治用功無從下手不藉土地
人民政事而能向當吏務則吾未之前聞
侯相有初四啓節之說試燈後望
濂從一至藍門與兩賢從長計議聞藕
翁官方有江河日下之勢合肥公近在秣陵神
光普照往且至此湘鄉公舊不過問蘇子
令又遠在藍城氣脈不能貫注且處廉廉

姑蘇矣內政不清外侮雜禦故望
執事來商耳鴟鴞自維揚別後日思洗濯
孏名領本太小愈洗愈深五月賊去後甫將
漕政釐務稍稍釐剔延陵帥府遂已謗
書盈篋故十月以後兩次引疾不去卫浦人錯
我于市矣
論清慎明孏之頌猶是隱惡揚善之言

浦人聞之必謂
執事阿好也聞費伯雄青鐙故物畫
為綠林割取稿耶若書為祟之說極是
大人明鑒若負出餉佳士請自愧始柳枝
之放愈早則書淫之疾愈減（益速）況上學在途
難題必多方高聲朗誦通篇條約說約
新編之不暇何能親近古書不如載之淵舩

乘東風之便咏到徐州鳴禽不畏其崇砥代其

疾如蒙俯允請為

君誦金縢之篇乃冊祝曰惟爾

而生某遘厲虐若爾蔡王是有通商

之責于天以伯代某之身吾去攘書此為

憑當不畏其驕矣而以不汝白石鐘為懷

且鐘到附即日琹手執首屬詠於

達夫之前乃達夫之不達非小子之不讀

人非至愚宦官自絕後理義與哉笑話

休矣言歸正傳秦戰已渡渭且連迴絕以北

晉防鄴戰連破三縣死反復猶已到德隆

漢來之國隨為大鉻雪遠猛仲宗之年終

在彼焉聞張樣敬陣已甚碣官保西行於

左肩柳矣丁卯元旦職道鴻肅謹上

忘部請　先安　上非前孫之息也

雨公星使大人執事：

除夕前三日奉賜書，天趣横溢，讀之笑不可仰，想見襟懷之曠，勿藥而有喜也，元氣未復之説，似是小學生逃塾。

昨讀侯相回任之疏，不惟請進書房，而且逼令出就外傅，恐又求回鹺任不可得矣。執事聞之必皺眉，小人聞之則拍手起舞矣。夷務非由吏治用功無從下手，不藉土地、人民、政事而能勾當夷務，則吾未之前聞。侯相有初四啓節之説，試燈後望俛從一至彭門，與雨賢從長計議。聞蘇省官方有江河日下之勢，合肥公近在秣陵，神光普照，然且至此，湘鄉公舊不過問蘇事，今又遠在彭城，氣脉不能貫注，且慮麇鹿游姑蘇矣。内政不清，外侮難禦，故望執事來商耳。

鴻裔自維揚别後，日思洗濯孄名，本領太小，愈洗愈深。五月賊去後，甫將漕政厘務稍稍厘剔，延陵帥府遂已謗書盈篋，故十月以後兩次引疾不去，恐浦人鉗我于市。承諭清慎明懶之頌，猶是隱惡揚善之言。浦人聞之，必謂執事阿好也。

聞費伯雄青氈故物盡爲緑林割取，確耶？古書爲祟之説，極是大人明鑒。若真出餉佳士，請自傀始。柳枝之放愈早，則書淫之疾愈减愈速。况上學在邇，難題必多，方高吟朗誦通商條約、説約新編之不暇，何能親近古書？不如載之滿船，乘東風之便，吹到徐州。鴻裔不畏其祟，願代其疾，如蒙俯允，請爲君誦《金縢》之篇，乃册祝曰：惟爾雨生某，遘厲虐疾，若爾恭王，是有通商之責于天，以鴻代某之身，恐口無據，書此爲憑，當不罪其騙矣。勿以不謝白石鐘爲憾，且鐘到時即日拜手稽首，函謝於達夫之前，乃達夫之不達，非小子之不謝。人非至愚，豈肯自絶後望若此哉？

笑話休矣，言歸正傳。秦賊已渡渭，恐連回紇以犯晋防。鄂賊連破三縣，死灰復然，已到德隨。漢東之國隨爲大，銘、霆、樹、盛、仲良之軍皆在彼焉。聞張樹聲陣亡甚確，宫保西行必在二月杪矣。

丁卯元旦，職道鴻裔謹上

忘却請台安，亦非當務之急也。

雨生仁兄大人執事：迭奉

賜書并惠寄紀評蘊詩記事稗　家岳所寄跋

匣均一一收到　目前

之者有印還叟之作不復再通殘候以上

益一見面也　暇讀

節相公牘知　吾黃兩師以

班鄉軍務借重

鳴于相見之期殊邈　嬾人亦不復再懶矣　昨見

嶺外遊人之

執事在省聲名藉甚相如還蜀父老爭迎人生

之樂境也又召誦近著之詩如聞吾

[illegible]生[illegible][illegible]咲語之聲又云石城人士亦

但德有合民一體之象籍慰鄉懷爾

執事又值高州共事之方必能維持保護也

前返伐自東圍[illegible]城開拔克後罪縣合山和州相繼

收復。鮑軍、劉軍暨楊彭之水師定於月之初六日進兵
攻剿二浦，直達九洑洲。少荃中丞屬沅帥趕攻金陵，
毋令逆部得全萃蘇滬。沅軍遂於廿六日攻破雨花臺偽城，
盡掃金陵城外一帶賊壘。蔣毛二軍救援杭州，直薄城
下，雖破賊三四壘，而弁勇傷亡五百餘人。蔣軍滑而輕敵，本
非破賊之才也。饒景水陸數万人守屯溪、圖山、徽州，已望賊年
多，殺士卒，稍形支絀。專復，即請
勛安。弟李鴻章頓首　五月十二日

雨生仁兄大人執事：

迭奉賜書，并惠寄《紀評蘇詩》、記事牌、家岳所寄皮匣，均一一收到。因聞從者即有還營之信，不復再通箋候，以爲□□不如一見面也。頃讀禀節相公牘，知晏、黄兩帥以珂鄉軍務借重鴻才，相見之期既遥，孏人亦不復再孏矣。昨見嶺外游人，言執事在省聲名藉甚，相如還蜀，父老争迎，人生之樂境也；又口誦閣下近箸之詩，如聞吾□生連茵笑語之聲；又言石城人士感□岳之舊德，有官民一體之象，稍慰鄙懷（節相頃有書，托晏帥照拂，不知能脱離火坑否）。

今執事又往高州，共事一方，必能維持保護也。此間近狀，自東關、銅城閘攻克後，巢縣、含山、和州相繼收復，鮑軍、劉軍暨楊、彭水師定於月之初六日進兵攻剿二浦，直達九洑洲。少荃中丞囑沅帥猛攻金陵，毋令忠部得全萃蘇、滬。沅軍遂於廿八日攻破雨花臺僞城，盡掃金陵城外一帶賊壘。蔣、毛二軍救援壽州，直薄城下，雖破賊二壘，而弁勇傷亡五百餘人。蔣軍滑而輕敵，本非破賊之才也。饒、景水陸數萬人，守局尚固。徽州已無賊，軍事較去年稍順矣。

專復，即請勛安。

弟李鴻裔頓首，五月十一日

雨生老仁兄大人執事十月晦日奉
賜書敬蕤疏河以築壩有屏鎌相隨之雅
又有衆軟親雅之概讀竟不覺拍掌大
咲兩類
從事之獨賢也讀來書語均無人承允
夫是昔事和虞書語為孝廉名曹龢
歸安鄉南去年甲子科新中者其人溫雅

和厚寫作俱佳從事一年始終勤慎
本是寒畯賴館食養家近因工程局將
停無所事事數以職請
左右以蒙稼納畜其襟被相從
給薪水廿金或讀或藏概聽
尊裁不勝禱望
稼軒 楊莊善刀而藏 二三月後孫奇

雨生老仁兄大人執事：

十月晦日奉賜書，敬稔疏河築壩有荷鍤相隨之雅，又有衆叛親離之慨，讀竟不覺撫掌大笑而嘆從事之獨賢也。

稿案書啓均無人承充，大是苦事。弟處書啓芮孝廉，名曾麟，號薌南，去年甲子科新中者。其人温雅和厚，寫作俱佳。從弟一年，始終勤慎。本是寒畯，賴館食養家，近因工程局將停，無所事事，敬以獻諸左右，必蒙招納，當令其襆被相從。敝局月給薪水廿金，或增或減，概聽尊裁，不敢拘定。

軺車初莅，善刀而藏，二三月後操斧運斤，劃除茸闒，當無政出多門之苦。宫保近因不復北征，精神焕發，思於吏治、鹽漕從新振頓。雨亭初到，寬猛尚無端倪，而極佩服吾兄之精勤。少仲奉札往蕪湖查看厘卡，係竹莊稟請。皖南總厘須大員專管，將來必以少仲當之矣。

餘容續布，即請勛安，并遲還翰。

初六戌刻，弟鴻裔頓首

另与李文言一函 又直字頌之各 姐丈謀一局事

而若不流 姐丈 与闲费事恐不 能分润也

姐姐粧次 經年不奉

賢伉儷手書 不知身體安健否 時以爲念 廣獻

正月四日寄上一書 并屏條扇箑三 外錫文奩粧各種

此时想已收到 知念念

姊也奩具俱照來信如齊 并襆燕各種 皆一一過目

惟五采洋紗近年如洋貨到着返後再購寄了

姐頻年於中江人來不見寄一信物 别家戚族都有物雖微甚則厚也 而此次有人

來蒞(?)寄臘肉數方已 廣敬(?) 向各親友乞求 非止

姐一家也 而於家事豈閱 心甘 第一祠堂此事不成 而

家擔不管 痛閱近來家家分閱 兄若有分

只四家 所里租穀并閱 别有借款 而於親戚而收(?) 中江敬戚人家有此以陰童(?)姐丈君否

蔗(?)當直以一家人相待相信 不可謂不深

吕四爷不肯拨银置之不问，弟原谅之，然再染指，何以
对我耶？而今年已两次专函哀恳，速置祠堂，并再
延阁，弟便（细之）将此田作赈族之用，另于孔家浒建一支
祠，稍赎不孝之罪。明知借贷凑垫不借，又何以对
祖宗于地下乎？孔家浒做置千金祭田，交与姪孙学守
家即以为娵嫁衣食之资，以后不再寄一文矣。並立碑
（此后只能施之自己家里）
存案，不得典卖。姐家前账两次银数言明，以后不管了。
吕四爷言犹在耳，至今仍是你老命，且而芫挣楼洋今与（姐莫贝不归哉）
姐兄工漕平纹乙百两，祈查收。以后楼年酒只一百两，较之（而祖产只能婚嫁，从此以后婚嫁用少不敷，年之楼借，姐以宽心）
千金之产，租息为多，但得郭（田不上一分息）
姐宽心度日，前事一概不说了。惟由此间寄银信四十
只能寄到省城，由省城转递。

姐持家精核，而所
深知。惟家长勤苦，办
事之人大数银不到手，
不能经营生发，终日
偃卧于宴安鸩毒之
中，所谓坐地吃山空也。
谚曰：小富由勤，大富
由天。十载应酬遍天下，实
且嫌情不劲早朝，
懿矣，自顾不了，自
何暇顾人。

府上如何办理可恭候请示

兄姐姿筹见示以便年々入贡此家要也庆献在此而自教

二年氣質之变頗知保全骨肉之谊（神我之意）亦不敢薄視

姑母 伯庄大哥待弟雖不善（大姊父与许家房及房契在弟罪名讼伯兄败我之產業）而自小不存芥蒂不與為仇此（弟附有十万伏地哀）

大伯父与吾父弟兄友爱之遗泽也（求谅 谓伯姊父中止 亦姊父曰此兄他日必大贵也）弟尚有成立亦赖

此戮々之元氣大々之同胞弟兄參商析爨異弟訴訟不相往還

者豈少也哉 伯兄谓子女自小教训堪托教父故弟在安慶

軍中一月有乃卅金職京官出息稍厚即託江寧同鄉慶

献兄面前来讀書蓋 伯兄待我雖薄与谓妇何谓谓妇我

伯父育泉公之孫也吾父卅以前未嘗見書来出從可傳诸我

伯父自錄嚴也我曾祖与 祖受旋人之敗凌遠徙南北錄

得一館携家遠出而不可得 祇很歸来大書學與嶽三字

以教我 伯父此时吾 父猶未生也而少聞此言及長出游四方

弟之初意以後專於婚嫁接済如之婚嫁即不接済而亦問心無愧既無憂老（婚嫁附少）年姊弟雖乃長聚年々接済百金有福共享戒兄姐有寬心之日耳 此话望与慶献言之惟时相必達也

一說生平 祖父由家至京由京至江浙由江浙至湖南北洲一館不得不辭鎮而歸旋游有得程可考见遠游下紙

人皆以盛德相许，实要祖宗之教谕，肌渎聽了注意

姐姐此言以视广敞，俾得以亲近姑母与众大家同

游于光风霁月之中，亦去祥善可也。去岁

奶奶书言斗恒之青墈，而不写信（广敞回有信并示附封等），益不知君之苦耳，恐躯

屡弱，而且有亲友责望，不衰不但望其覆函，并望其笔迹（以回信）

以（扶册更：则）责不得，则怨亦难与而写信。人写一封而已，而之作答少。

此数函，多至十数函。每函皆有懊恼之事，令人益写益热

京师与中江责望尤甚，若之实有信，一变其信，则不免怨望。盖

因信此不肯秘密，必倡言之。于是不得信者相形难受矣。而

近年疑于写信，一则不能多用心，一则答复通启不胜其劳，以

中江而论，且难保其必到耳。以后每年必与

姐兄通信一次，以寄情，望秘而勿宣，使而不畏通答之劳。遂

不难于下笔。又有于耻耳。今年正月广敞回家而写信写屏

水无吻时，亦而向

谕传语孔家满

诸孙，姑母如有

小善及大小事务

皆须前往省视

如事奉姐一般

注假以词色，使

之乐于亲近为

要

對不下數万字，又多難受之事，益之生人之趣，退渠來行

時，前已不眠不食，退渠前行。前即靜臥側矣。怔忡心跳，直

至此時始漸康復。而急於見館與

姐。又不可遲。勉撐寫此，又將失眠。請姐亦見憐否。親字點，可以知前之

苦矣。人生不可享盛名，不可享富貴，如前可謂要好矣，而人

絕不見憐，真欲披髮入山矣。弟自有千叔生子一事，向不

要去。古來名儒館公類於一家者，指不勝屈，至今凜凜有生

氣。庸夫俗子纏膝盈床，與草壤同朽，誰知之。此洪範

六五福不及子孫，聖人豈重嗣見，而無綏邪。今之繼子爲

祖宗奉祀耳，非自爲也。祖宗奉祀不輟，子亦何必定自己出。況

兒孫之不賢，又不如無也。至於本族宗支，則甚望其興起，出一人

物，則家門皆受其福，門祚之大，更不待言。吾意如此，即請

子厚四兄

姐之

修安

弟鴻頓首　四月初一日

此信到後，手万收藏，勿以示人。信中多談家事，皆肺腑之言，除吾姐倪外，不可令外人見也。

外孫近來皆讀書否，此府上最要之事也。之外孫女之諸好否，想近門矣。

姐姐妝次：

經年不奉賢伉儷手書，不知身體安健否？時以爲念。

賡猷正月回川，寄上一書并屏聯扇箑、三外甥女奩妝各種，（另與李父台一函，又寫字贈之，爲姐丈謀一局事）此時想已收到，知弟之念姊也。奩具俱照來信辦齊，并參燕各種，皆弟一一過目，惟五采洋紗近年外洋無到者，隨後再購寄耳。

姐頻年於中江人來不見寄一食物與弟（别家戚族都有，物雖微，意則厚也）。此次有人來蘇，望寄臘肉數方。已令賡猷向各親友乞求，非止姐一家也。弟於家事最關心者，第一祠堂。此事不成，弟永抱不孝之痛。聞近來家家分潤，見者有分，吕四哥取其租穀，并聞别有借款。弟於親戚而派管蒸嘗，直以一家人相待，相信不可謂不深（中江親戚人家有如此隆重姐丈者否？弟若不派姐丈與聞其事，恐不能分潤也）。吕四哥不肯招怨，置之不問，弟原諒之。若再染指，何以對我耶？弟今年已兩次專函哀懇速置祠堂，若再延閣，弟便將此田作賑族之用，另於孔家溝建一支祠，稍贖不孝之痛（秘之）。明知催則惹怪，不催又何以對祖宗於地下乎？孔家溝擬置千金祭田，交與侄孫輩守冢，即以爲婚嫁衣食之資，以後不再寄一文矣。并立碑存案，不得典賣（此法祇能施之自己家裏）。

姐家前贈兩次鉅款，言明以後不管了。吕四哥言猶在耳，至今仍是你苦命兄弟苦掙接濟（姐覺其可憐否？）。今與姐兑上漕平紋乙百兩，祈查收（弟初意祇管婚嫁，繼思以後婚嫁漸少，不如年年接濟，姐得寬心）。以後按年匯兑一百兩，較之千金之産租息爲多（田不上一分息）。但得我姐寬心度日，前事一概不説了，惟由此間寄銀信回中，祇能寄到省城，由省城轉遞。（姐持家精核，弟所深知。惟家無勤苦辦事之人，大款銀不到手，不能經營生發，終日偃卧於宴安鴆毒之中，所謂坐地吃山空也。諺曰：小富由勤。弟閑居十載，應酬遍天下，若是懶惰不勤，早瓶罄矣。自顧不了，何暇顧人？弟之初意，以後專於婚嫁接濟，如無婚嫁，即不接濟，弟亦問心無愧。既思以後婚嫁漸少，吾老年姊弟難得長聚，年年接濟百金，有福共享，或吾姐有寬心之日耳。此話曾與賡猷言之，歸時想必達矣）府上如何辦理可靠無誤，請吾兄吾姐妥籌見示，以便年年入貢，此最要也。賡猷在此，弟身教二年，氣質已變，頗知體我之意、保全骨肉之誼，亦不敢薄視姑母。伯莊大哥待弟雖不善（大叔父與許家灣各房欲在縣署訟伯兄敗我之産，弟時甫十一歲，伏地哀求，請諸伯叔父中止。六叔父曰：此兒他日必大發也），弟自小不存芥蒂，不與爲仇，此大伯父與吾父弟兄友愛之遺澤也。弟尚有成立，亦賴此戔戔元氣，今之同胞弟兄參商析爨，箕帚詬誶，不相往還者豈少也哉？伯兄諸子女自小敬我甚於敬父，故弟在安慶軍中，一月甫得卅金，較京官出息稍厚，即托江軍門携賡猷兄弟前來讀書。蓋伯兄待我雖薄，與諸侄何涉？諸侄者，我伯父育泉公之孫也。吾父卅以前未登賢書，未出從外傅，皆我伯父自教也。我曾祖與祖受族人之欺凌，遠游南北，欲得一館，携家遠出而不可得，狼狽歸來，大書『學吃虧』三字以教我伯父（祖父一諸生耳，由家至京，由京至江浙，由江浙至湖南、北，求一館不得，乃垂頭而歸。族譜有傳，猶可考其遠游之迹），此時吾父猶未生也。弟少聞此言，及長，出游四方，人皆以盛德相許，實吾祖三字之教淪肌浹髓耳。望吾姐推此意以視賡猷，俾渠以親近姑母爲樂（水元歸時，弟亦函諭傳語孔家溝諸孫，姑母如有小恙及大小事，務皆須前往省視，如事奉我一般。望假以詞色，使之樂於親近爲要）。大家同游於光風霽月之中亦吉祥善事也。

去歲賜書，言斗垣二哥怪弟不寫信，蓋不知弟之苦耳（賡猷回，有信并扇對等）。賤軀孱弱，而各省親友責望不衰，不但望其賞助，并望其筆迹（以回信裱册頁），得之則喜，不得則怨。各路與弟寫信，人寫一封而已。弟之作答，少者數函，多者十數函。每函皆有懊惱之事，個人愈寫愈愁。京師與中江責望尤甚，若一處有信，一處無信，則不免怨望，蓋得信者不肯秘密，必倡言之，於是不得信者相形難受矣。弟近年艱於寫信，一則不能多用心，一則答須遍答，不勝其勞。以中江而論，且難保其必到耳。以後每年必與兄姐通信一次，以寄接濟，望秘而勿宣，使弟不畏遍答之勞，遂不難於下筆，又省招怪耳。

今年正月賡猷回家，弟寫信寫屏對不下數萬字，又多難處之事，益乏生人之趣。渠未行時，弟已不眠不食，迨渠甫行，弟即頹然倒矣。怔忡心跳，直至此時始漸康復，而急欲兄銀與姐，又不可遲，勉撑寫此，又將失眠，請觀字迹，可以知弟之苦矣（姐亦見憐否？此信到後千萬收藏，勿以示人。信中多談家事，皆肺腑之言，除吾姐伉儷外，不可令外人見也）。人生不可享盛名，不可享富貴，如弟可謂要好矣，而人絶不見憐，真欲披髮入山矣。弟自有千秋，生子一事，向不在意，古來名儒鉅公艱於一索者指不勝屈，至今凛凛有生氣。庸夫愚婦繞膝盈床，與糞壤同朽，誰知之者？《洪範》記五福不及子孫，聖人豈無所見而云然哉？今之繼子爲祖宗奉祀耳，非自爲也。祇要奉祀不輟，子亦何必定自己出？况兒孫之不賢，又不如無也。至於本族宗支，則甚望其興起出一人物，則家國皆受其福，門祚之大，更不待言矣。

手泐，即請子廉四兄、姐姐雙安。

弟鴻裔頓首，四月初一日

外孫近來肯讀書否？此府上最要之事也。三外孫女、女婿好否？想過門矣。

養生之道在其戕生者而體自健參藥不能為力也望告之 弟姊丈又及

子廉四哥姊丈閣下去冬十月奉六月
賜書欣悉一路福星於四月下弦安抵中江
家姐暨外甥兒女俱無恙東床嬌客年
少遊庠甚慰馳系去歲旱潦並臻米貴
粗歎閬川北較西壩差好不知今屆年歲
若何良用惦念敝祠事仰仗
大力若能實事求是俾寒族祠堂早立
祭掃不缺窮弱孤寒不至失所李氏子孫永
感

再以次女之出門不及詳寫俟接到
四信再縷佈一切 又及
帖因非申遺寄已詳了翁兄信中 又及

大德不獨區區一方也，而母黨妻黨或遠
或絕，至親之間，縣惟者惟
先為家無嫌，又可避也。換契究亦妥，在佃
戶既已展限，下年則今年無可推卸矣。乞
與子卿兄、貴敵姪王婿和衷商酌詳細
見告。委託，而因孩為出山之計，自去夏至今
獨宿孫年所食傷生之物大減，特減每日不
得過十粒藥物，一切擬屏不用，賤軀較往歲
頑健，惟耳塞依然，五尺之外不聞人語

近者曾相文復姜謝誰為我上達
宸聰耶 弟二月初馳赴金陵料理喪務
三月底回 弟歸 病瘦甚 又復馳回蘇州值
聞曾世兄派輪來接 明日又須起行後去
而家有病人殊不放心 諒不去而寸心抱歉
有負知己 紙得勉強前去 五六月間皆在
道途中 艱不暇自顧 一己之私事矣 前承吾
兄開一寄信 轉遞之處 當時收存匣內 近乃大索
不可得 再補寄一紙為要 即請
福安 弟鴻緒頓首 四月十五日

子廉四哥姊丈閣下：

去冬十月奉六月賜書，欣悉一路福星，於四月下弦安抵中江，家姐暨外甥兒女俱無恙，東床嬌客年少游庠，甚慰馳繫。去歲旱潦并臻，米貴租歉，聞川北較西壩差好，不知今屆年歲若何？良用惦念。敝祠事仰仗大力，若能實事求是，俾寒族祠堂早立，祭掃不缺，寡弱孤寒不至失所，李氏子孫永感大德，不獨區區一身也。弟母黨、妻黨或遠或絶，至親之同縣者，惟兄爲最，無嫌之可避也。換契究辦妥否？佃户既已展限一年，則今年無可推卸矣。乞與子卿兄、貴猷侄、王婿和衷商酌，詳細見告，至托至托。弟因欲爲出山之計，自去夏至今獨宿彌年，所食傷生之物大減特減，每日不得過十粒，藥物一切概屏不用。賤軀較往歲頑健，惟耳塞依然，五尺之外不聞人語。近者，曾相又復萎謝，誰爲我上達宸扆耶？弟二月初馳赴金陵，料理喪事，三月底因弟婦病痰熱，又復馳回蘇州。頃間曾世兄派輪來接，明日又須起行。欲去而家有病人，殊不放心，欲不去而寸心抱疚，有負知己，祇得勉强前去。五六月間皆在道塗中，暫不暇自顧一己之私事矣。前承吾兄開一寄信轉遞之處，當時收存匣内，近乃大索不可，望再補寄一紙爲要。

即請福安。

弟鴻裔頓首，四月十五日

養生之道，在其牂生者而體自健，参藥不能爲力也，望以告之家姊。又及。

再，此次匆匆出門，不及詳寫，俟接到回信再縷布一切。又及。帖因忙中遺寄，已詳子卿兄信中。又及。

孫毓汶

孫毓汶（一八三二—一八九九）

字萊山，號遲庵，又號半殘，山東濟寧人。晚清權臣。官歷三朝，光緒年間任軍機大臣、總理衙門大臣，歷任刑部、户部、兵部尚書。孫氏出身名宦之家，『四世并歷清要』，雅好金石書畫，精于鑒賞，在書畫收藏領域足以睥睨同儕。其收藏取向以『四王』等爲代表的『正統派』繪畫爲主導，推崇『清正雅和』的審美思想，與當時所倡導的宋明理學思想一致，不僅滿足了文人士大夫『寄樂於畫』的心理需求，還與清代正統的審美傾向一脉相承。光緒中後期，圍繞其形成了由張蔭桓、徐用儀、張度等朝中要員構成的京師官員書畫鑒藏群體，更唱迭和，互動頻頻，將京師官員書畫鑒藏風尚推向極致。

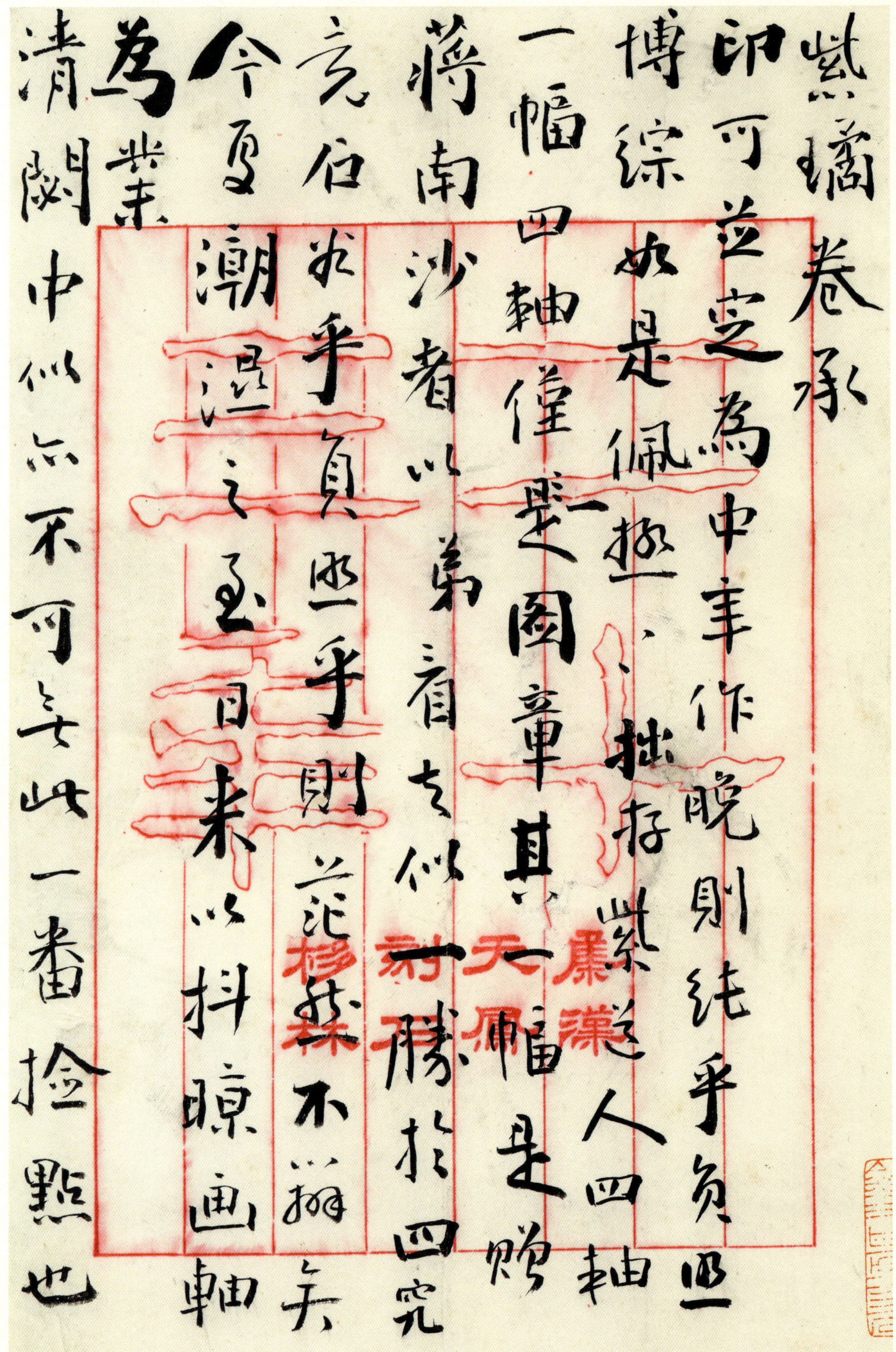

鬯墻卷承
印可並定為中年作晚則純乎負四
博綜如是佩極拙存鬯遂人四軸
一幅四軸僅是圖章其一幅是贈
蔣南沙者以弟看之似勝於四究
竟何如乎負幽乎則荒然不以擲矣
今夏潮濕之至日來以抖晾畫軸
為業
清閑中似亦不可無此一番撿點也

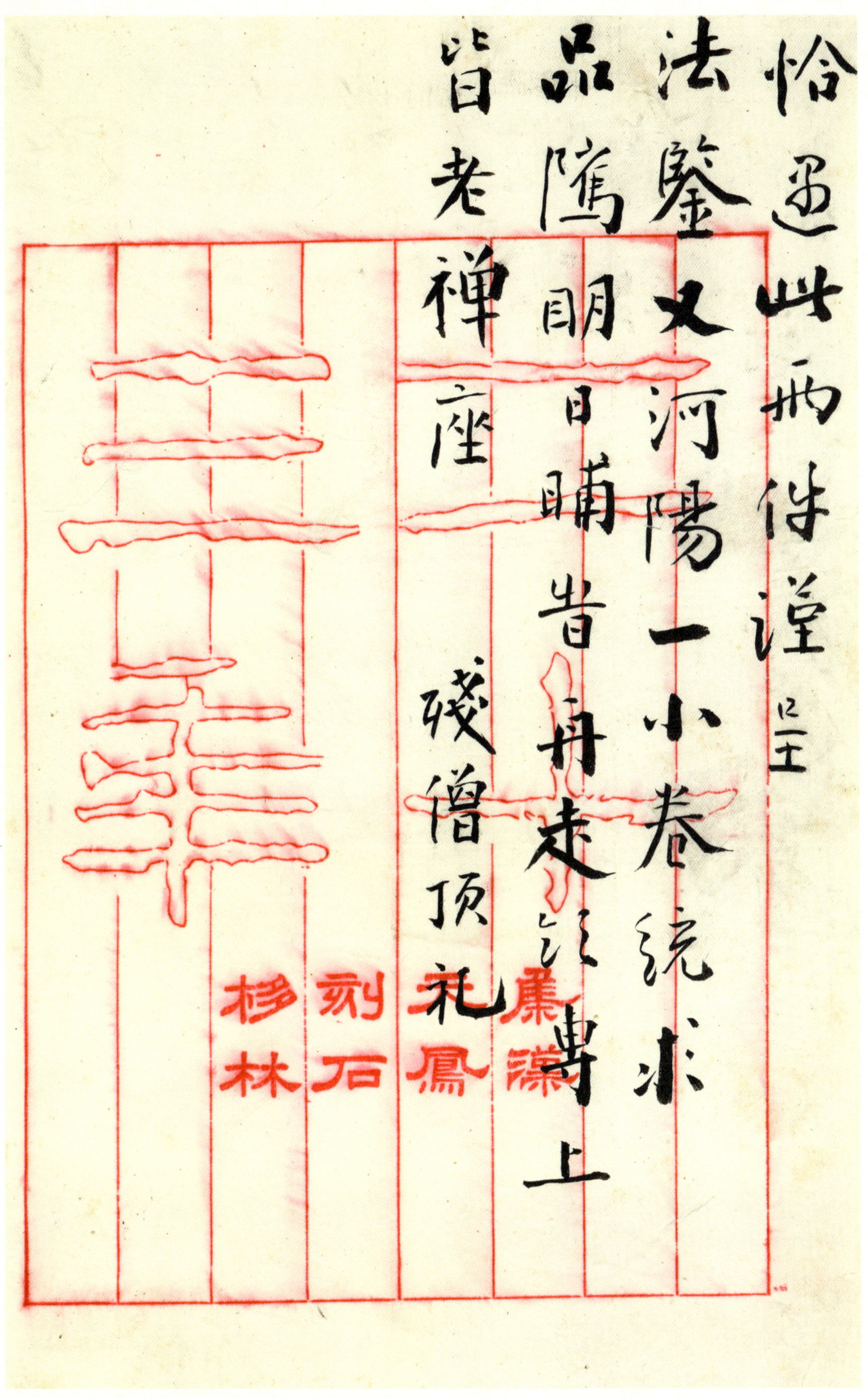

恰遇此兩件謹呈
法鑒 又河陽一小卷統求
品騭 明日晡時再走領專上
皆老禪座 殘僧頂禮

《紫璚卷》承印可并定爲中年作，晚則純乎員照，博綜如是，佩極佩極。拙存紫道人四軸一幅，四軸僅一圖章，其一幅是贈蔣南沙者，以弟看去，似一勝於四。究竟石谷乎，員照乎，則茫然不辨矣。今夏潮濕之至，日來以抖晾畫軸爲業。清閟中似亦不可無此一番撿點也。恰遇此兩件，謹呈法鑒。又河陽一小卷，統求品騭。明日晡時再走領。

專上皆老禪座。

殘僧頂禮

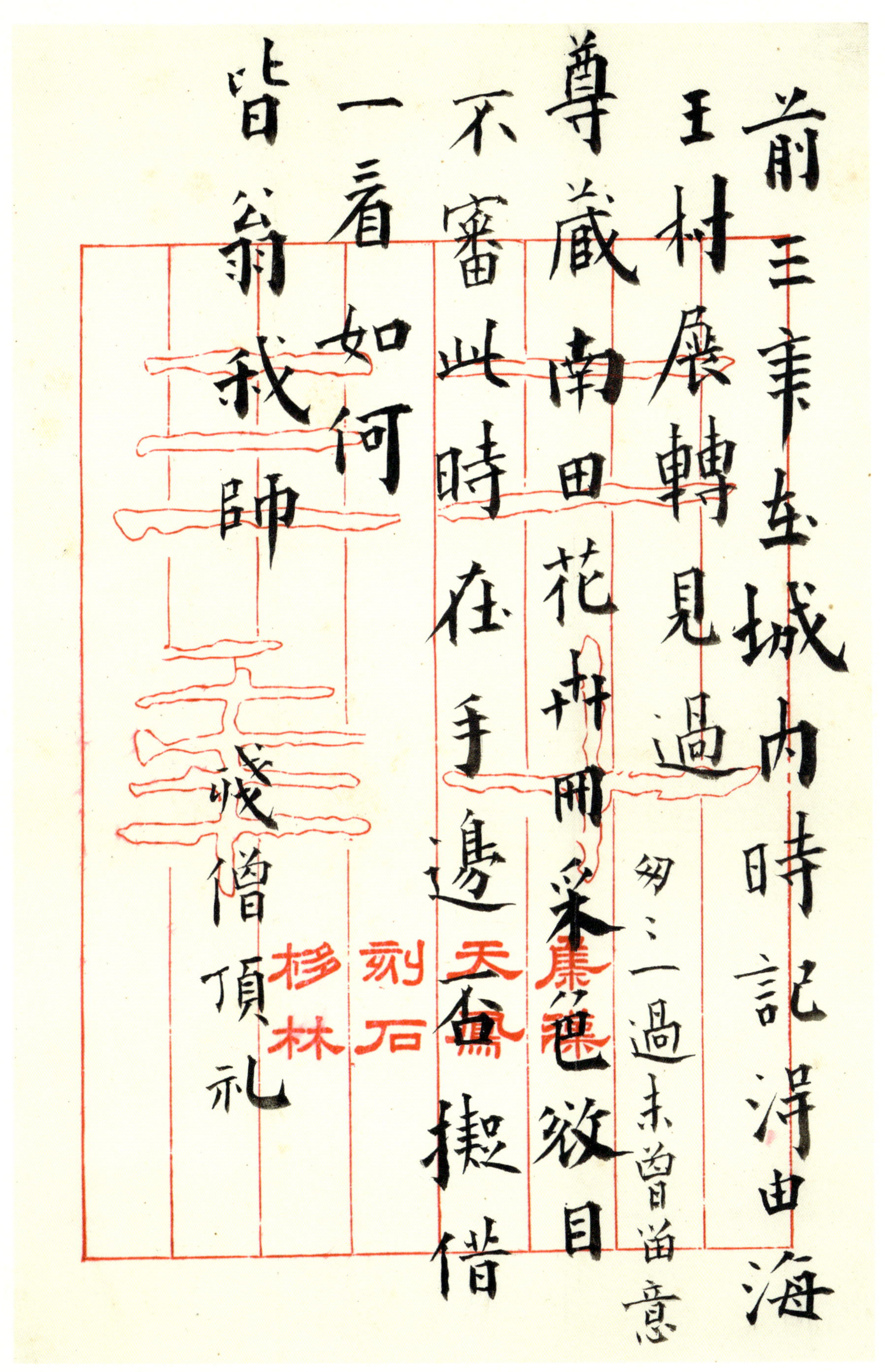

前三年在城内時記得由海
王村展轉見過
尊藏南田花卉冊采色緻目（匆匆一過未曾留意）
不審此時在手邊擬借
一看如何
皆翁我師
晚僧頂礼

前三年在城内時，記得由海王村展轉見過尊藏《南田花卉册》（匆匆一過，未曾留意），采色敚目，不審此時在手邊否？擬借一看，如何？

皆翁我師。

殘僧頂禮

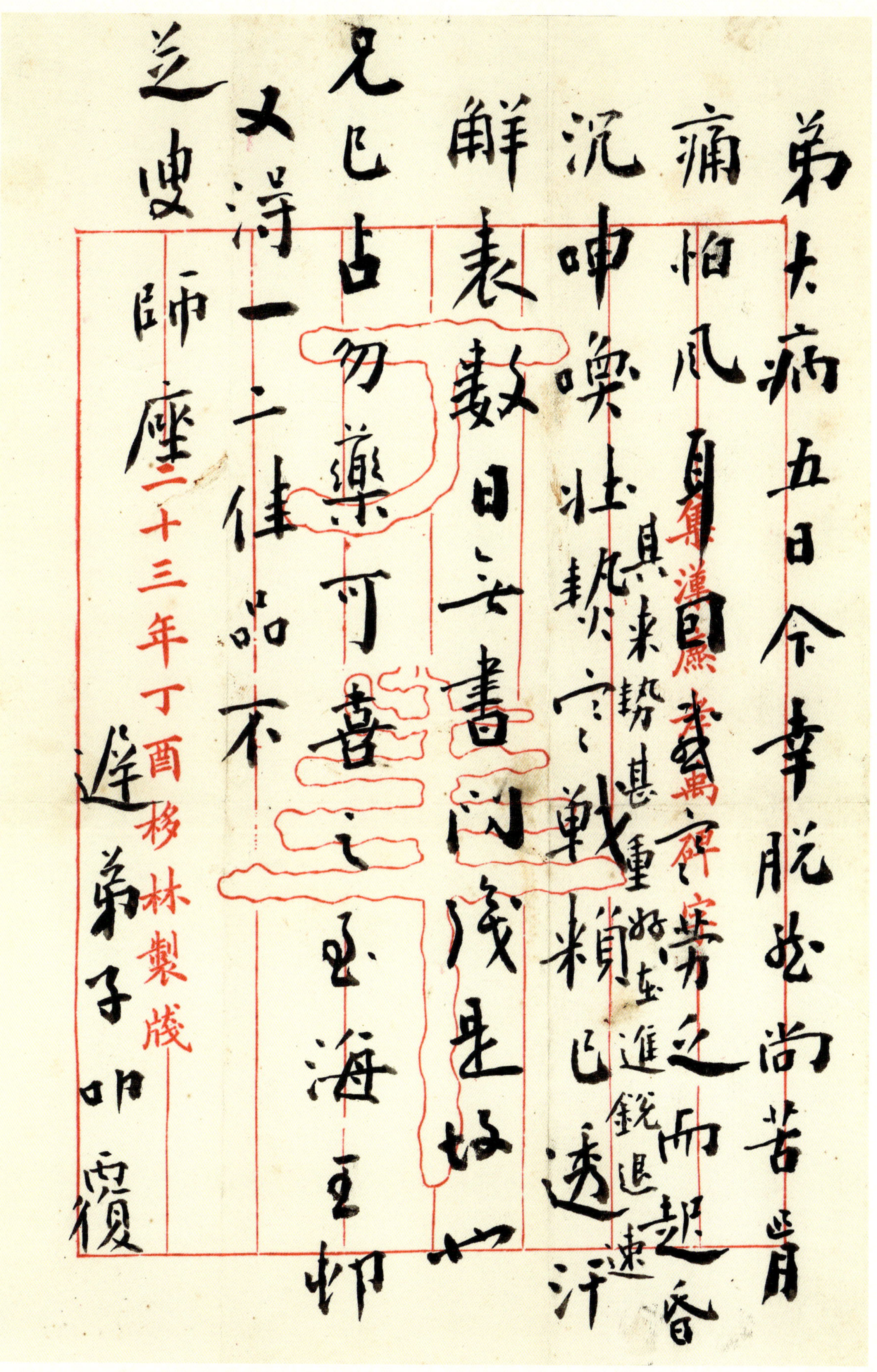
弟大病五日今幸脱然尚苦骨
痛怕風身已衰稍勞之而起昏
沉呻喚壯熱（其來勢甚重好在進銳退速）交〻戰頹已透汗
鮮表數日矣書問淺是以心
兄已占勿藥可喜之至海王邨
又得一二佳品不
乏史
師座
遅弟子叩復
二十三年丁酉移林製箋

弟大病五日，今幸脱然，尚苦骨痛怕風耳。因感寒勞乏而起，昏沉呻唤，壯熱寒戰（其來勢甚重，好在進鋭退速），賴已透汗解表。數日無書問，職是故也。兄已占勿藥，可喜之至。海王村又得一二佳品不？

芝叟師座。

遲弟子叩覆

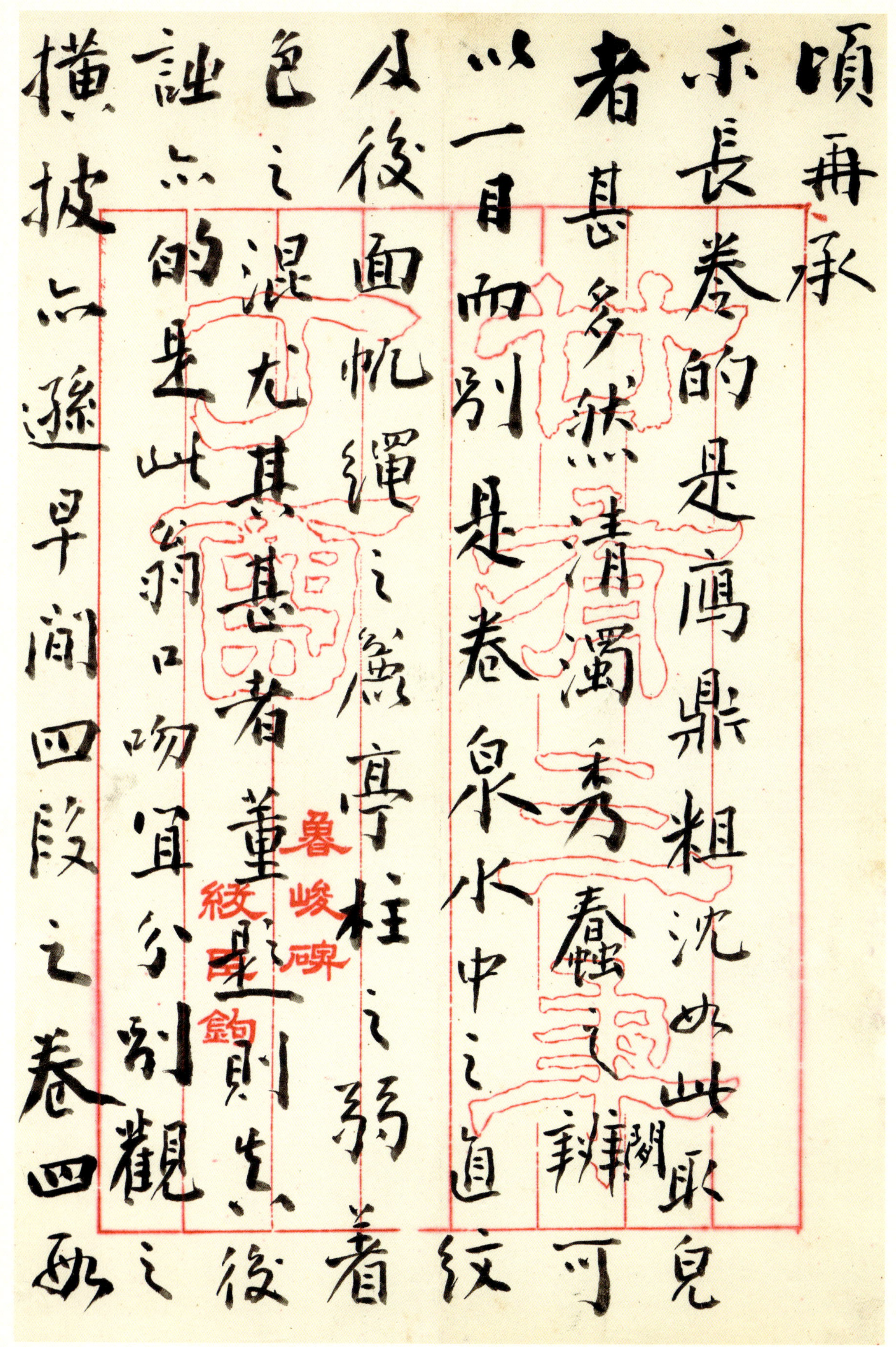

頃再承
示長卷的是鳯鼎粗沈如此取兒
者甚多然清濁秀蠢之辨可
以一目而別是卷泉水中之道紋
及後面帆繩之纖亭柱之弱着
色之混尤其甚者董則先之後
証亦的是此翁口吻宜分別觀之
横披亦遜早閒四段之卷四段

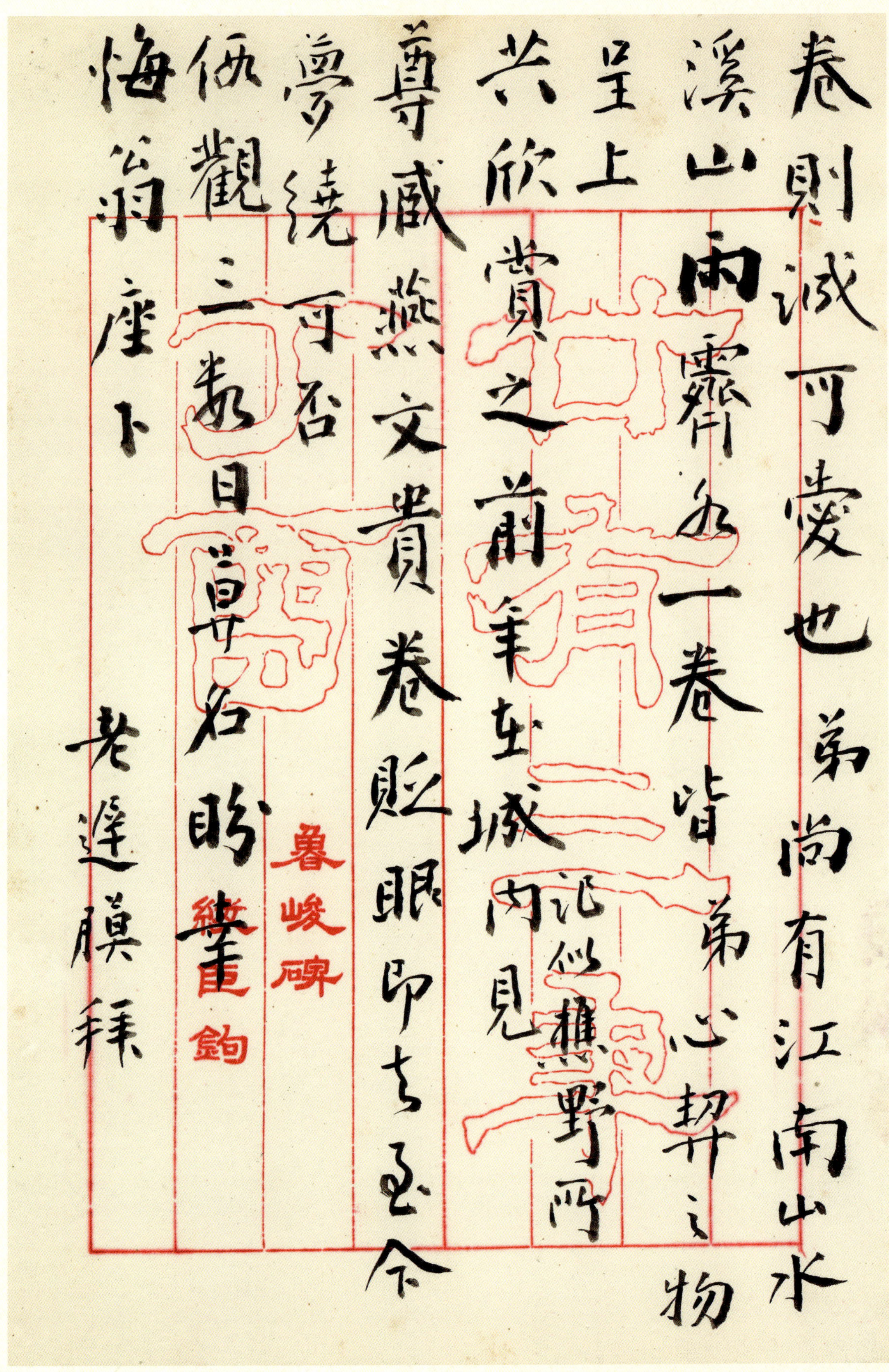

卷則誠可愛也　弟尚有江南山水

溪山雨霽九一卷皆弟心契之物

呈上

共欣賞之前年在城內見記似樵野所

尊藏燕文貴卷貽眼即去至今

夢繞可否

俛觀三數日莫名盼禱

悔翁座下

老遲膜拜

頃再承示長卷，的是贋鼎。粗沈如此取貌者甚多，然清濁秀蠢之間，可以一目而別。是卷泉水中之直紋，及後面帆繩之麄、亭柱之弱、着色之混，尤其甚者。董題則真，後詩亦的是此翁口吻，宜分别觀之。横披亦遜早間四段之卷，四段卷則誠可愛也。弟尚有《江南山水》《溪山雨霽》各一卷，皆弟心契之物，呈上共欣賞之。前年在城内（記似樵野所）見尊藏燕文貴卷，貶（眨）眼即去，至今夢繞，可否假觀三數日？莫名盼幸。

悔翁座下。

老遲膜拜

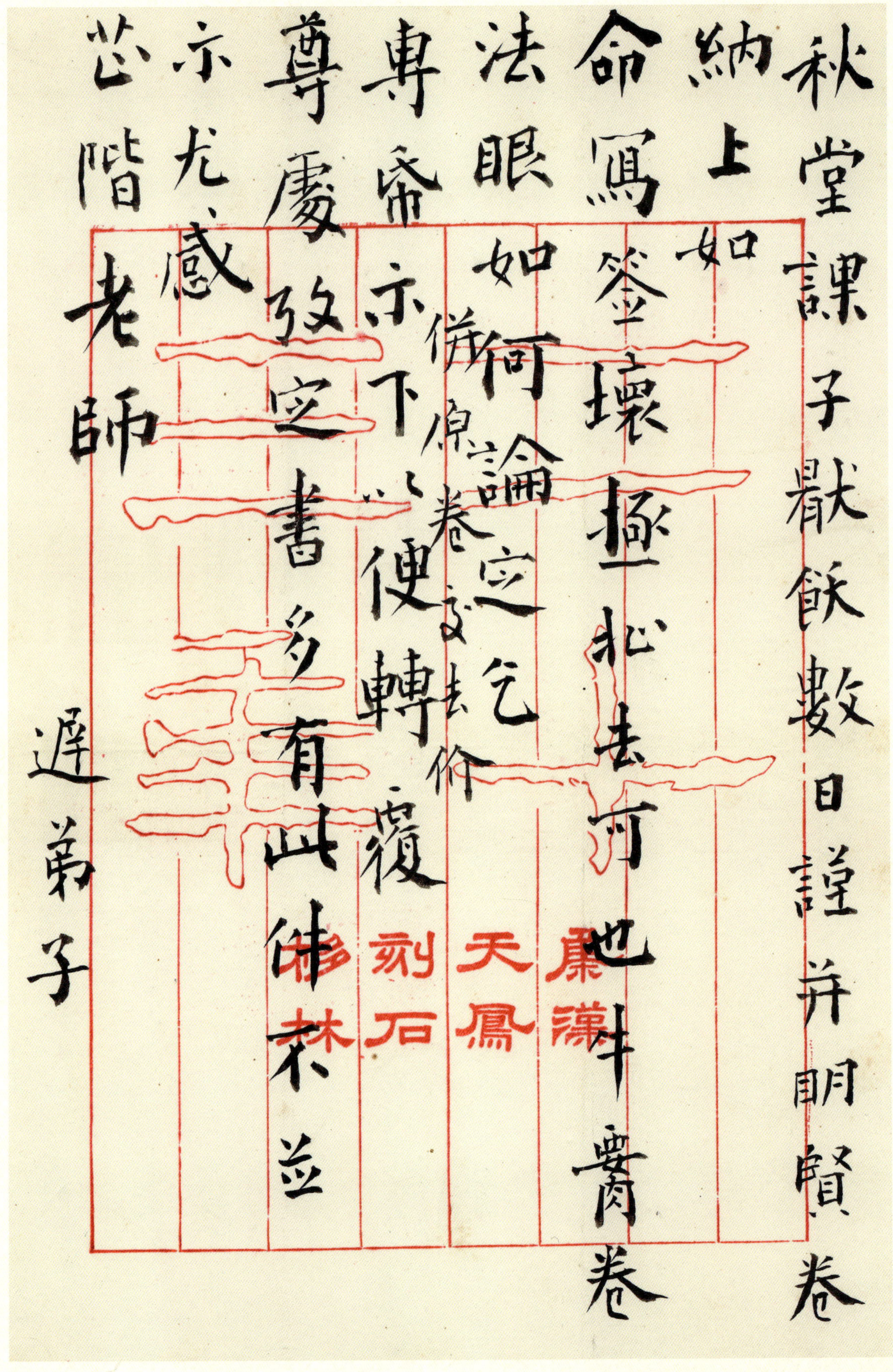
秋堂課子獻飲數日謹并明賢卷
納上 如
命寫籤壞極此去可也十齋卷
法眼如何論定乞
專希亦下以便轉寄（併原卷交去价）
尊處政定書多有此件未並
亦尤感
芯階老師
遲弟子

《秋堂課子》，饜飫數日，謹并明賢卷納上。如命寫簽，壞極，扯去可也。牛腰卷法眼如何論定？乞專紙示下（并原件交去价），以便轉覆。尊處考定書多，有此件不？并示，尤感。

芷階老師。

遲弟子

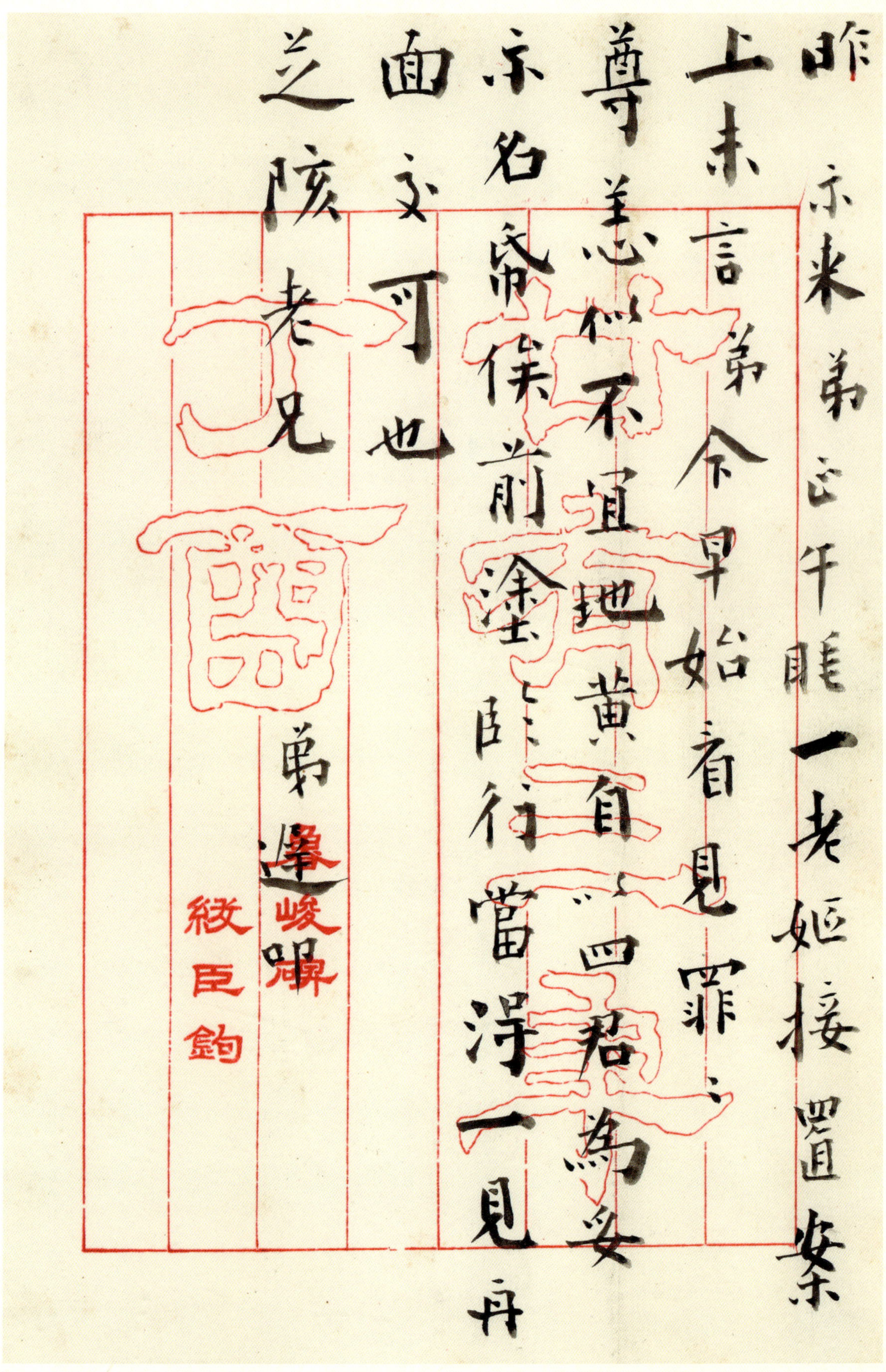

昨示來弟已午睡一老姬接置案

上未言弟今早始看見罪〻

尊恙似不宜趕黃自〻四君為妥

示名爺俟前途臣〻行當得一見舟

面言可也

之陔老兄

弟遵

昨示来，弟正午睡，一老嫗接置案上，未言。弟今早始看見，罪罪。尊恙似不宜地黃，自以四君爲妥。示名紙，俟前塗臨行，當得一見，再面交可也。

芝陔老兄。

弟遲叩

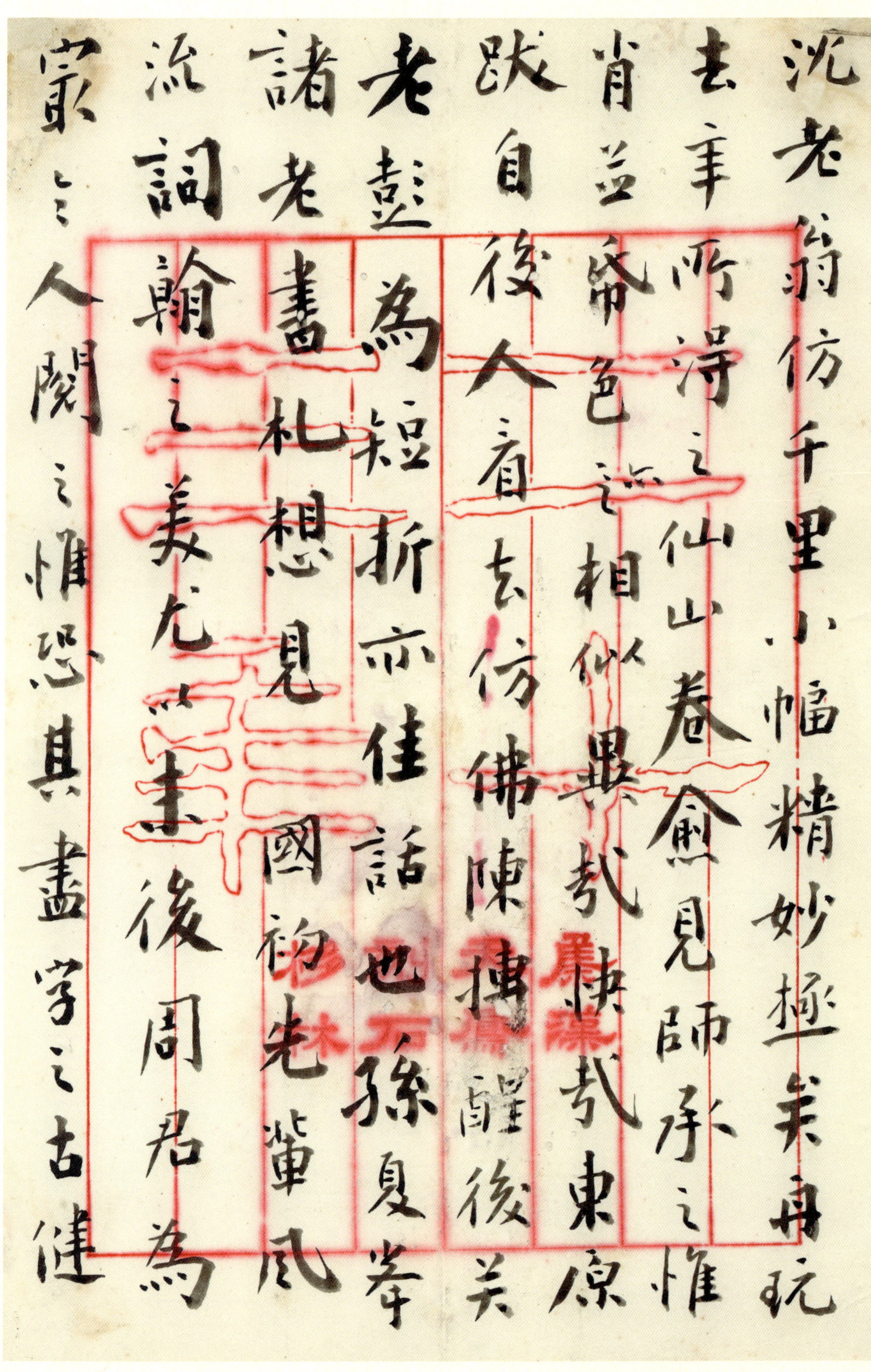
沉老翁仿千里小幅精妙極矣再玩
去年所得之仙山巻愈見師承之惟
肖並設色之相似異哉快哉東原
跋自後人看去仿佛陳摶體後矣
老彭為短折亦佳話也孫夏峯
諸老書札想見國初先輩風
流詞翰之美尤甚後周君為
衆之人閲之惟恐其盡学之古健

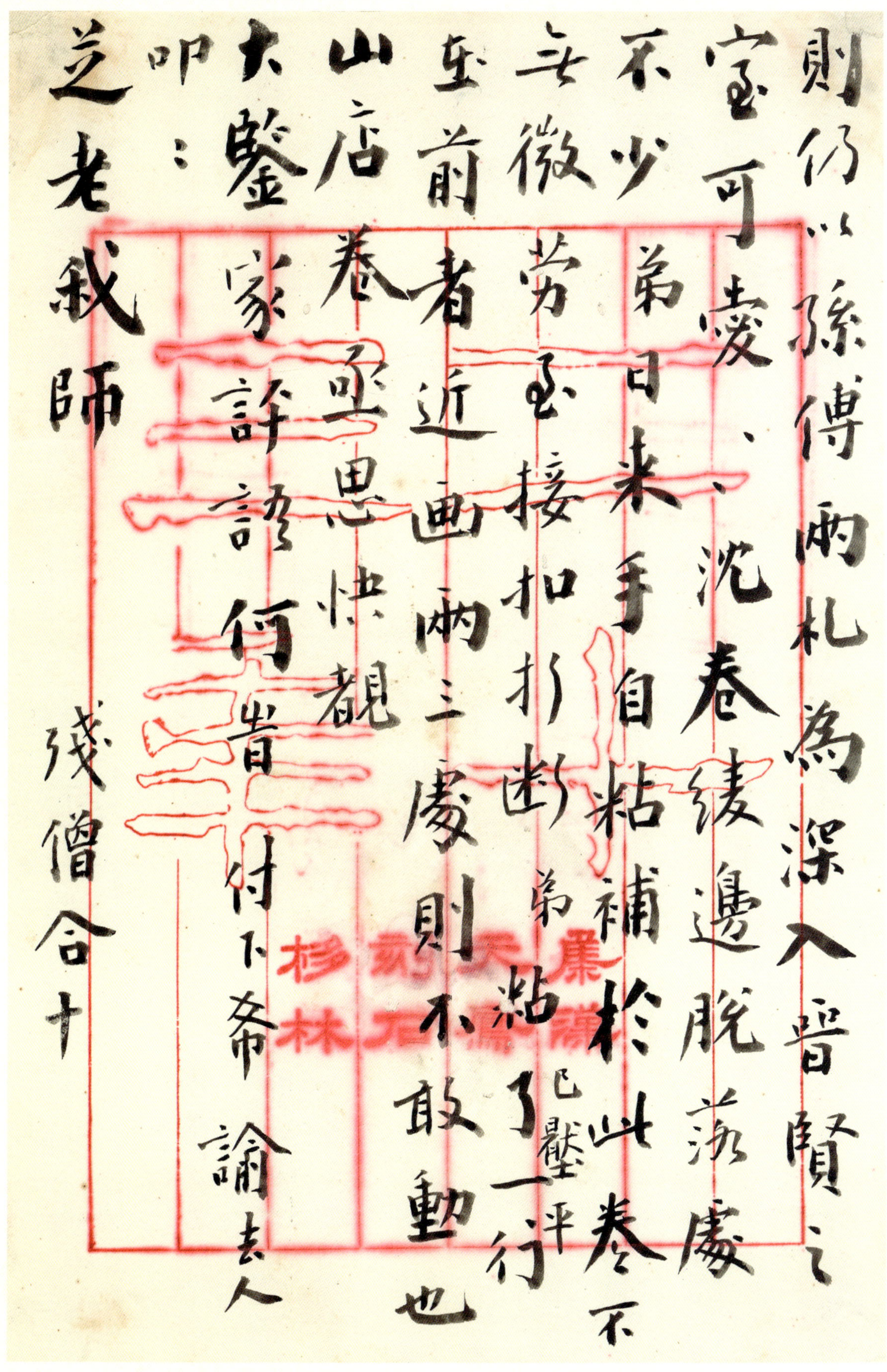
則仍以孫傅兩札為深入晉賢之
室可處、、沈春綾邊脫落處
不少弟日來手自粘補於此卷不
無微勞至接扣折斷弟粘了一行已墜坪
至前者近画兩三處則不敢動也
山居卷亟思快覩
大鑒家評語何旨付下希諭去人
叩叩
芝老我師
殘僧合十

沈老翁仿千里小幅精妙極矣。再玩去年所得之《仙山卷》，愈見師承之惟肖，并紙色亦相似，异哉快哉！東原跋，自後人看去，仿佛陳摶醒後，關老彭爲短折，亦佳話也。孫夏峰諸老書札，想見國初先輩風流詞翰之美，尤以末後周君爲最，令人閱之惟恐其盡。字之古健，則仍以孫、傅兩札爲深入晋賢之室，可愛可愛。沈卷綾邊脱落處不少，弟日來手自粘補，於此卷不無微勞。至接扣折斷，弟粘了一行（已壓平）在前者，近畫兩三處則不敢動也。《山店卷》亟思快睹。大鑒家評語何時付下？希諭去人。叩叩。

芝老我師。

殘僧合十

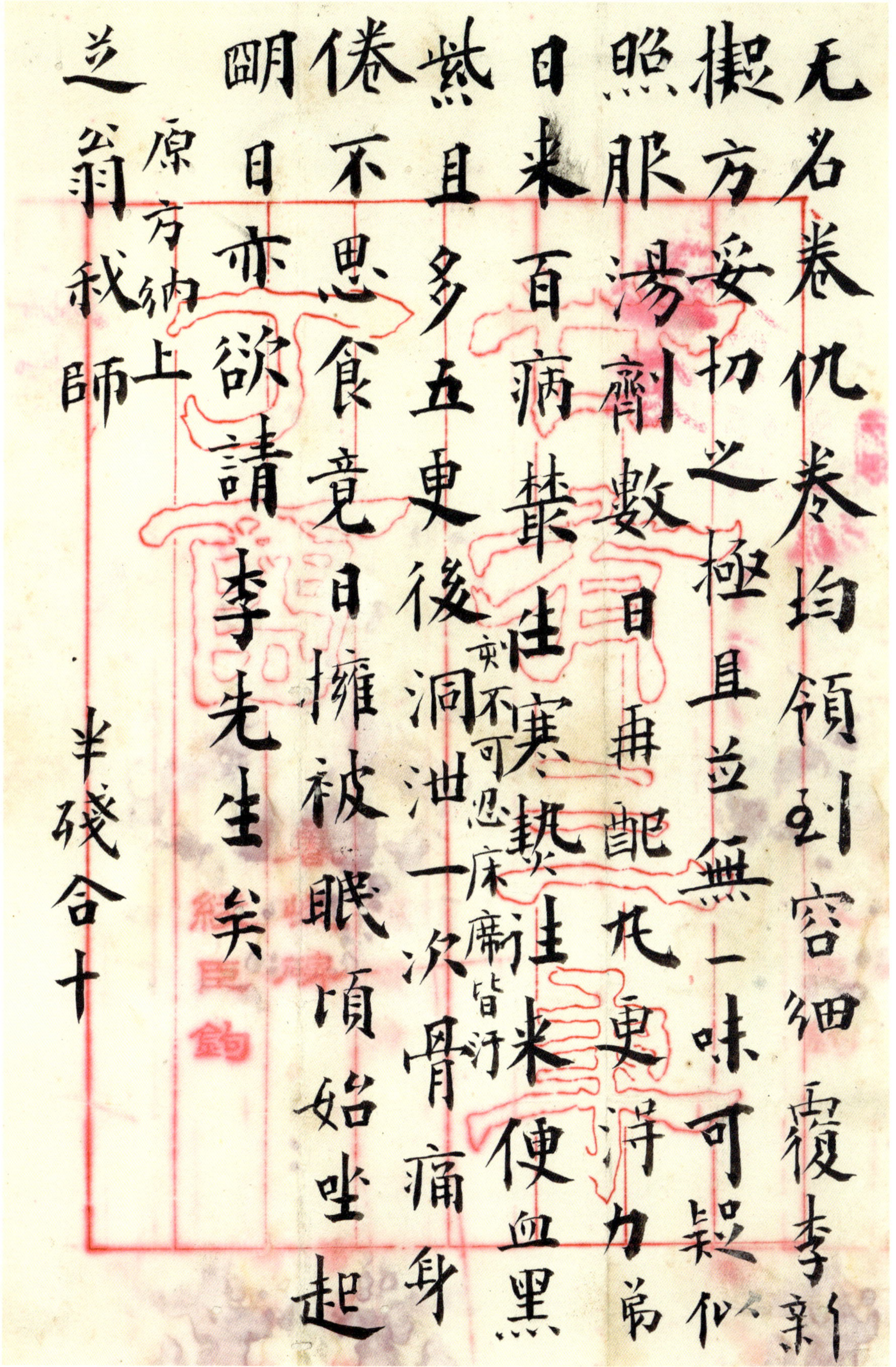
尤名卷仇卷均領到容細覆李新
擬方妥切之極且並無一味可疑似
照服湯劑數日冉龍九更得力萬
日来百病叢生寒熱往来便血黑
亦不可忍床蓐皆汗
然且多五更後洞泄一次骨痛身
倦不思食竟日擁被眠頃始坐起
明日亦欲請李先生矣
原方納上
並翁秋師
半殘合十

芝翁我師。

無名卷、仇卷均領到，容細覆。李新擬方妥切之極，且并無一味可疑，似照服湯劑數日，再配丸更得力。弟日來百病叢生，寒熱往來，便血黑紫，且多五更後洞泄一次（刻不可忍，床席皆污），骨痛身倦，不思食，竟日擁被眠。頃始坐起，明日亦欲請李先生矣。原方納上。

半殘合十

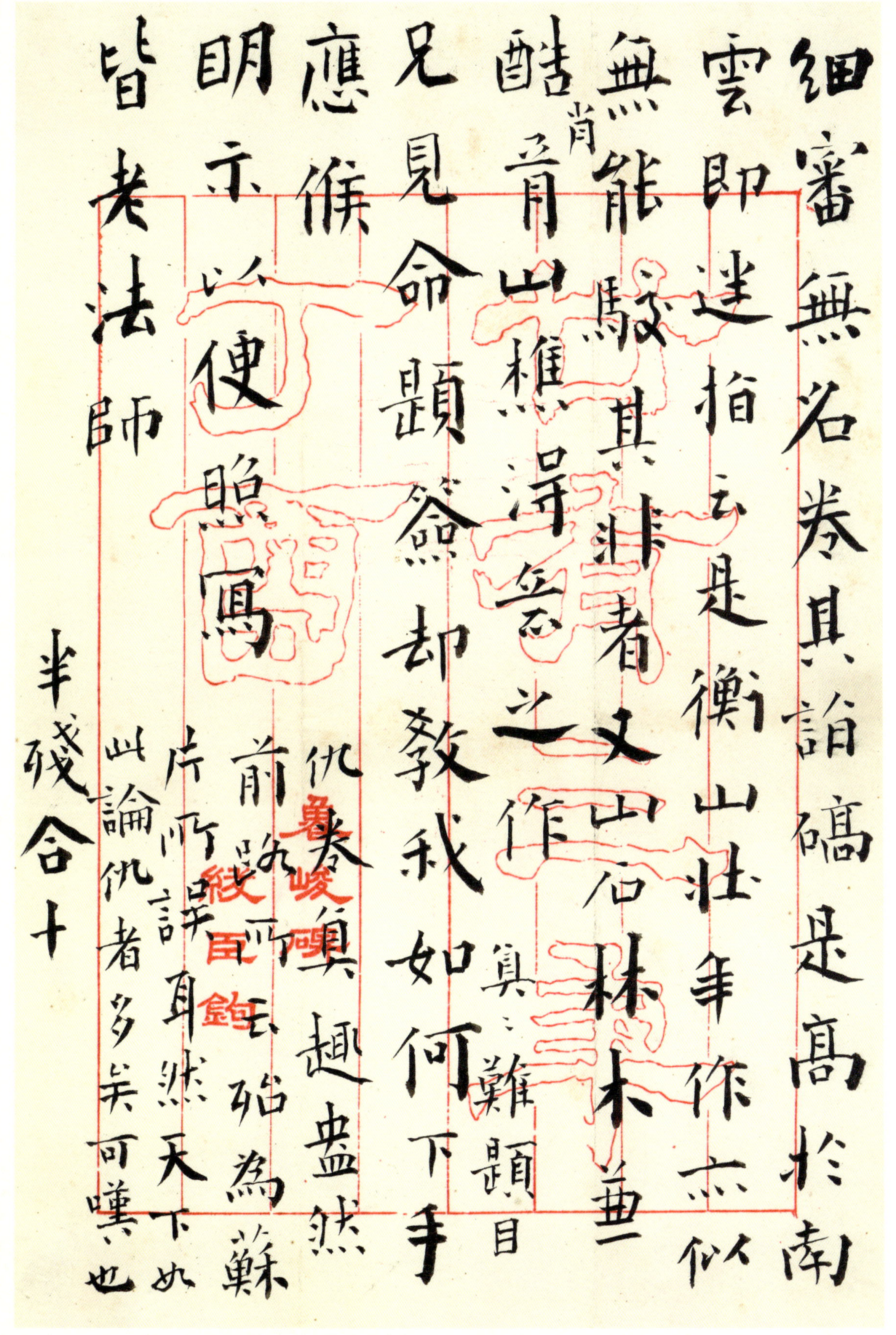
細審無名卷其詣碣是髙於南
雲即迷指云是衡山壯年作亦似
無能駁其非者文山石林木畫
酷肖山樵得意之作真真難題目
兄見命題簽却教我如何下手
應候
明示以便照寫
皆老法師

仇叅真趣盎然
前跋所云殆為蘇
片所誤耳然天下如
此論仇者多矣可嘆也
半殘合十

細審無名卷，其詣確是高於南雲，即徑指云是衡山壯年作，亦似無能駁其非者。又山石林木兼酷肖胥山樵得意之作。兄見命題簽，却教我如何下手（真真難題目）？應候明示，以便照寫。

皆老法師。

半殘合十

仇卷真趣盎然，前路所云，殆爲蘇片所誤耳。然天下如此論仇者多矣，可嘆也。

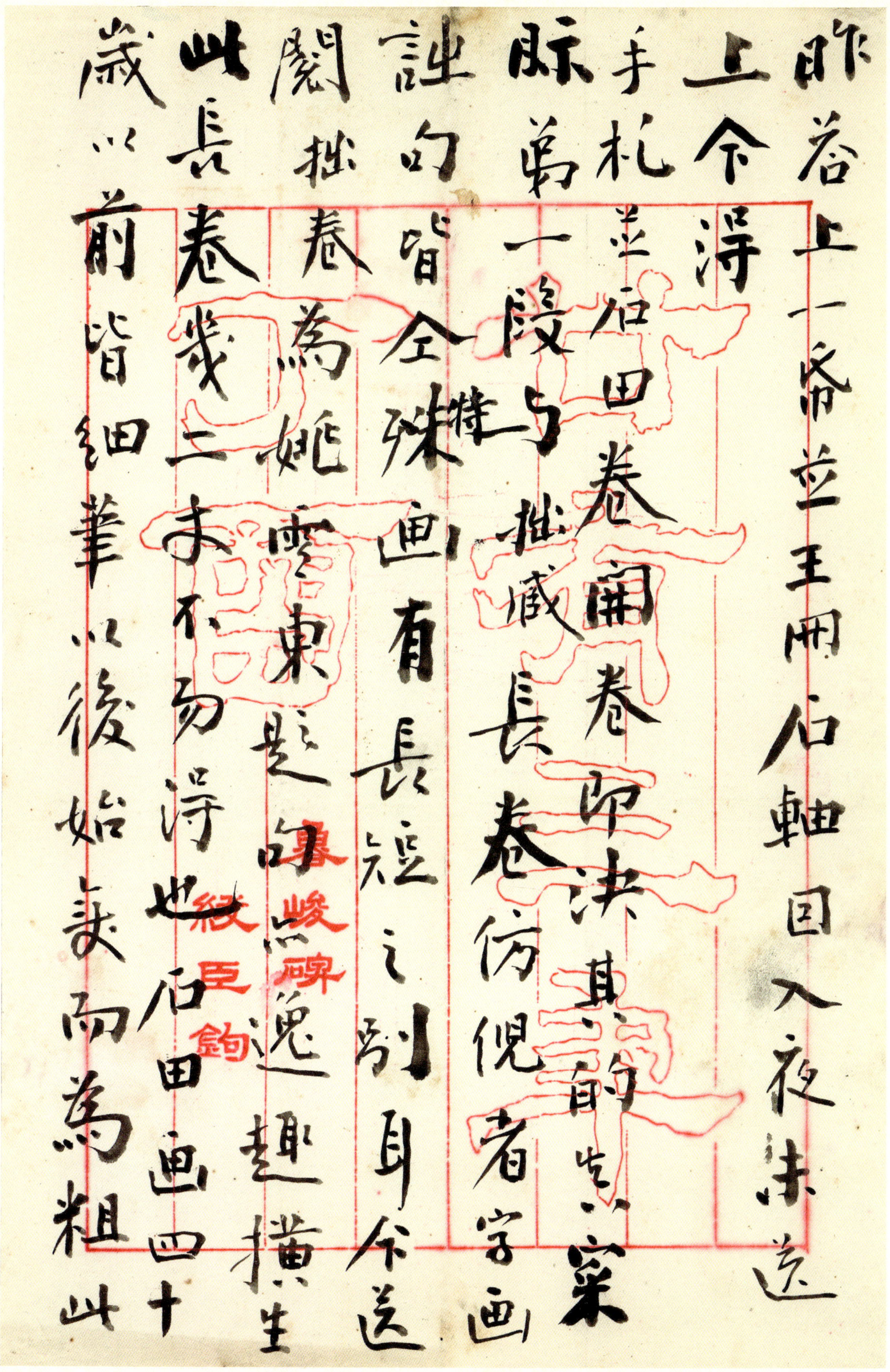
昨蒼上一帋並王冊石軸因入夜未送
上令得
手札並石田卷兩卷印決其餘皆宋
脉爲一段与拙藏長卷仿倪者字画
証的皆仝殊画有長短之别耳今送
閣拙卷爲姚雲東題點逸趣横生
此長卷幾二未不易得也石田画四十
歲以前皆細筆以後始変而爲粗此

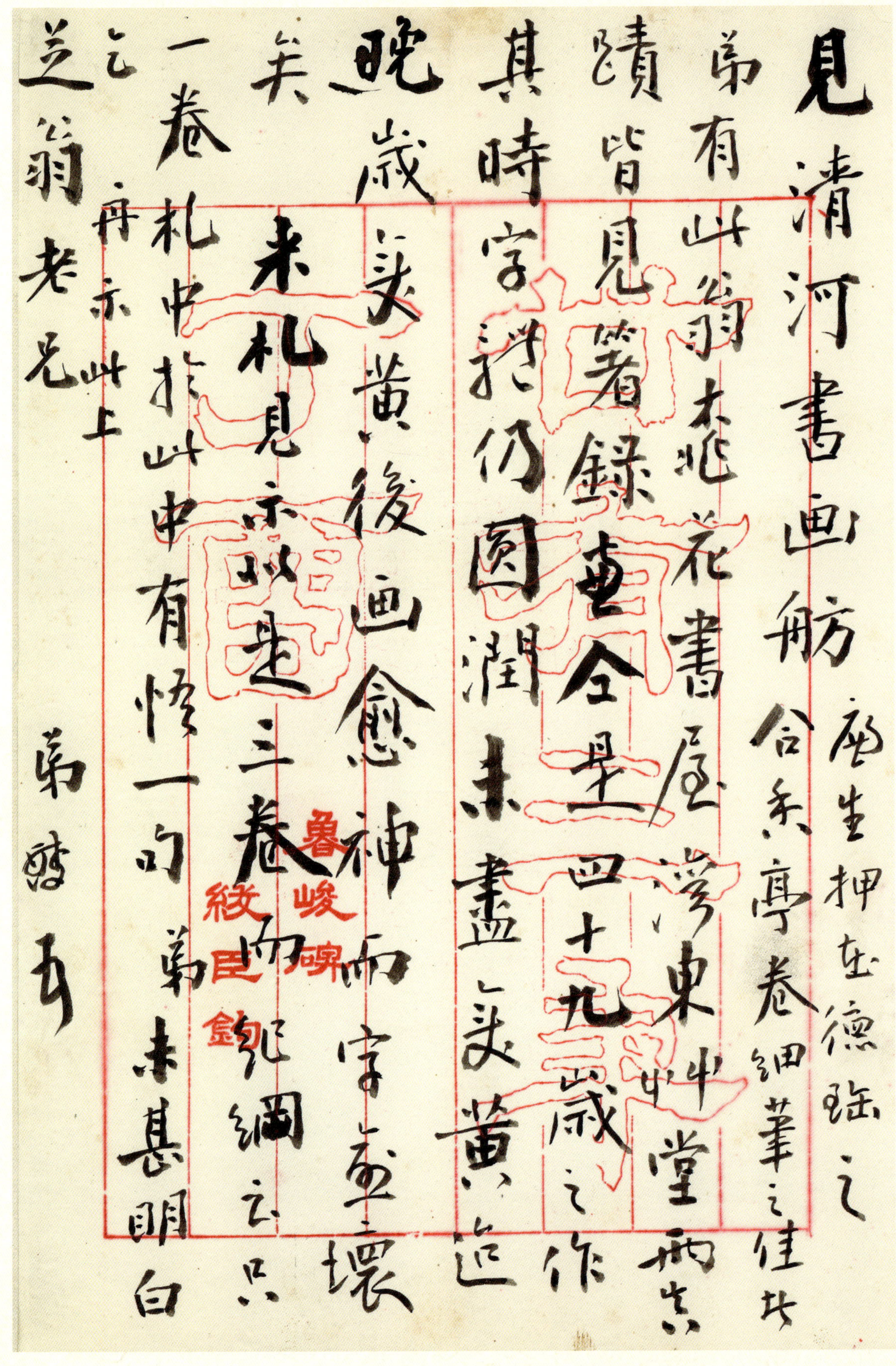

見清河書画舫（庵生押在德跋之合禾亭卷細筆之佳者）
弟有此翁梨花書屋学東坡（此）堂兩卷
蹟皆見著録，並今是四十九歲之作
其時字體仍圓潤，未盡是黃道
晚歲是黃後画愈神，而字愈壞
矣。來札見示，以是三卷而總綱之，只
一卷札中於此中有怡一句，弟未甚明白
之（再示此上）
芝翁老兄 弟醇廿

昨答上一紙并王册、石軸，因入夜未送上。今得手札并石田卷，開卷即决其的真。審視第一段與拙藏長卷仿倪者，字畫詩句皆同，特畫有長短之别耳。今送閲。拙卷爲姚雲東題句，亦逸趣横生。此長卷幾二丈，不易得也。石田畫，四十歲以前皆細筆，以後始變而爲粗，此見《清河書畫舫》（廉生押在德寶之《合香亭卷》，細筆之佳者）。弟有此翁《桃花書屋》《灣東草堂》兩真迹，皆見箸録，兼同是四十九歲之作。其時字體仍圓潤，未盡變黄，迨晚歲變黄後，畫愈神而字愈壞矣。來札見示，似是三卷，而紀綱云衹一卷。札中『於此中有悟』一句，弟未甚明白，乞再示。

此上芝翁老兄。

弟毓汶頓首

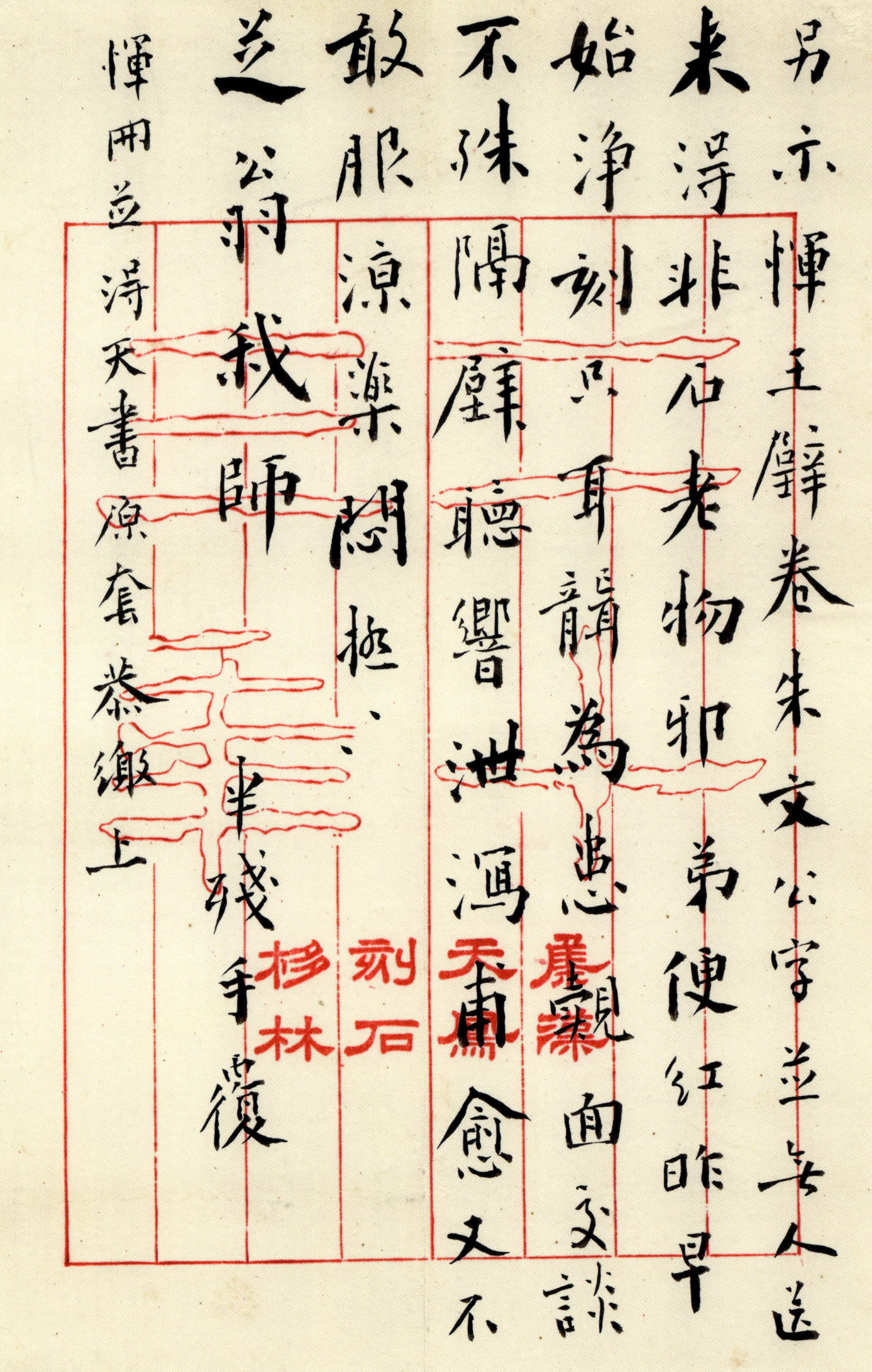

另示惲王辭卷朱文公字並安人送
來得非石老物邪弟使紅昨早
始淨刻只耳韻為患觀面談
不殊陽辟聽響泄瀉天甫愈又不
敢服涼藥悶極、
並公翁我師　半殘手復
惲冊並得天書原套恭繳上

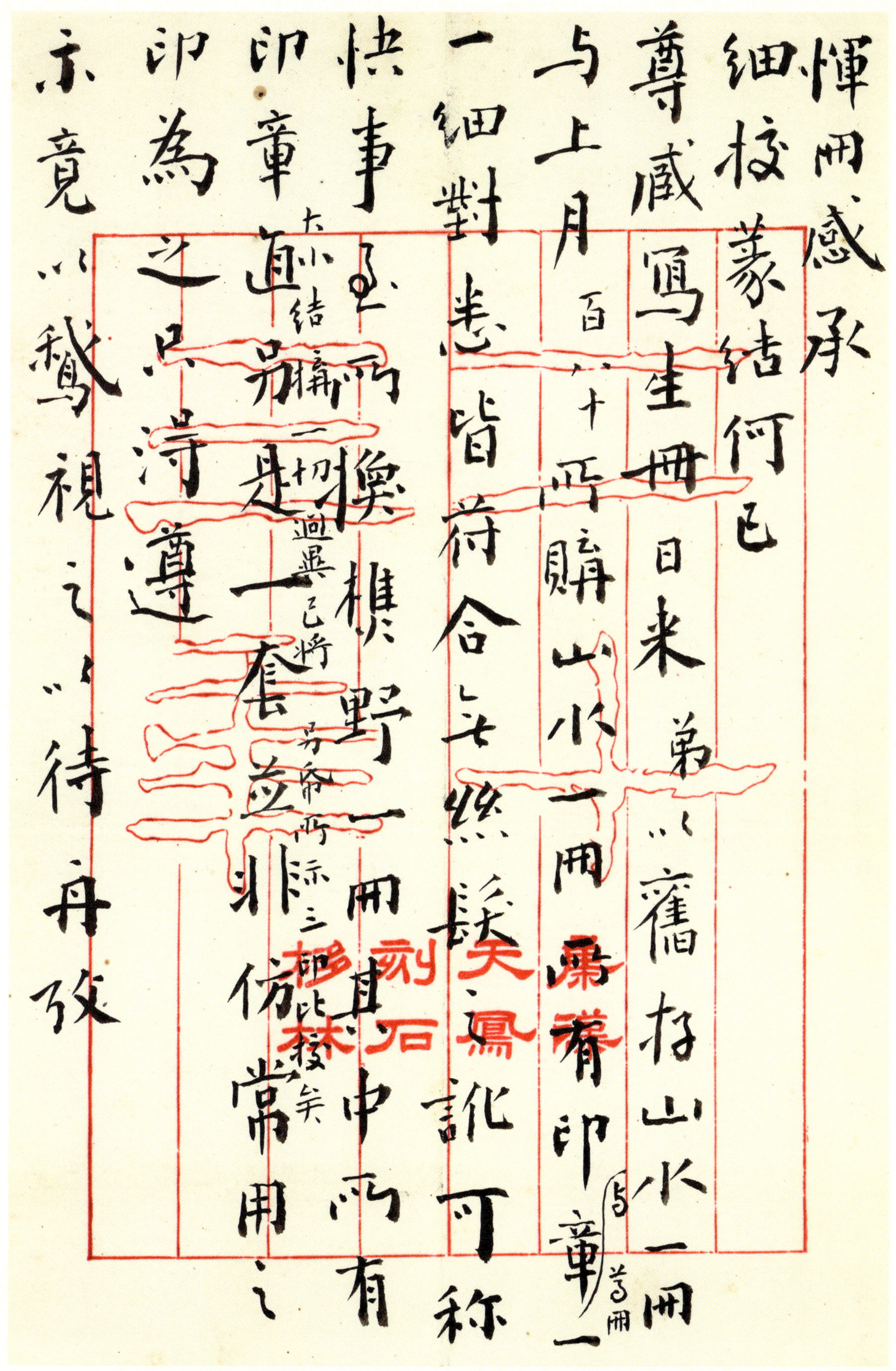
惲冊感承
細校篆結何已
尊藏寫生冊日來弟以舊存山水一冊
與上月百六十兩購山水一冊兼有印章一
一細對悉皆符合無纖毫訛可稱
快事至所換棋野一冊其中所有
印章直另是一套（大小結構一切迥異已將另冊所示三印比較矣）並非仿常用之
印為之只得遵
示竟以鶩視之以待再攷

另示惲、王壁卷，朱文公字，并無人送來，得非石老物邪？弟便紅昨早始浄，刻只耳聾爲患，覿面交談，不殊隔壁聽響。泄瀉甫愈，又不敢服凉藥，悶極悶極。

芝翁我師。

半殘手覆

惲册并得天書原套恭繳上。

惲册感承細校，篆結何已。尊藏寫生册，日來弟以舊存山水一册，與上月百八十所購山水一册，所有印章與尊册一一細對，悉皆苻合，無絲髮之訛，可稱快事。至所换樵野一册，其中所有印章直另是一套，并非仿常用之印爲之（大小結構一切迥异，已將另紙所示三印比較矣）。祇得遵示，竟以鵝視之，以待再考。

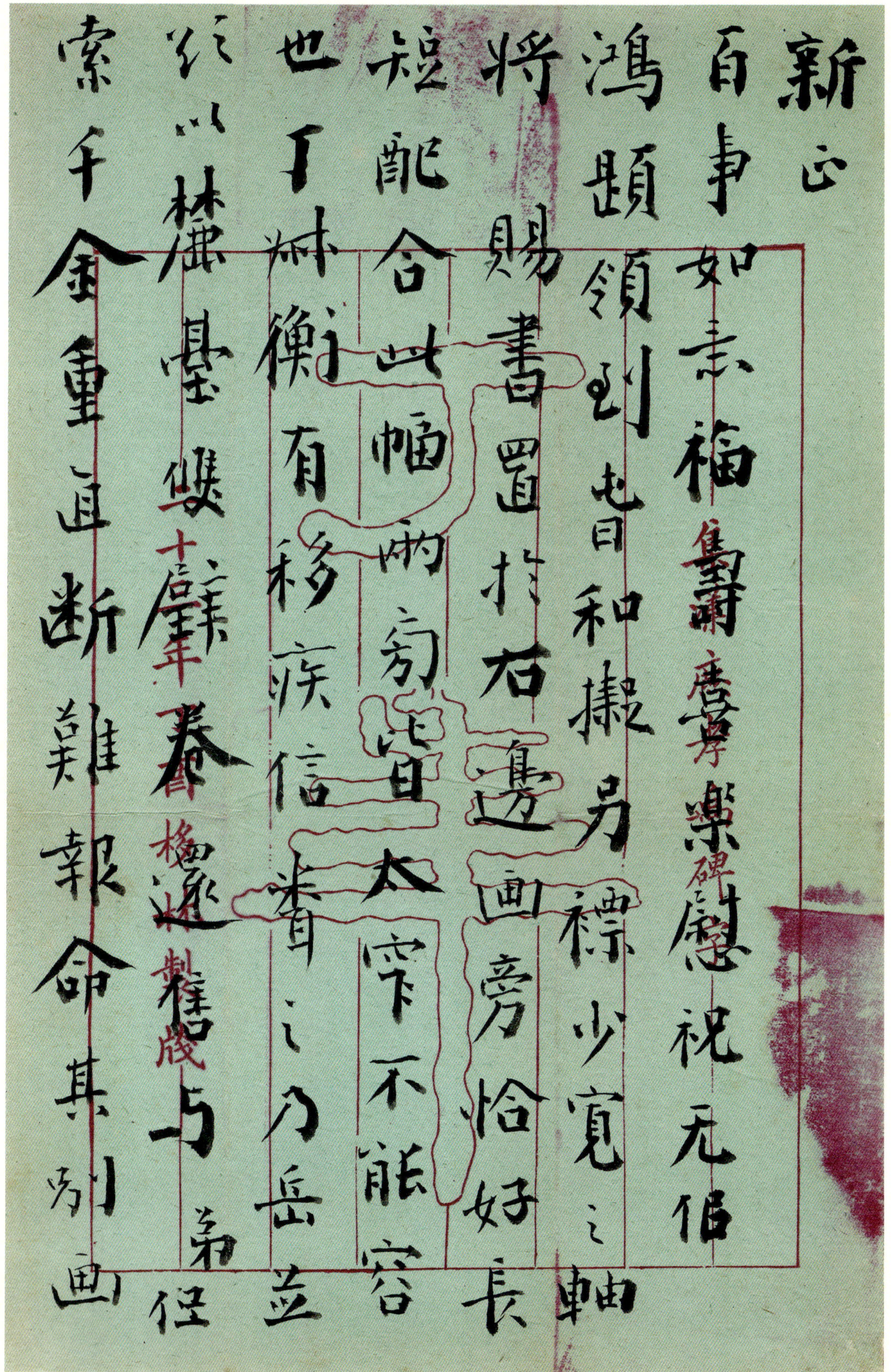

新正

百事如意福壽康樂慰祝无佰

鴻題領到書和擬另裱少寬之軸

將賜書置於右邊畫旁恰好長

短配合此幅兩旁皆太窄不能容

也丁琳衡有移族信者之乃岳並

終以楹墨雙十年蘇春還楮与 弟任

索千金重直斷難報命其別畫

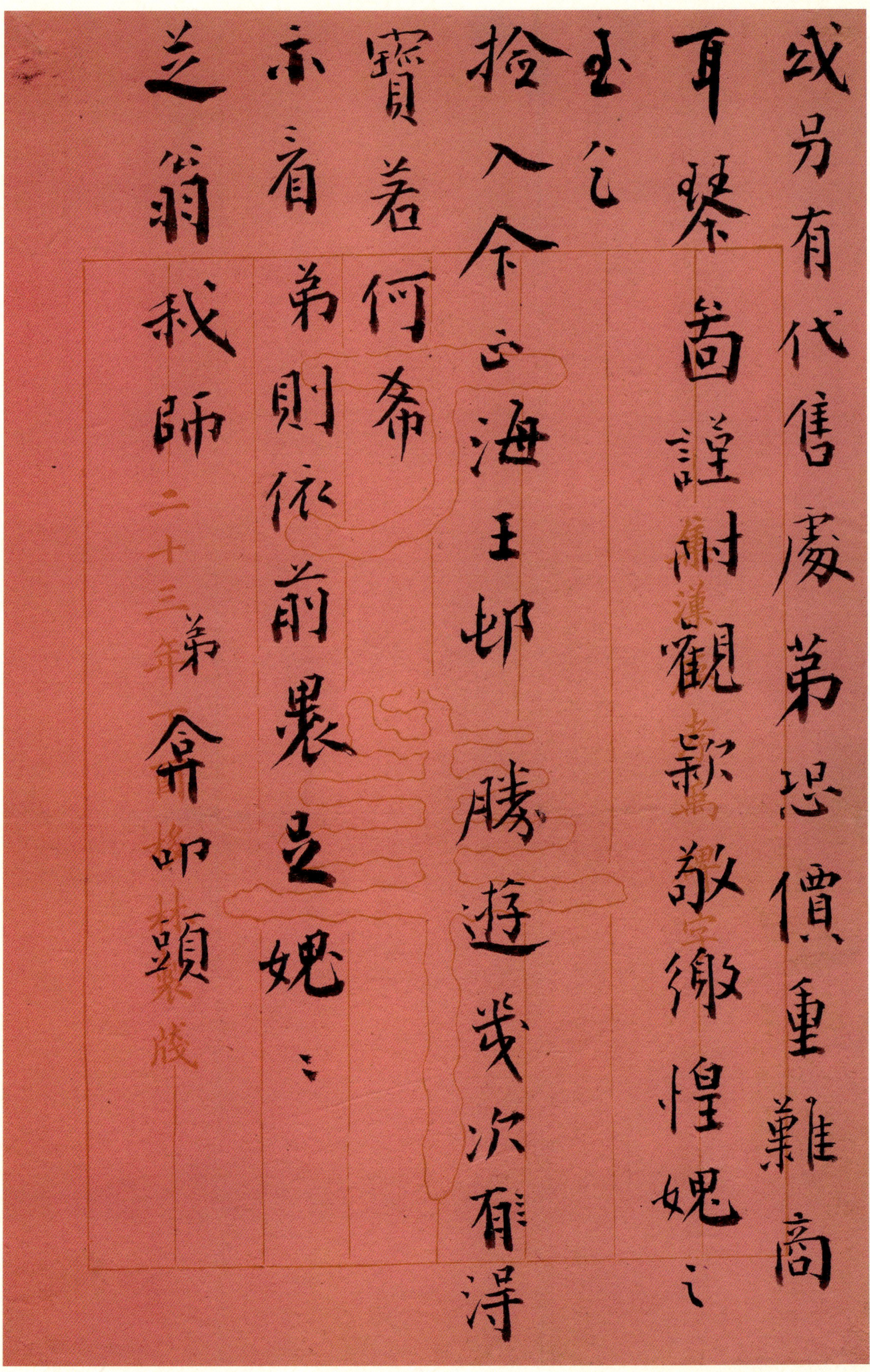
或另有代售處，第恐價重難商
耳。琴齒謹附，觀款敬繳，惶媿之
至。
拾入今正海王邨勝遊，或次再得
寶，著何希
示看。弟則依前累足之媿之
芝翁我師 二十三年 弟俞叩頭

新正百事如意，福壽喜樂，慰祝無似。

鴻題領到，春和擬另褾少寬之軸，將賜書置於右邊畫旁，恰好長短配合。此幅兩旁皆太窄，不能容也。

丁叔衡有移疾信，齎之乃岳，并欲以麓臺《雙壁卷》還售與弟，但索千金重直，斷難報命。其别畫或另有代售處，弟恐價重難商耳。《琴圖》謹附觀款，敬繳，惶愧之至，乞撿入。

今正海王村勝游幾次，得寶若何？希示看。弟則依前裹足，愧愧。

芝翁我師。

弟弁叩頭

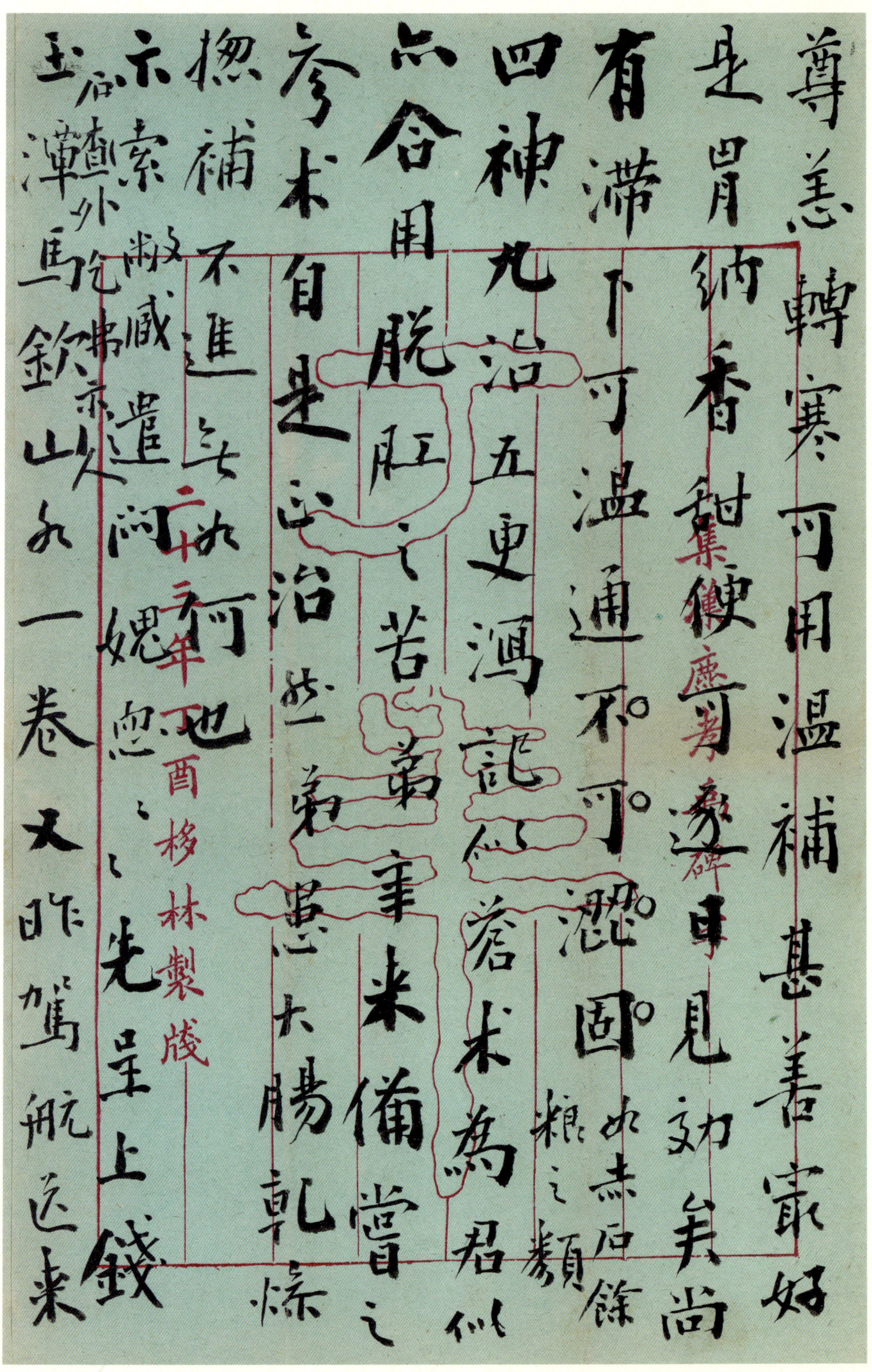

尊恙轉寒可用溫補甚善家好
是胃納香甜便可見効矣尚
有滯下可溫通不可澀固如赤石餘粮之類
四神丸治五更瀉詎似蒼朮為君似
亦合用脫肛之若弟年來備嘗之
苓朮自是正治然弟甚大腸乾燥
撫補不進也如何也先呈上錢
示索遺問媿悤悤
玉漢馬欽山又一卷又昨鳩航送来

二十六年丁酉杉林製箋

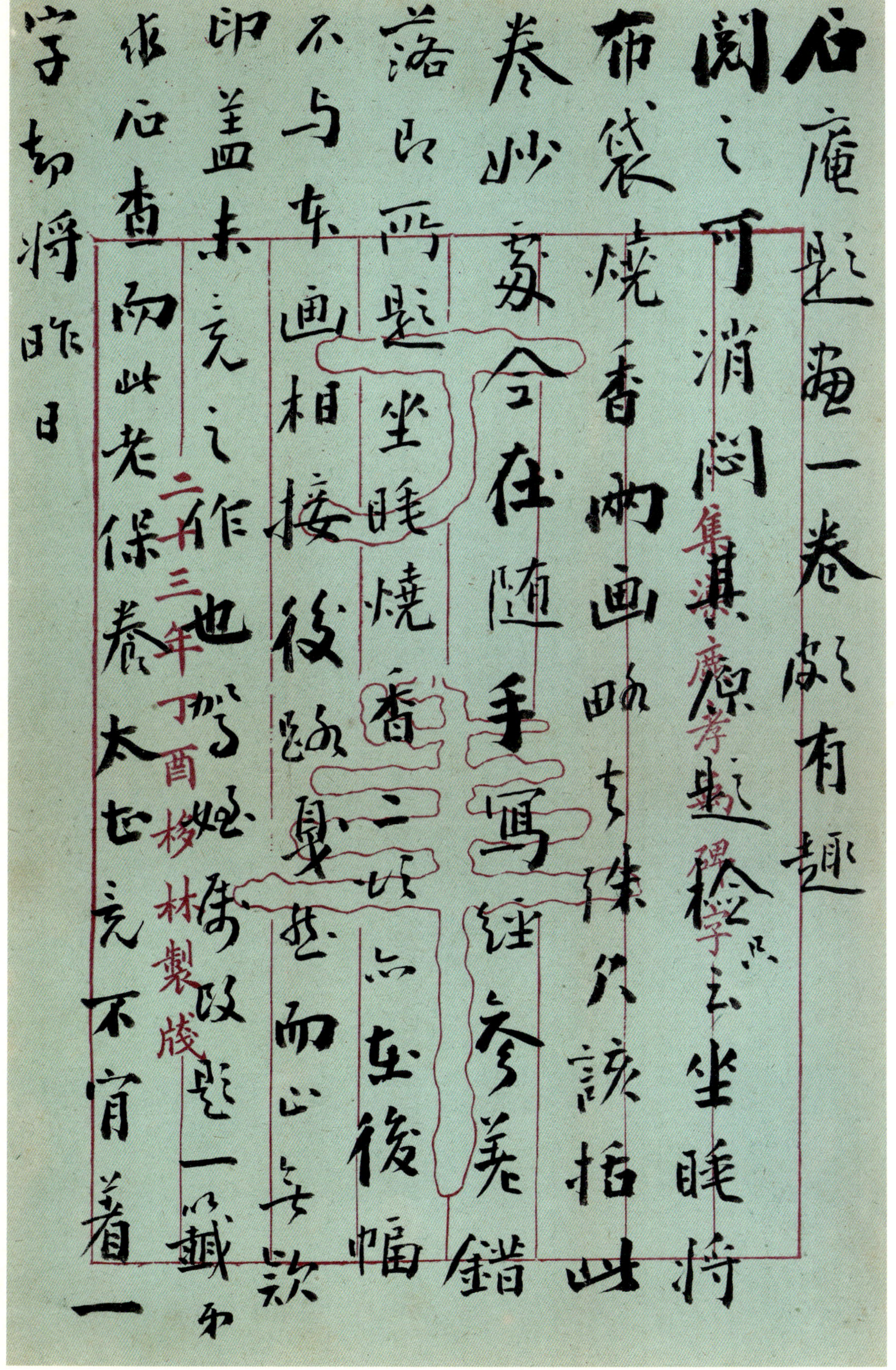

石庵題畫一卷，殊有趣，閱之可消悶。檢只玉坐睡將布袋燒香兩畫，略去張只談指此卷妙處全在隨手寫繼參差錯落，只兩題坐睡燒香二幀亦在後幅，不與东畫相接，後題真迹而已無款印，蓋未完之作也。駕姊屡收題一以藏示，依石畫而此老保養太甚，竟不肯着一字，却將昨日

集渠廉孝題 碧梧

二十三年丁酉杉林製牋

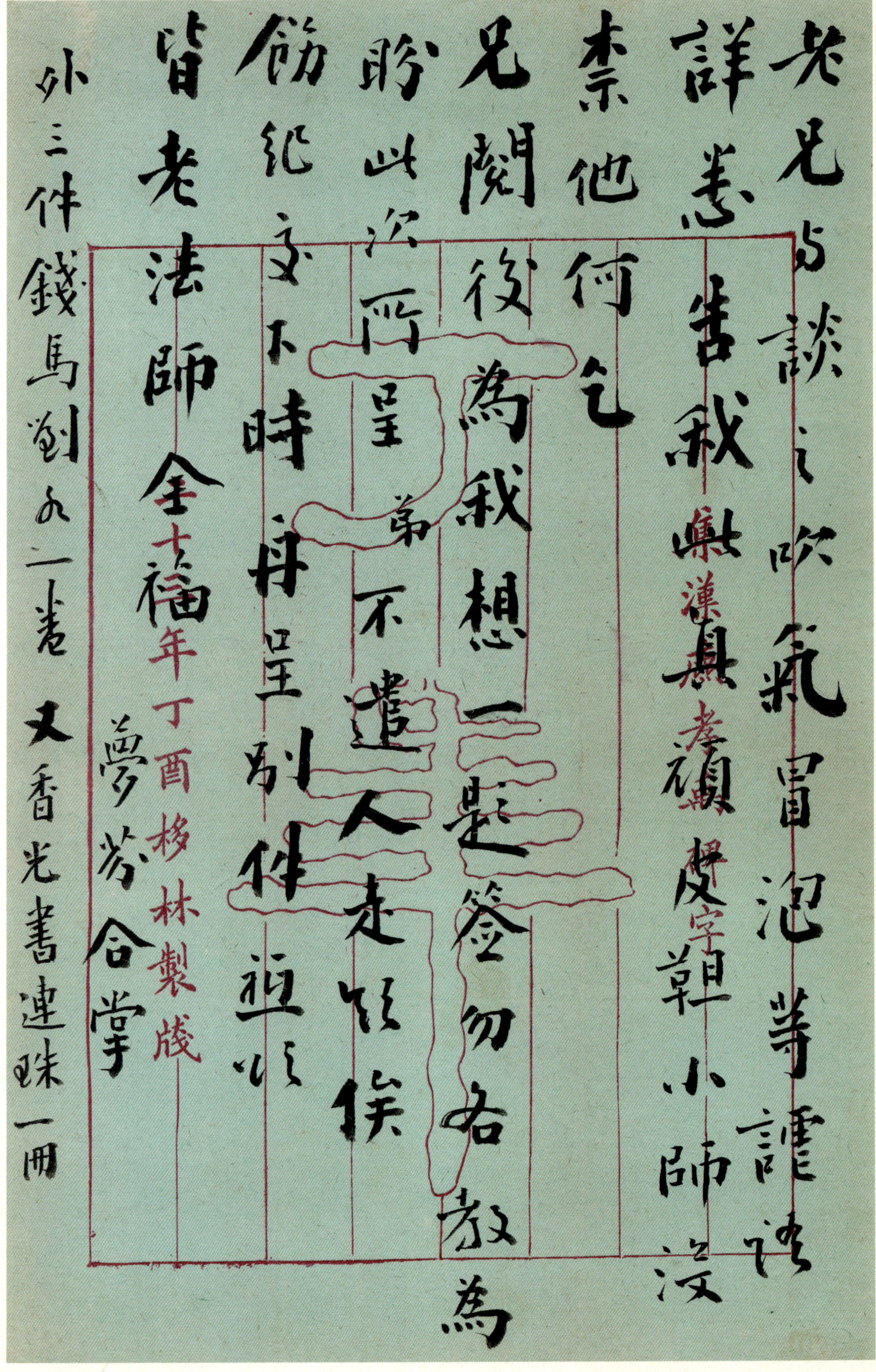
老兄與談之吹氣冒泡等語請
詳悉告我與其顏皮鞋小師没
柰他何乞
兄閱後為我想一題簽勿名教為
盼此次所呈弟不遣人走領候
飭紀文下時再呈別件祗頌
皆老法師全福　十年丁酉杉林製箋
夢芬合掌
外三件錢馬劉各一卷　又香光書連珠一冊

尊恙轉寒，可用温補，甚善，最好是胃納香甜，便可逐日見效矣。尚有滯下，可温通，不可澀固（如赤石餘糧之類），四神丸治五更瀉，記似蒼术爲君，似亦合用。脱肛之苦，弟年來備嘗之。參术自是正治。然弟患大腸乾燥，總補不進，無如何也。

示索敝藏遺悶，愧恧愧恧。先呈上錢玉潭、馬欽山各一卷（石查外乞弗示人）。又昨駕航送來石庵題畫一卷，頗有趣，閲之可消悶。其原題檢祇云『坐睡』，將《布袋》《燒香》兩畫略去，殊欠該括。此卷妙處全在隨手寫經，參差錯落，即所題『坐睡』『燒香』二頌亦在後幅，不與本畫相接。後路戛然而止，無款印，蓋未竟之作也。駕侄屬改題一籤，弟求石查，而此老保養太甚，竟不肯着一字，却將昨日老兄與談之吹氣冒泡等謔語詳悉告我，此真頑皮靼，小師没奈他何。乞兄閲後爲我想一題簽，勿吝教爲盼。此次所呈，弟不遣人走領，俟飭紀交下時再呈别件。

祇頌皆老法師全福。

夢芬合掌

外三件：錢、馬、劉各一卷。又香光書《連珠》一册。

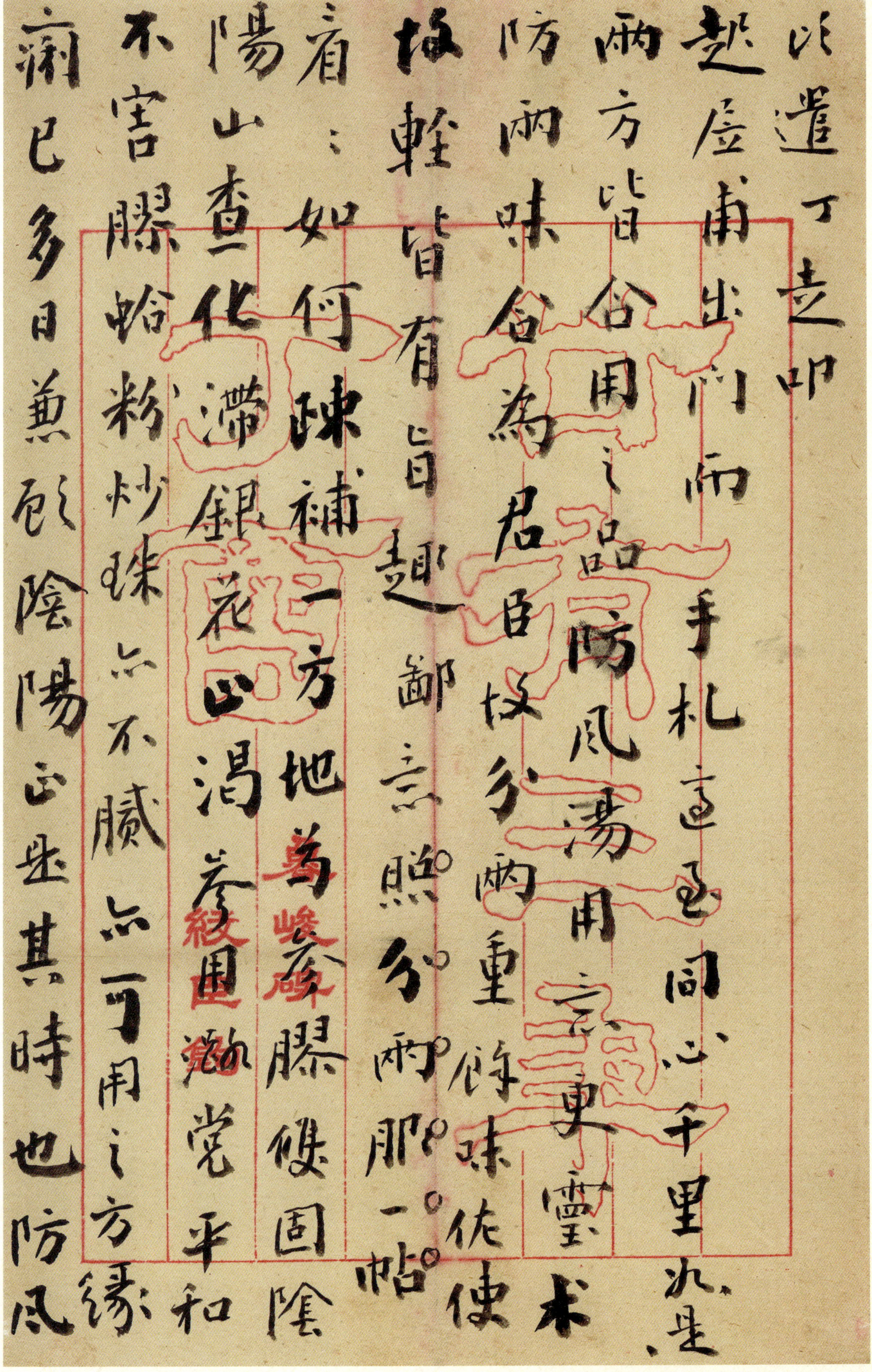

以遣丁走叩
起居，甫出門而手札適至，同心千里，丸是
兩方皆合用之品，防風湯用六，更靈术、
防兩味合為君臣，故分兩重，餘味佐使
極輕，皆有旨趣，鄙意照分兩服一帖
看：如何？疎補一方地黃、參、膝，使固陰
陽，山查化滯，銀花以渴，參用(?)亦(?)覺平和
不害。膝蛤粉炒珠亦不膩，亦可用之，方緣
爾已多日，兼顧陰陽，正是其時也。防風

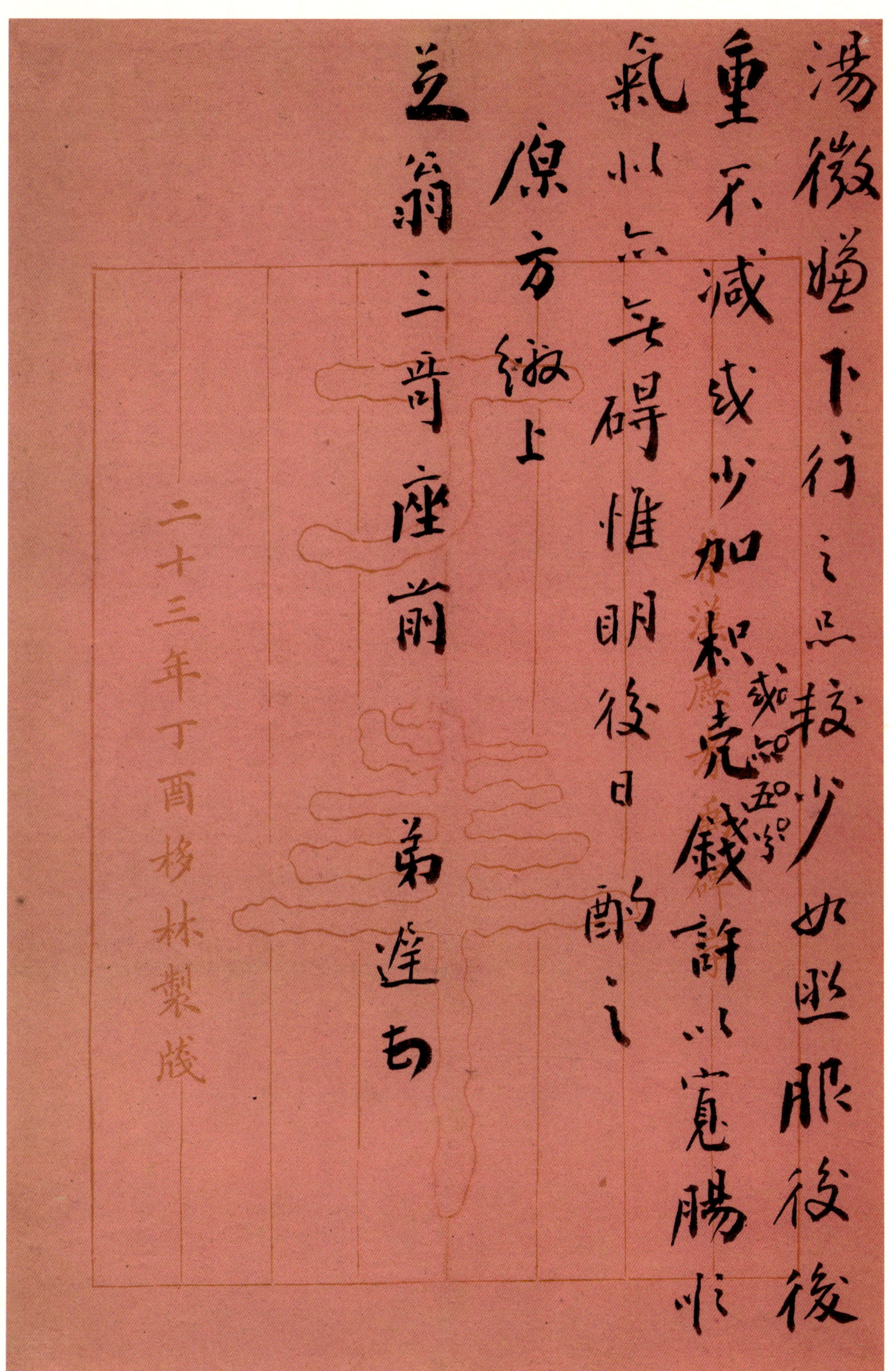
湯微溏下行之，正擬少如照服後後
重不減，或少加枳殼（或加五分）錢許，以寬腸化
氣，以無窒礙。惟明後日酌之。
原方繳上。
並頌
三哥座前
弟達白

二十三年丁酉杉林製牋

頃遣丁走叩起居，甫出門，而手札適至，同心千里如是如是。兩方皆合用之品，防風湯用意更靈，朮防兩味，合爲君臣，故分兩重，餘味佐使，故輕，皆有旨趣。鄙意照分兩服一帖，看看如何。

疏補一方，地芍、參膠雙固陰陽，山查化滯，銀花止渴，參用潞党，平和不害，膠蛤粉炒，珠亦不膩，亦可用之方。緣痢已多日，兼顧陰陽，正是其時也。防風湯微嫌下行之品較少，如照服後，後重不減，或少加枳殼錢許（或亦五分）以寬腸順氣，似亦無礙。惟明後日酌之。原方繳上。

芝翁三哥座前。

弟遲頓首

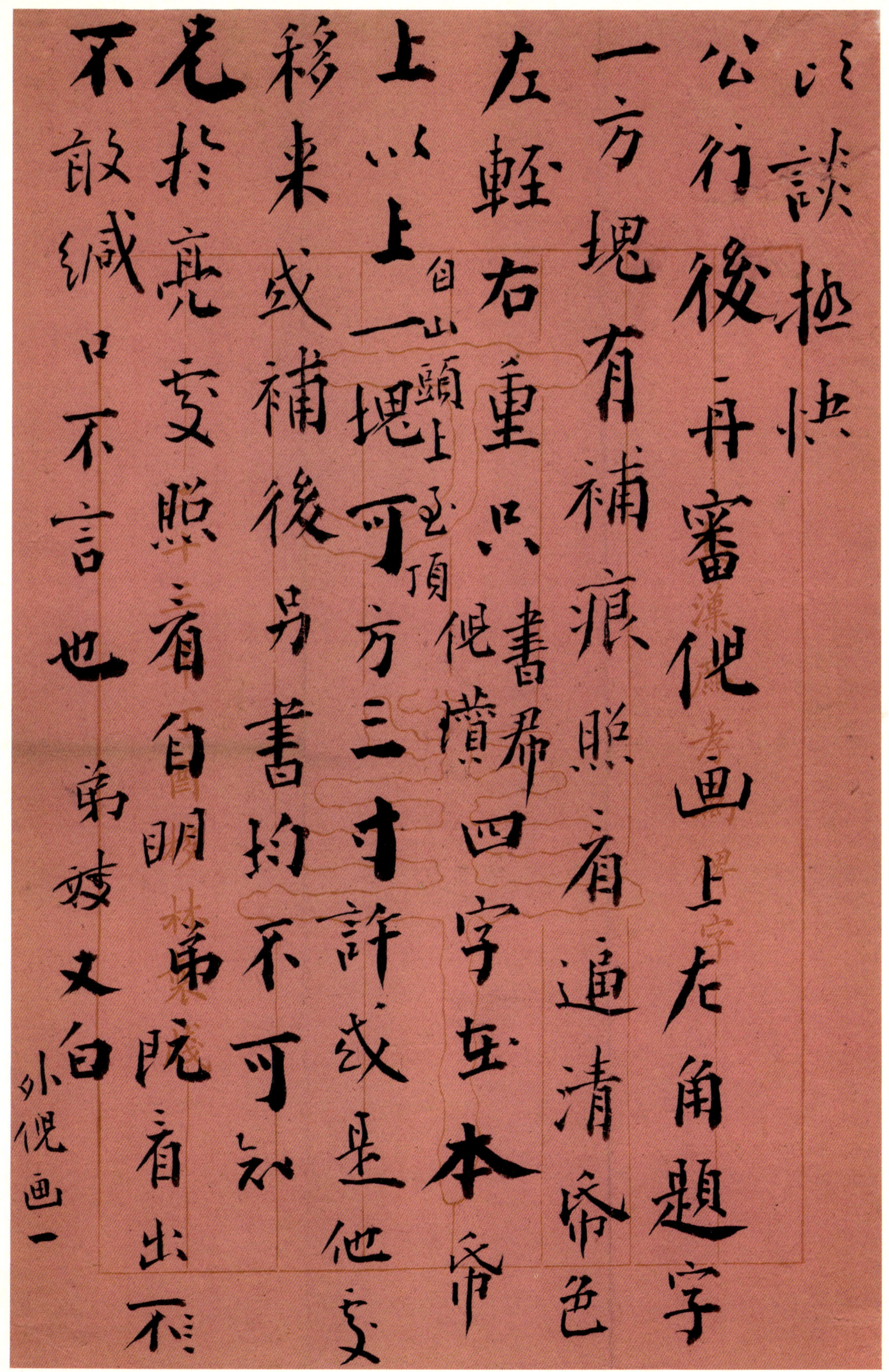
之之談極快
公行後再審倪畫上左角題字
一方塊有補痕照看通清係色
左輕右重只書帋倪瓚四字在本係
上以上一塊（自山頭上至頂）可方三寸許或是他变
移來或補後另書均不可知
尤於亮变照看自明弟院看出不能
不敢緘口不言也　弟彼文白
外倪画一

頃談極快。公行後再審倪畫，上左角題字一方塊有補痕，照看逼清，紙色左輕右重，祇『書』『君』『倪瓚』四字在本紙上，以上一塊可方三寸許（自山頭上至頂），或是他處移來，或補後另書，均不可知。兄於亮處照看自明。弟既看出，不敢緘口不言也。

弟毓汶又白

外倪畫一。

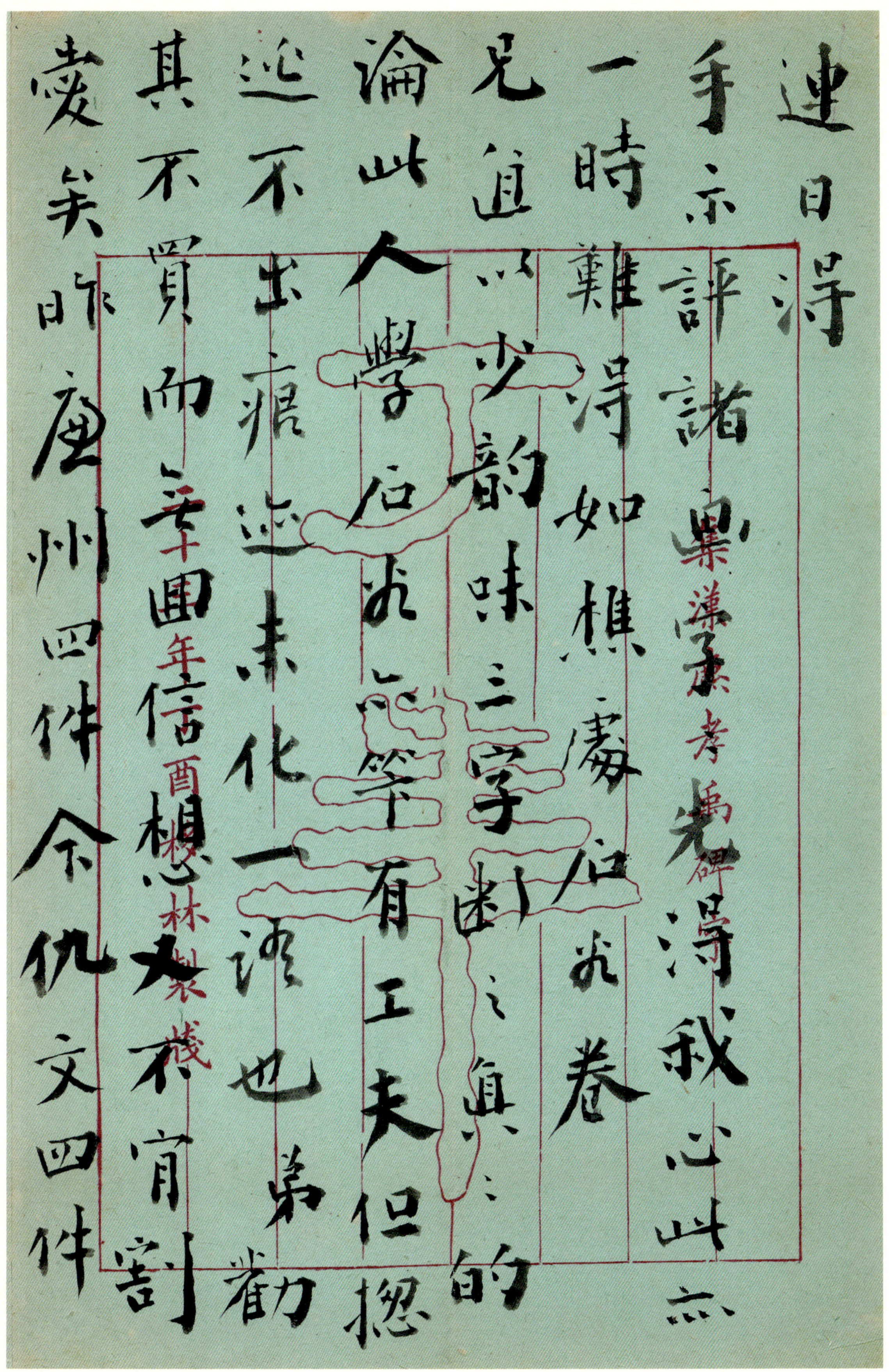
連日得
手示評諸□□先得我心此六
一時難得如棋處石弍卷
兄宜以少韻味三字斷之真的
論此人學石弍等有工夫但揔
迹不出痕迹未化一派也萬勸
其不買而□想大不肯割
愛矣昨唐州四件余仍文四件

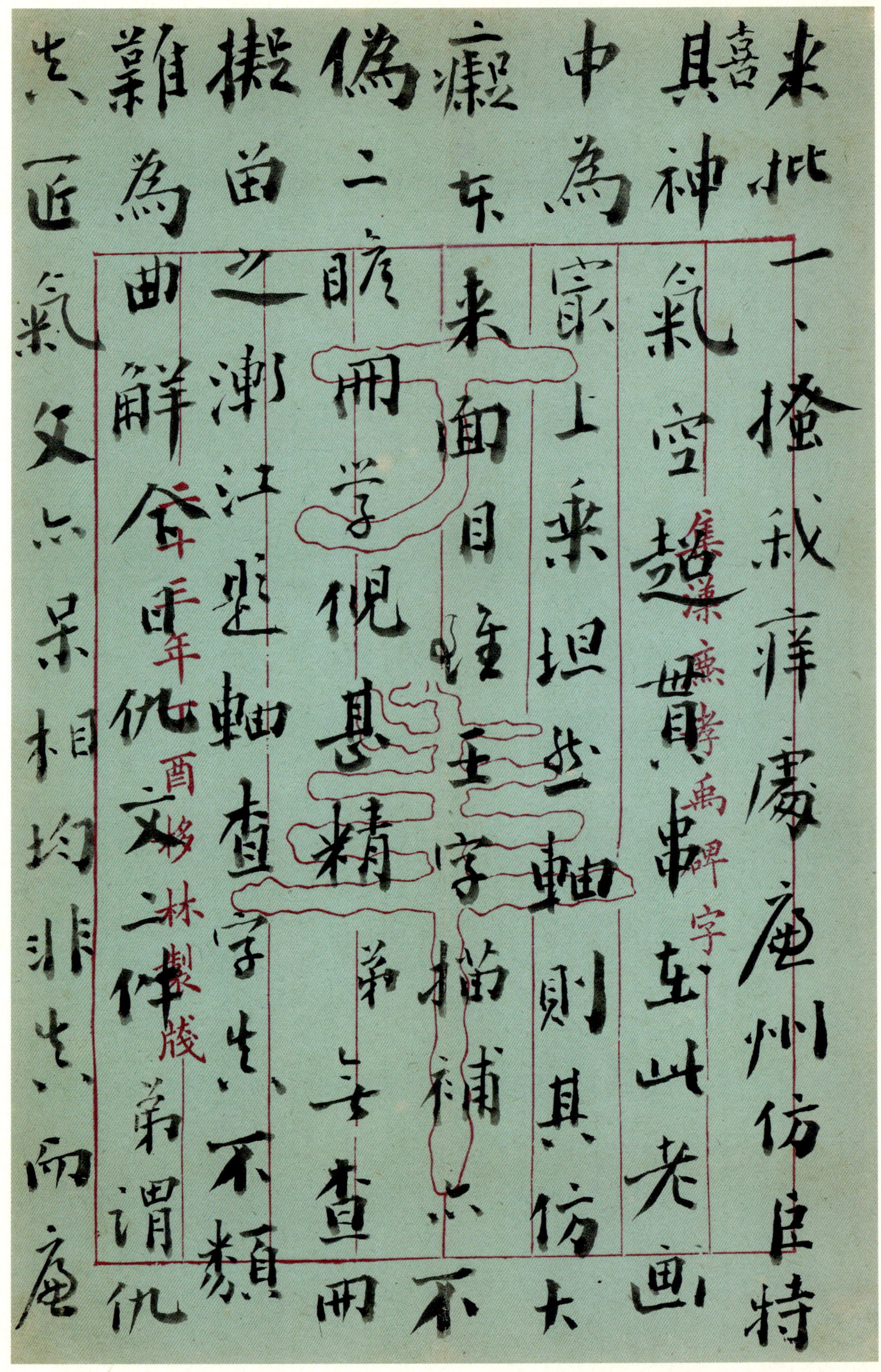
来批一一撿我薛處庵州仿臣持
具神氣空超貫串東此老畫
中為家上乘坦然軸則其仿大
癡東来面目惟王字描補不
偽二冊學視其精弟查冊
擬留之澍江邨軸查字生不類
難為曲解今日仇文之件弟謂仇
生一匠氣又呆相均非生而庵

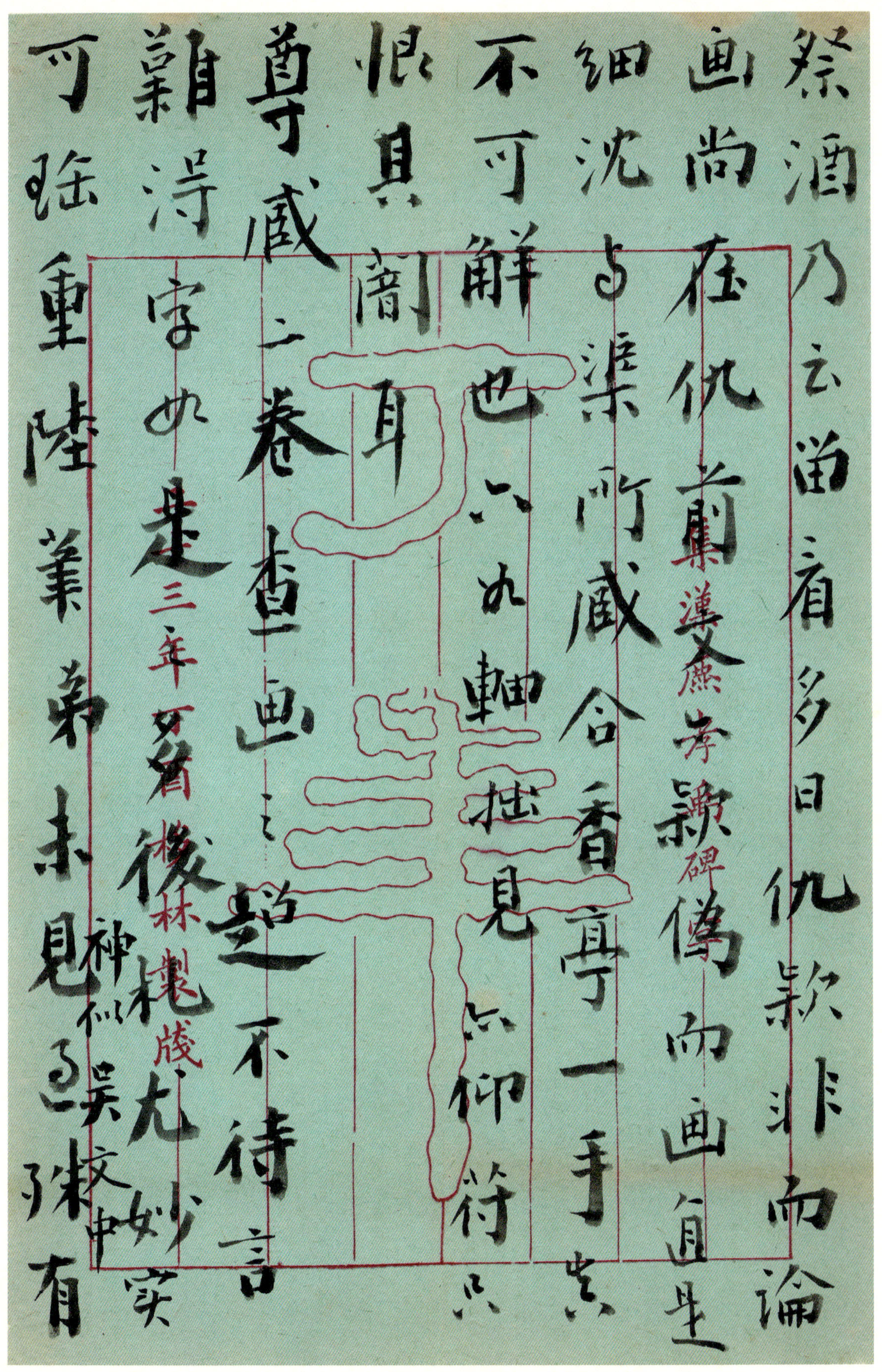
祭酒乃云留有多日仇款非而論
画尚在仇前（集漢燕孝禹碑）偽而画自生
細沈与渠所藏合香亭一手书
不可解也六丸軸拙見亦仰符只
恨其闇耳
尊藏二卷查画；；超不待言
翦得字如是（三年）后稼（林槐茂）尤妙（神似吴文中）实
可臻重陸兼弟未見吴孫有

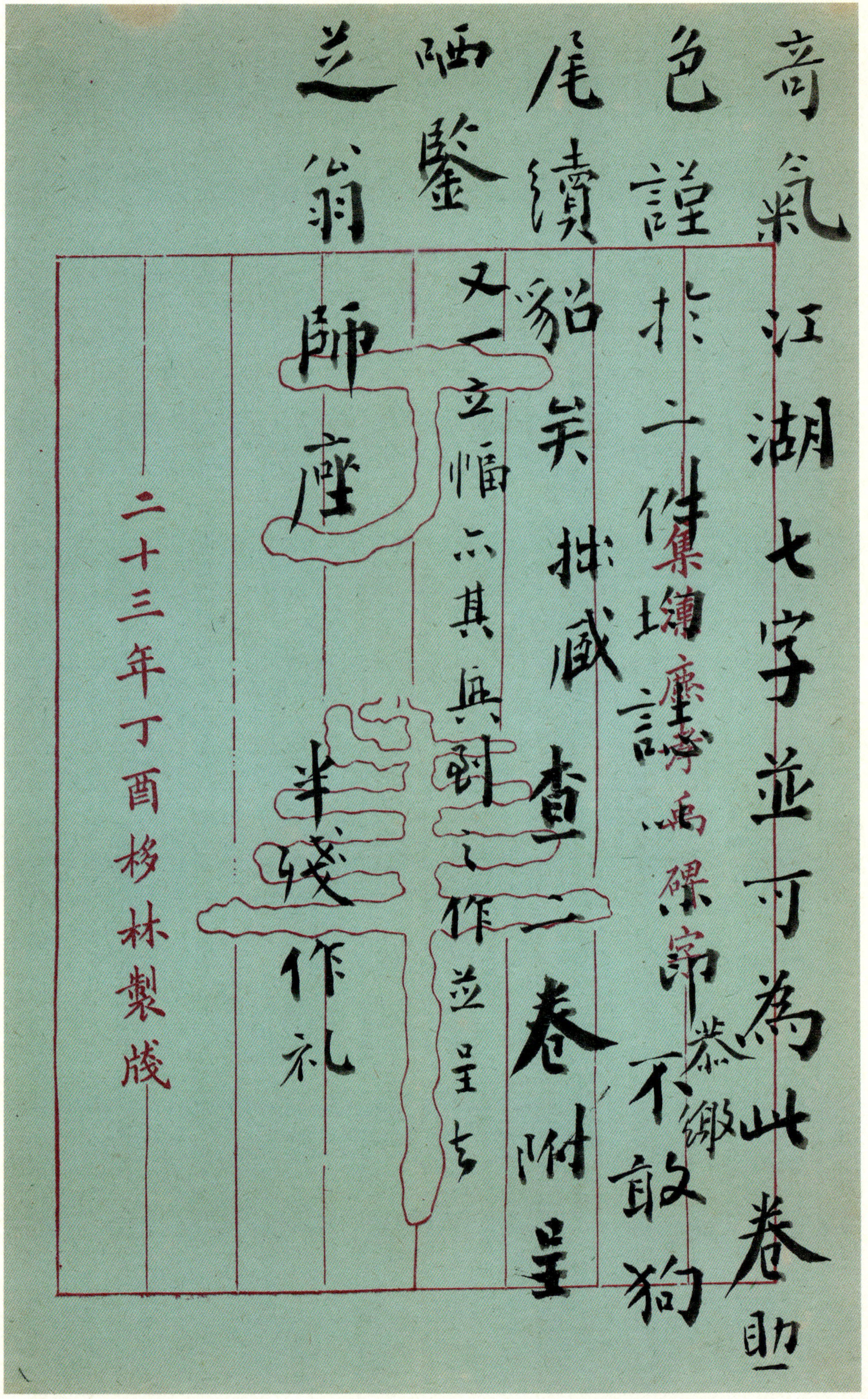

奇氣江湖七字並可為此卷助
色謹於二件坿詩 恭繳不敢狗
尾續貂矣拙藏查二卷附呈
西鑒
並翁師座　又一立幅亦其與對之作並呈去
半殘作礼

二十三年丁酉杉林製箋

連日得手示，評諸畫字字先得我心，此亦一時難得。如樵處石谷卷，兄直以『少韵味』三字斷之，真真的論。此人學石谷亦竿有工夫，但總逃不出『痕迹未化』一語也。弟勸其不買而無回信，想又不肯割愛矣。

昨廉州四件、今仇、文四件，來批一一搔我癢處。廉州仿巨，特喜其神氣空超貫串，在此老畫中爲最上乘。坦然軸則其仿大痴本來面目，雖『壬』字描補，亦不僞。二瞻册學倪甚精，弟無查册，擬留之。漸江題軸，查字真不類，難爲曲解。今日仇、文二件，弟謂仇真匠氣，文亦呆相，均非真，而廉祭酒乃云留看多日。仇款非，而論畫尚在仇前，文亦款僞而畫直是細沈，與渠所藏合香亭一手，真不可解也。六如軸，拙見亦仰苻，祇恨其闇耳。

尊藏二卷，查畫之超不待言，難得字如是之多，後札尤妙，實可寶重。陸筆弟未見過（神似吴文中），殊有奇氣，『江湖』七字并可爲此卷助色。謹於二件均志以小印恭繳，不敢狗尾續貂矣。拙藏查二卷，附呈哂鑒。又一立幅亦其興到之作，并呈去。

芝翁師座。

半殘作禮

邵松年

邵松年（一八四八—一九二四）

字伯英，號息盦，室名澄蘭堂、蘭雪齋，江蘇常熟人。清光緒九年（一八八三）進士，授翰林院編修；官至河南學政，任上創辦明道書院，輯印《續中州名賢文表》《中州試牘》等。光緒二十一年（一八九五）歸田省母。回鄉後熱心公益，任《常昭合志》協修。輯歷代名人撰寫關于常熟的詩詞文章，合編爲《海虞文徵》。邵松年精于鑒賞，庋藏頗富，著有《澄蘭堂古緣萃録》十八卷，記述其生平所藏書、畫、碑帖，刊刻《澄蘭堂法帖》《蘭雪齋石刻》，并著有《虞山畫志補編》等。能書善畫，筆墨嫻雅，其小楷尤爲時人所好，中華書局專爲編印《邵松年小楷》。雅好詩詞，富藏古琴，有《一斑吟草》《琴廬談蒼》存世。卒年七十七。

華卿大哥大人足下：接

手書，只悉安抵津門，深慰遐盼。前兩次書均已接

到。廬中

嚴慈親以次均安，季弟身體亦漸好，惟早歸

哮喘未能脫體，總須丟

哥來京，商之診治方能脫此苦海也。外聞三妹亦盼

兄來甚切，且此時天氣和暖，如赴津一行，當不甚苦緣

姻伯母今年正壽，嘉平月即須回京也。

二伯大人明春來京游覽亦好，北方天寒，以俟交冬和暖

時令于老年亦不甚宜，弟頗以為然，祈兄代請安。

根照匯進，不備發述，手覆，敬請

冬安。弟松年首

大嫂大人前請安。　姪兒熙吉

九月十五日巳刻

莘卿大哥大人足下：

接手書，欣悉安抵津門，深慰懸盼。前數次書均已接到。寓中嚴親慈親以次均安，季弟身體亦漸好。惟弟婦哮喘未能脱體，總須吾哥來京爲之診治，方能脱此苦海也。昨晤三妹，知盼兄來甚切，且此時天氣和暖，如赴津一行，尚不爲苦。緣姻伯母今年正壽，嘉平月即須回京也。二伯大人明春來京游覽亦好。北方天寒，以後交冬，和暖時少，于老年亦不甚宜，弟頗以爲然。祈先代請安。把晤匪遥，不多贅述。手復，敬請台安。大嫂大人前請安，侄兒聰吉。

弟松年頓首，九月十五日巳刻

莘仲大哥大人足下：快聚月餘，備聆
教益，城西判袂，悵惘良深。昨接 襟丈書，諒安抵津門。小
弟越翌日即有溧陽之行，刻想已 過從矣。昆弟如 家信
已將王姓房屋繪圖寄來，規模甚好，雖價值八千，
本園修理既省，未嘗不合算。茲將圖說及昆弟信一
併寄
覽。陶宅一處，自毋庸議。王家之宅，未識
尊意如何？聞前途係屋實價，且如果定議，年內交
費用，將來如何交易，想早有 成見，無須弟代籌

致房屋各稿陳

也。今年洪吉南旋，屡屡蒙垂爱，宅既宽大
識如勇如所之恐，喬大力者奪去，不可不早覓也。
嚴慈親音方及李吳老現已往舍。弟耳聾已好十數日
未服藥。又聞有蠹動，擬即服膏藥，菊子食也。弟歸
時恐未能脫然。刻下尚不至有累，擬服膏藥再候吾
兄臨潁到京，靜以一治也。無從不及無述，敬請
台安。弟杜年頓首。小婦率姪婦媳女請
大姪大人懿安。姪輩肅告。十月初二日

莘卿大哥大人足下：

快聚月餘，備聆教益，城西判袂，悵惘良深。昨晤樸齋，得悉安抵津門，小憩數日，即有保陽之行，刻想已遄征矣。

曼如家信，已將王處房屋繪圖寄來，規模甚好，雖價值八千本圓，修理既省，未嘗不合算。兹將圖説及曼信一并寄覽。陶家一處自毋庸議，王家之宅未識尊意如何。聞前途係屬實價，且如果定議，年内□□費用，將來如何交易，想早有成見，無須弟代籌也。一半年决意南旋，房屋最爲要緊，王處之宅既寬大，誠如曼如所云，恐爲大力者奪去，不可不早定見也。

嚴親慈親膏方及李英者，現已往合。弟耳響已好，十數日未服藥，又略有蠢動，擬即服膏藥，當可愈也。弟婦哮總未能脱然，刻下尚不至爲累，擬服膏藥，再俟吾哥臘間到京静心一診也。匆促不及多述。

敬請台安。弟婦率侄男、侄女祇請大嫂大人懿安。侄輩聰吉。

弟松年頓首，十一月初二日

致房屋及病原書。

莘卿大哥大人閣下：前奉
手書，未及作復，昨再由樸無受妥到
惠函，就審
升華迪吉，
履祉琦祥，以忻以慰。樸無時賤二妹近體亦
好，可以告慰。局務日來如何？開山事已有頭緒否？
念念。嚴親到京後杜門謝客，漸覺喘嗽稍減，
不意月之十九日仲英妹忽以產難亡，老年覩此，

慘不堪日來强承色笑 慈心稍爲寬解 了 慈親
亦漸加餐稍懷差慰亦可告慰
遠懷耳 弟身膺家務諸事縈心未克潛心伏案
息楊韋逢不識能無遺憾也 岳丈升任粵藩刻
下尚未交卸出都擬在冬月苟省信件已代寄所刻
誥命已畢茲刷寄二百本另單並呈與前次答否
示之手此肅復敬請
升安 弟松年頓首 九月廿九日

莘卿大哥大人閣下：

前奉手書，未及作復，昨再由樸齋處交到惠函，就讅升華迪吉，履祉增祥，以忻以慰。

樸齋時晤，二妹近體亦好，可以告慰。局務日來如何，開山事已有頭緒否？念念。

嚴親到京後，杜門謝客，漸覺喘嗽輕減。不意月之十九日，仲英妹忽以産難亡。老年睹此，悲慘不堪。日來强承色笑，慈心稍爲寬解。□慈親亦漸加餐，孺懷差慰，亦可告慰遠懷耳。

弟身膺家務，諸事紛心，未克潛心伏案。恩榜幸逢，不識能否邀倖也。岳丈升任粤藩，刻下尚未交卸，出都總在冬月。芍翁信件已代寄，所刻誥命已畢，兹刷寄二百本，另單并呈，與前數符否？示之。

手此肅復，敬請升安。

弟松年頓首，九月廿九日

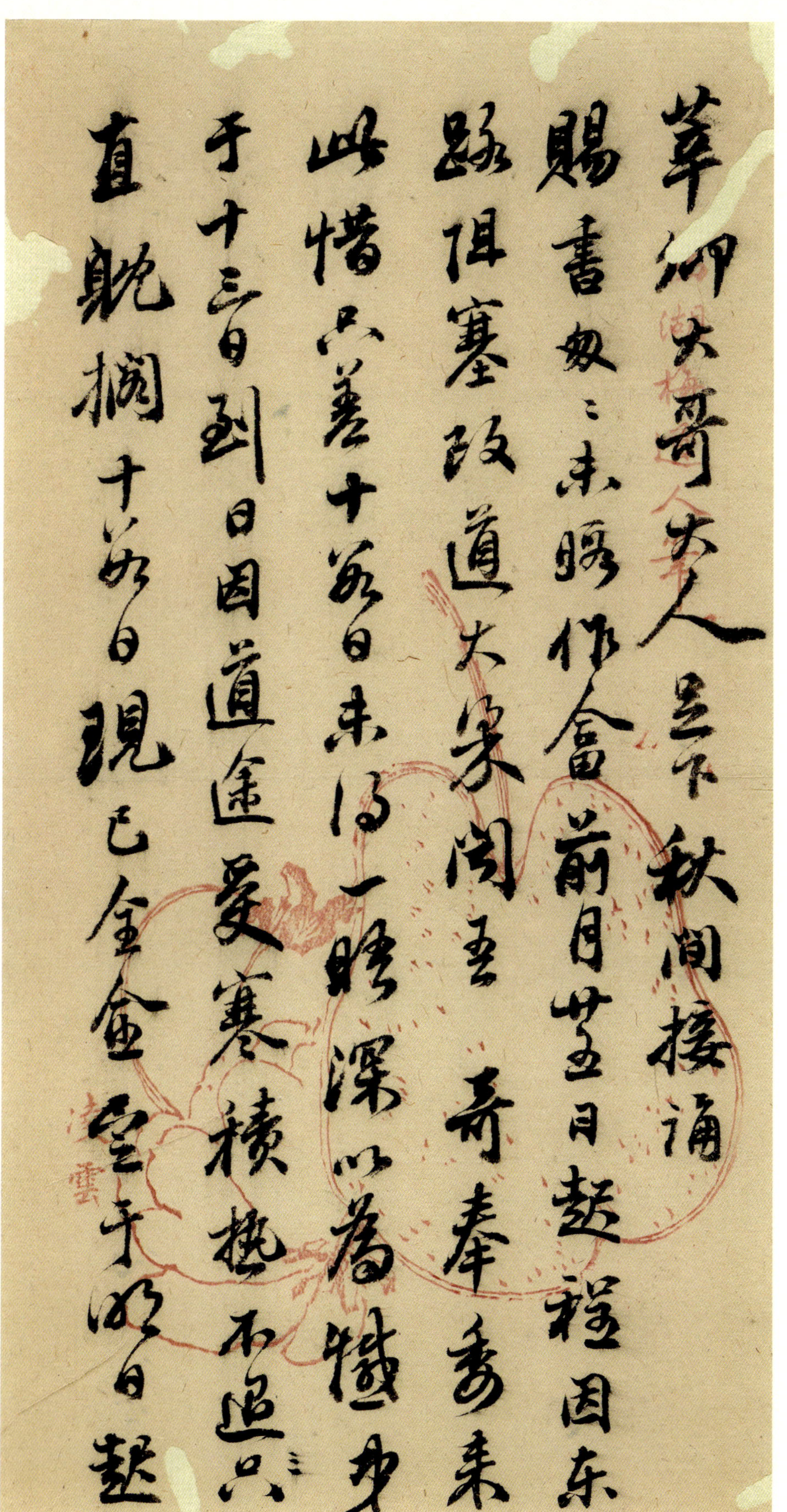
莘卿大哥大人足下 秋間接誦
賜書匆匆未暇作答前月廿五日起程因東
路俱塞改道大冢閩至 寄奉秀來
此惜只差十数日未得一晤深以爲憾更
于十三日到日因道途受寒積勞不適只只
直耽擱十数日現已全愈 望于明日起

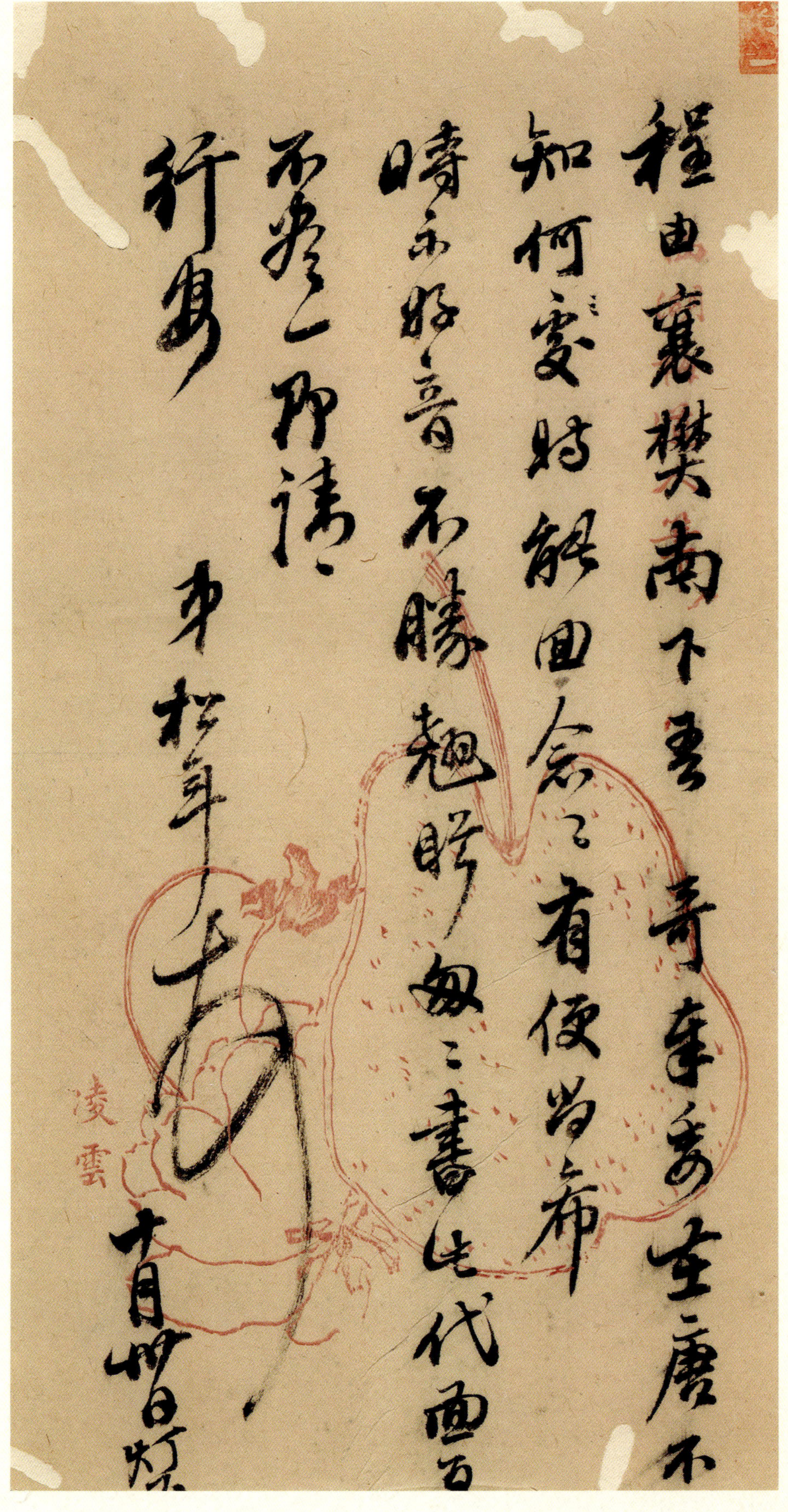

莘卿大哥大人足下：

秋間接誦賜書，匆匆未暇作答。前月廿五日起程，因東路阻塞，改道大梁。聞吾哥奉委來此，惜只差十數日，未得一晤，深以爲憾。

弟于十三日到日，因道途受寒，積熱不退，直耽擱十數日，現已全愈。定于明日起程，由襄樊南下。吾哥奉委在唐，不知何時能回？念念。有便尚希時示好音，不勝翹盼。

匆匆書此代面，百不盡一。即請行安。

弟松年頓首，十月卅日燈下

桂山大姪如晤：前寄去扇對各件，諒已收到。

通維

詩祺納吉，

文祉凝祥，寔符心頌。林廷識已還，筆留

芸館。日來惟酬應殊忙。北宙中上下均好，可

告慰。

遠注。三姊母身體均好，惟小違和，天陽

心中未免懸問。七兄事再前前去看看。

茲深代寫一信寄呈，到後即寫回

信為要。前次有信由麗伯深要撥來洋銀上百元，未知已否。時刻此項現擬支子東河麗要撥先生處，外附信一封到後即乞為托，將洋信親往一送西子要撥先生為要。手此佈達，即頌近祉。升平手啟。

五月廿五日

再此洋送子東河係有別意，不必告知伯深，要至要。

桂山大侄如晤：

前寄去扇、對各件，諒已收到。邇維侍祺納吉，文祉凝祥，定符心頌。叔廷試已過，幸留芸館，日來惟酬應較忙。寓中上下均好，可告遠注。三姑母身體尚好，惟八達夭殤，心中未免鬱悶。無事再當前去看看。茲囑代寫一信寄呈，到後即寄回信爲要。前次有信，由龐伯深處撥來洋銀七百元，未知已否收到？此項現擬交至東河龐雲槎先生處，外附信一封，到後即乞吾侄將洋、信親往一送，面交雲槎先生爲要。

手此布達，即頌吟祉。

叔松年手啓，五月廿五日

再，此洋送交東河係有別意，不必告知伯深處，至要。

四姪青盼:别後忽已十年。昨由京中
轉到 來書,敬悉 前有兩次信寄
姪未接到,并時常記挂。只因到沔陽
後諸事殊忙,未暇寫信。浦先來信
時曾問及 姪,仲久回時亦問及
姪安,知連年平順,深慰遠懷也。

光陰殊快到此已及三年志識已贖
兩湖五月內即可竣事交卸約在十
月擬乞假省墓到家當在冬月
矣吾
孫連年讀書想來有新想早能
學作詩文來書字跡亦願乾淨整

年少好好用功，不要荒廢，將來可以
重振家聲，是所望也。相見不遠，數
日先此奉覆。
三嫂大人請 穫將來到京易稱亦不貴
多少可寄 尉手足問 文祉 并頌年 拜手
三嫂大人前請安 老姨太太前請安

四侄青盼：

别後忽已十年，昨由京中轉到來書，始悉前有兩次信寄，均未接到。叔時常記挂，衹因到河南後試事殊忙，未暇寫信。浦先來時曾問及吾侄，仲久到時亦問及侄處，知連年平順，深慰遠懷也。

光陰殊快，到此已及三年，考試已剩兩棚，五月内即可竣事，交卸約在十月。擬乞假省墓，到家當在冬月矣。吾侄連年讀書，想未間斷，想早能學作詩文，來書字迹亦頗乾浄。趁年少好好用功，不要荒唐，將來可以重振家聲，是所望也。

相見不過數月，先此奉報。三嫂大人請旌，將來到京易辦，亦不費多少，可以告慰。

手此，即問文祉。

叔松年拜手

三嫂大人前請安。老姨太太前請安。

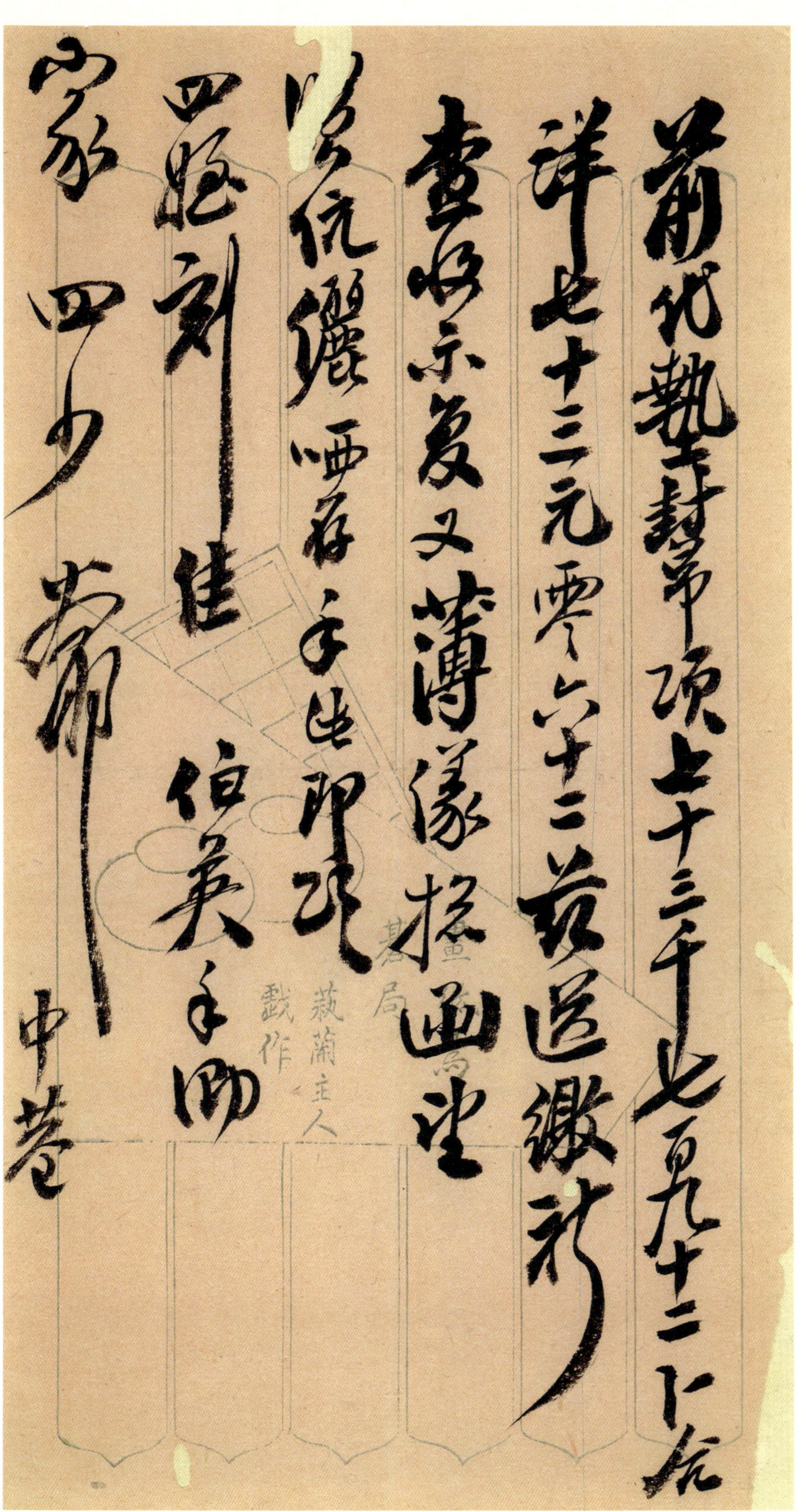

前代墊幫項七十三千七百九十二錢，合洋七十三元零六十二，兹送繳，祈查收示復。又薄儀揔函望賢伉儷哂存。手此，即頌四侄刻佳。

伯英手泐

家四少爺。中巷。

桂姪如晤：在京臨行時所寄一械，諒早入
覽。丼于上月廿一日扶舊登舟，一路順利，已于今早
行抵清江，在此停泊一日，倘到江口即遇順風，計節
前即可到家。八太丼公及潄青處各有一函，到後
即祈飭送爲要。手此奉佈，敬請
大嫂大人閫安，並候
文祉。丼尚 模手泐 七月廿四日清江舟次
閤第問好

桂侄如晤：

在京臨行時所寄一械諒早入覽。叔于上月廿一日扶匶登舟，一路順利，已于今早行抵清江，在此停泊一日。倘到江口即遇順風，計節前即可到家。八太叔公及漱青處各有一函，到後即祈飭送爲要。

手此奉布，敬請大嫂大人閫安，并候文祉。閤第問好。

叔制松年手啓，七月廿九日清江舟次

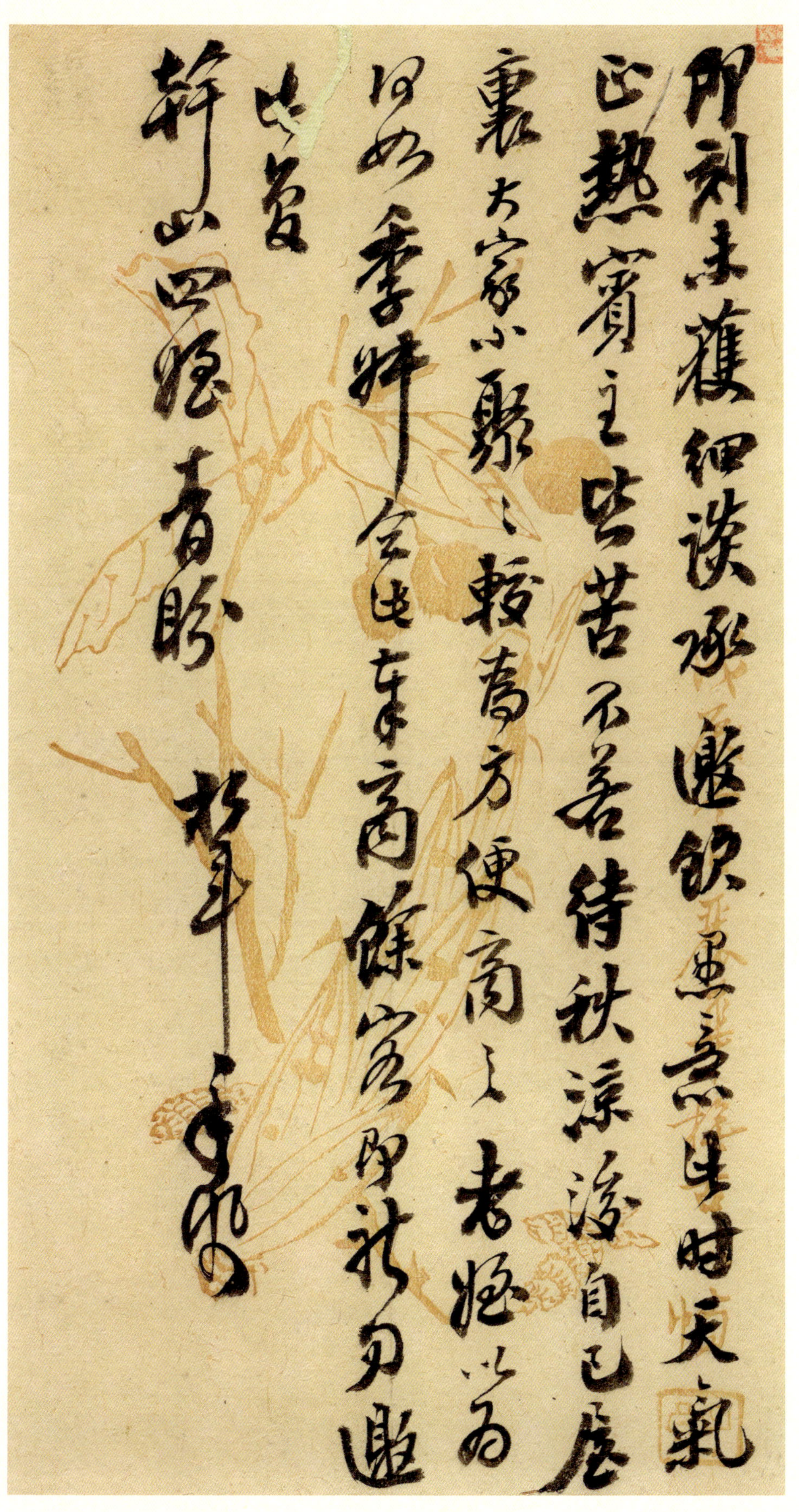

即刻未獲細談。承邀飲，愚意此時天氣正熱，賓主皆苦，不若待秋凉後自己屋裏大家小聚聚較爲方便。商之老侄，以爲何如？季叔同此奉商，餘客即祈勿邀。

此復幹山四侄青盼。

松年手紙

遠蒙厚儀特領之餘益增愧悚借務終
歲久稽作答抱歉尤深巷门文房租想
仍由　尊處收取分致各房太太暇時望將
房租錢要共錢若干各處太太支付若干
示知為幸西遂居中巷濱祿各平安惟叔
祖仍在天凝寺照顾甚為不便渠意不如
有合式之屋另覓一所歸併一處一方照應方
便天凝老屋或典或賣均可隨意此刻

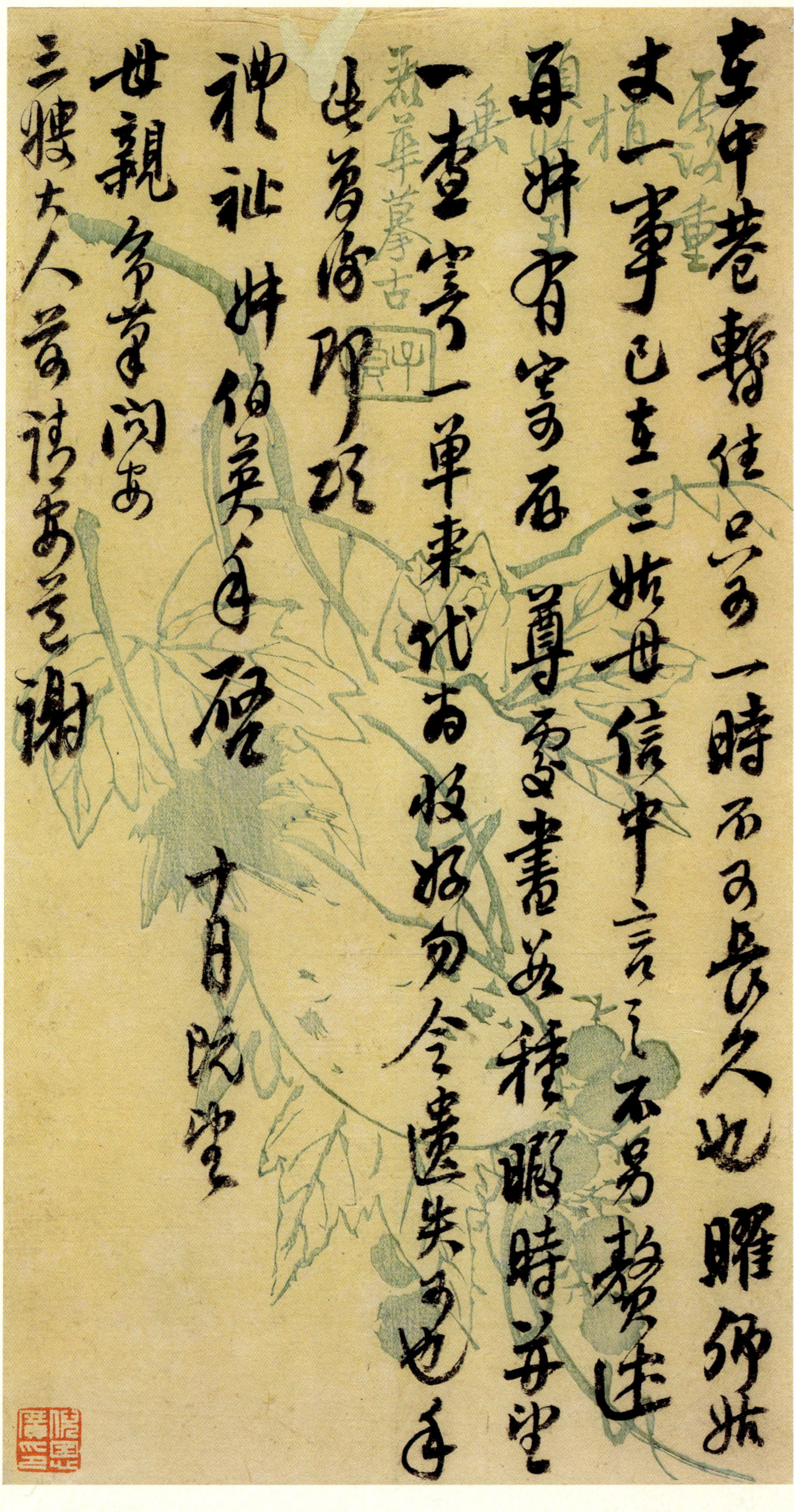

遠寄厚儀，拜領之餘，益增愧悚。俗務紛紜，久稽作答，抱歉尤深。巷門各處房租想仍由尊處收取，分致各房太太。暇時望將房租幾處、共錢若干、各處太太支付若干示知爲幸。

遷居中巷後，諒各平安，惟收租仍在天凝寺，照顧甚爲不便。愚意不如有合式之屋，另覓一所，歸并一處，方覺方便。天凝老屋或典或買，均可隨意。此刻在中巷暫住，只可一時，不可長久也。

曜卿姑丈一事已在三姑母信中言之，不另贅述。再，叔有寄存尊處書數種，暇時并望一查，寄一單來，代爲收好，勿令遺失可也。

手此復謝，即頌禮祉。

叔伯英手啓，十月既望

母親命筆問安，三嫂大人前請安道謝。

李葆恂

李葆恂（一八五九—一九一五）

原名恂，字寶卿，號文石，更號叔默、戒庵、猛庵，别號紅螺山人，五十岁後號熙怡叟，辛亥（一九一一）後改名理，字寒石，號鳧翁，又稱孤笑老人，奉天義州（今遼寧錦州義縣）人。官至江蘇候補道。因精于鑒賞爲端方所重，長期爲其掌眼，并題跋其所藏古文物三百餘篇。有《無益有益齋讀畫詩》、《偶園所見書畫録》（一作《海王村所見書畫録》）、《海王村所見書畫録殘稿》等鑒藏專著。李葆恂學貫古今，工詩善文，自成一家。著述極豐，有《工餘談藝》《紅螺山館詩抄》《義州李氏叢刻六種》《猛庵文略》《然犀録》《三邕翠墨題跋》《歸學庵筆記》等。此外天文、輿地、繪畫、詞典無不精究。辛亥後避居天津，旋病卒。

頃檢得張壽碑拓本是下少山故
物不爲甚舊較近拓略佳耳下
列失搨約缺四五字記見
公所藏本似尚未經林令補跋時拓乃真
舊耳此軸經亂未失未免有情祈
賜爲題識爲增聲價九江男子石
本傳世甚希前匆匆讀過未能
曲盡其妙又曹公防魯頓顧太公

墓表舊本均不概見截
公並有明拓不勝健羨始撿點
清秘嘗當就雍以結古驩也頃又檢
出孔羨一冊亦略勝新拓一籌輒
尊藏則遠遜矣亦求
題字為榮今晚閑有公讌王勝之太史
在座閑渠有摹四王畫冊閑佳甚恭請
大人鈞安恭恂謹叩頭上

頃檢得《張壽碑》拓本，是丁少山故物，不爲甚舊，較近拓略佳耳。下列失拓約缺四五字，記見公所藏本似尚未經林令補跋時拓，乃真舊耳。此軸經亂未失，未免有情，祈賜題識爲增聲價。《九江男子石》本傳世甚希，前匆匆讀過，未能曲盡其妙。又《唐公房》《倉頡廟》《太公望表》舊本均不概見，我公并有明拓，不勝健羡。如撿點清秘時，當就觀以結古歡也。

頃又檢出《孔羨》一册，亦略勝新拓一籌，較尊藏則遠遜矣，亦求題字爲榮。今晚聞有公宴，王勝之太史在座，聞渠有摹四王畫册，佳甚。

恭請大人鈞安。

葆恂謹叩頭上

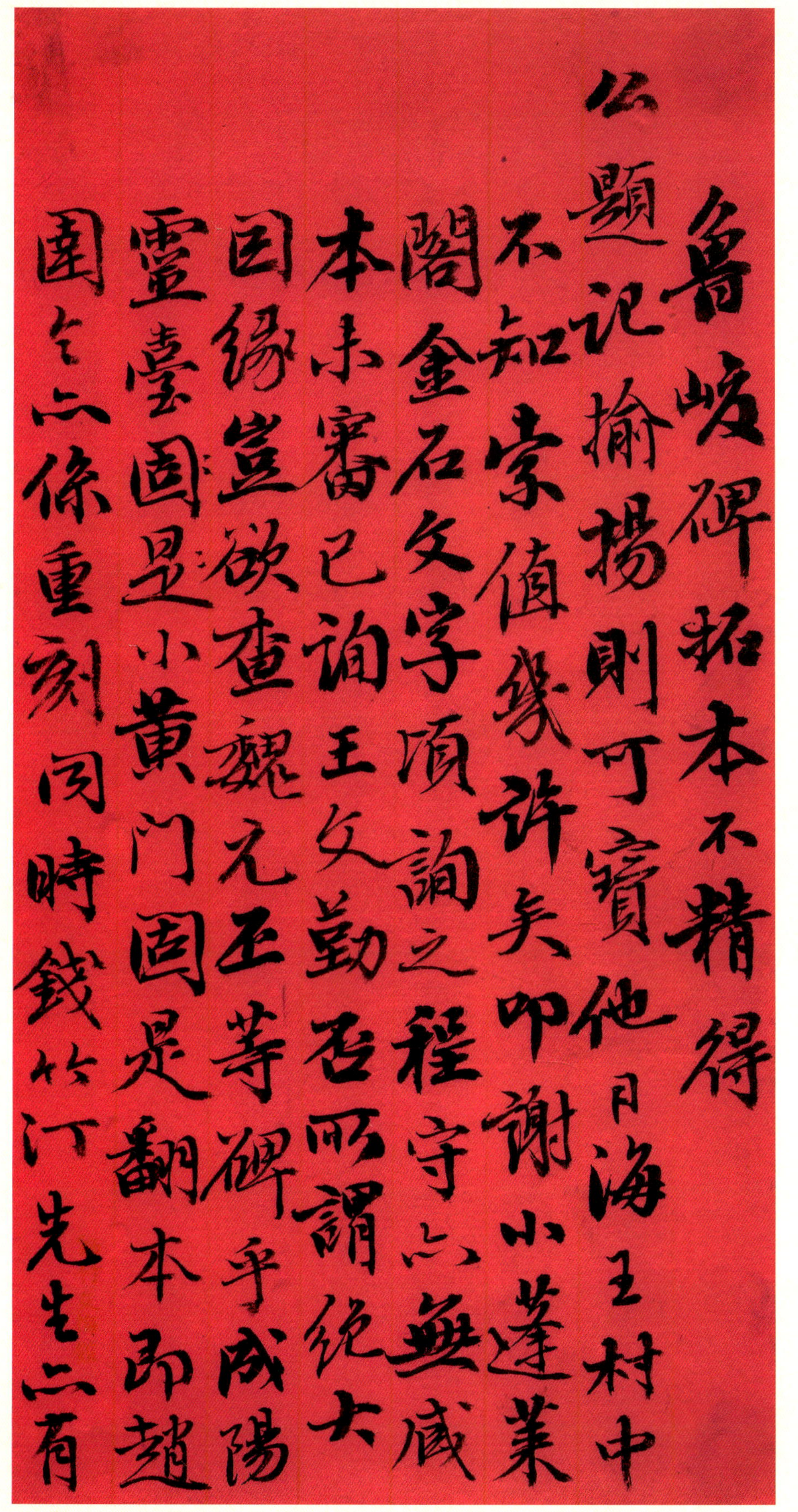
魯峻碑拓本不精得
公題記揄揚則可寶他日海王村中
不知字值幾許矣叩謝小蓬萊
閣金石文字須詢之程守〻無感
本未審已詢王文勤否所謂絕大
因緣豈欲查魏元丕等碑乎成陽
靈臺國是小黃門國是翻本即趙
國〻亦係重刻同時錢竹汀先生亦有

未翦本恂在汝時獲徐壇長
題記本亦是整暢雖名跋均自
稱為漢原石豈不應如此之多大約
興閣鄉四楊同是明人所刻故屢
見耳前此茶請

大人鈞安 孫恂謹稟

大敦已蝕四次去鏽甚多字如隔霧看花不能明晰且再蝕之

吳下大瑶紛來皆何等物三詔權
已到否玉鈢偕來否盼甚

再稟者湖南清泉路令侯選廿年甫得一缺又更變亂負債山積須接來函云到任無期焦愁欲絶前蒙

允賞一函爲之道地感激萬分涙曾有

稟請安未敢瀆請若蒙

曙植俾早得到任職道於午節還債時得資挹注則感謝無地矣載請

鈞安 職道蓉恂謹稟

《魯峻碑》拓本不精，得公題記揄揚則可寶，他日海王村中不知索值幾許矣，叩謝。《小蓬萊閣金石文字》頃詢之程守亦無藏本，未審已詢王文勤否？所謂絶大因緣，豈欲查《魏元丕》等碑乎？《成陽靈臺》《小黄門》固是翻本，即《趙圉令》亦係重刻，同時錢竹汀先生亦有未翦本。恂在汲時，獲徐壇長題記本亦是整幅，雖各跋均自稱爲漢原石，然不應如此之多，大約與閿鄉『四楊』同是明人所刻，故屢見耳。

肅此，恭請大人鈞安。

葆恂謹稟

吴下大寶紛來，皆何等物，三詔權已到否，玉鉥偕來否？盼甚。大敦已蝕四次，去銹甚多，字如隔霧看花，不能明晰，且再蝕之。

再稟者，湖南清泉路令候選廿年，甫得一缺，又更變亂，負債山積。頃接來函，云到任無期，焦愁欲絶。前蒙允賞一函，爲之道地，感激萬分。渠曾有稟請安，未敢瀆請。若蒙噓植，俾早得到任，職道於午節還債時得資挹注，則感謝無地矣。

載請鈞安。

職道葆恂謹稟

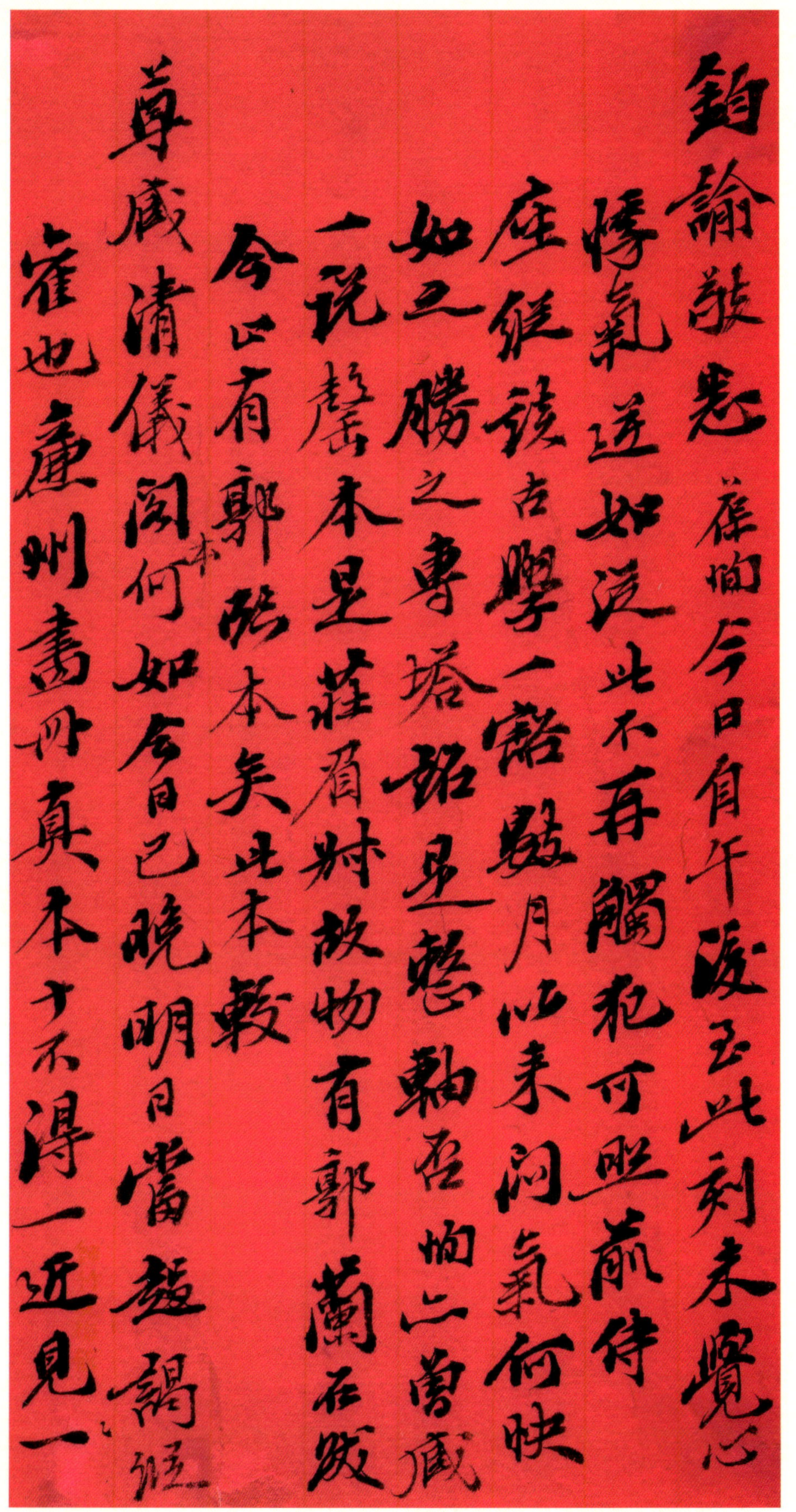
鈞諭敬悉。康怡今日自午後至此刻未覺心
悸，氣逆如從此不再觸犯，可照前待
痊。繼該古學一聯懸月以來潤氣何快
如之。勝之專塔詔是懸軸否？怡亦曾藏
一說。鼇本是莊眉對故物，有鄭蘭在跋
今已有鄭跋本矣，此本較
尊藏清儀閣本何如？今日已晚，明日當趨謁鈞誨。
雍也。康州書丹真本十不得一，近見一

臨本兩有康州及吳梅村長媛畫色兩幅似西洋人畫想見而原本之妙勝之所藏未審究何如耳宗婦鼎曾見拓本似較此為佳此戚拓本草略故精神不出耶其字竟似刻畫不似鑄成者何耶至則鏽結太甚為人剔損耳析子孫尊亦不精而器如佳賤值尚可收也恭請

大人晚安 葆恂謹稟

鼎是真物未審黃老師以為何如

鈞諭敬悉。葆恂今日自午後至此刻未覺心悸氣逆，如從此不再觸犯，可照前侍座，縱談古學，一豁數月以來悶氣，何快如之？

勝之《專塔銘》是整軸否？恂亦曾藏一説罄本，是莊眉叔故物，有郭蘭石跋，今止有郭臨本矣。此本較尊藏清儀閣本何如？今日已晚，明日當趨謁縱觀也。廉州畫册真本十不得一，近見臨本一册，有廉州及吴梅村長跋。着色兩幅似西洋人畫，想見原本之妙。勝之所藏未審究何如耳？

宗婦鼎曾見拓本，似較此爲佳，此或拓本草略，故精神不出耶？其字竟似刻畫，不似鑄成者，何耶？否則銹結太甚，爲人刮損耳。析子孫尊亦不精。兩器如佳，賤值尚可收也。恭請大人晚安。

葆恂謹稟

鼎是真物，未審黄老師以爲何如？

鈞諭敬悉三碑皆不足煩
公題記聊以破寂而已不意各題百餘
言精微澹遠有他人獺祭群書
所不能道者
公頃刻而就何其神也碑雖不佳得
此題記則足寶異日必有兼金求
之者矣常山貞石記新刻甚精
感謝無已此書體例甚善住

曾借雇一過於李芝垓處在敝
肆訪問數次迄不可得今蒙
賜此本已如貧兒作富矣怕所藏舊
拓漢碑本不過四五種有失於大
梁者有數於拳支者近則與餘
此等物事及新片十餘紙而已承
公屢詢愧無以應也若如
澗石畫堪所收元明舊拓各種皆

數本或十餘本，凡字內更無其他，即分與十人，亦大收藏家也。雙款與雙齋，所謂用當通神，如一擊不中，再與富樂，不亦可以予執爵雀之似，萬無不中之理，況有雙字正中其心坎乎。承此鳴謝，恭請

鈞安

蒂悃謹稟

鈞諭敬悉。三碑皆不足煩公題記，聊以破寂而已。不意各題百餘言，精微澹遠，有他人獺祭群書所不能道者。公頃刻而就，何其神也！碑雖不佳，得此題記則足寶，异日必有兼金求之者矣。

《常山貞石記》新刻甚精，感謝無已。此書體例甚善，往曾借觀一過於李芝垓處。在廠肆訪問數次，迄不可得，今蒙賜此本，已如貧兒乍富矣。恂所藏舊拓漢碑本不過四五種，有失於大梁者，有毀於拳變者，近則只餘此等物事及新片十餘紙而已。承公屢詢，愧無以應也。若如闞石圖堪所收元明舊拓各種皆數本或十餘本，恐宇内更無其比，即分與十人，亦大收藏家也。

�敦與趍齋，所謂用當通神，如一擊不中，再與富樂亦可，以子執爵觀之，似萬無不中之理，況有『趍』字正中其心坎乎？

肅此鳴謝，恭請鈞安。

葆恂謹禀

諭悉大敦拓本倘當不惜聲名大
放一篇力言查蝕數只始見銘
字不患楚齋銘版不來歸我
銹結未盡蝕家妙似不必再行
燒蝕矣此器既秦中所得何以先
未之見必我
公見一二字即知其偽故商周之且屢
以真贋下問也漢碑承

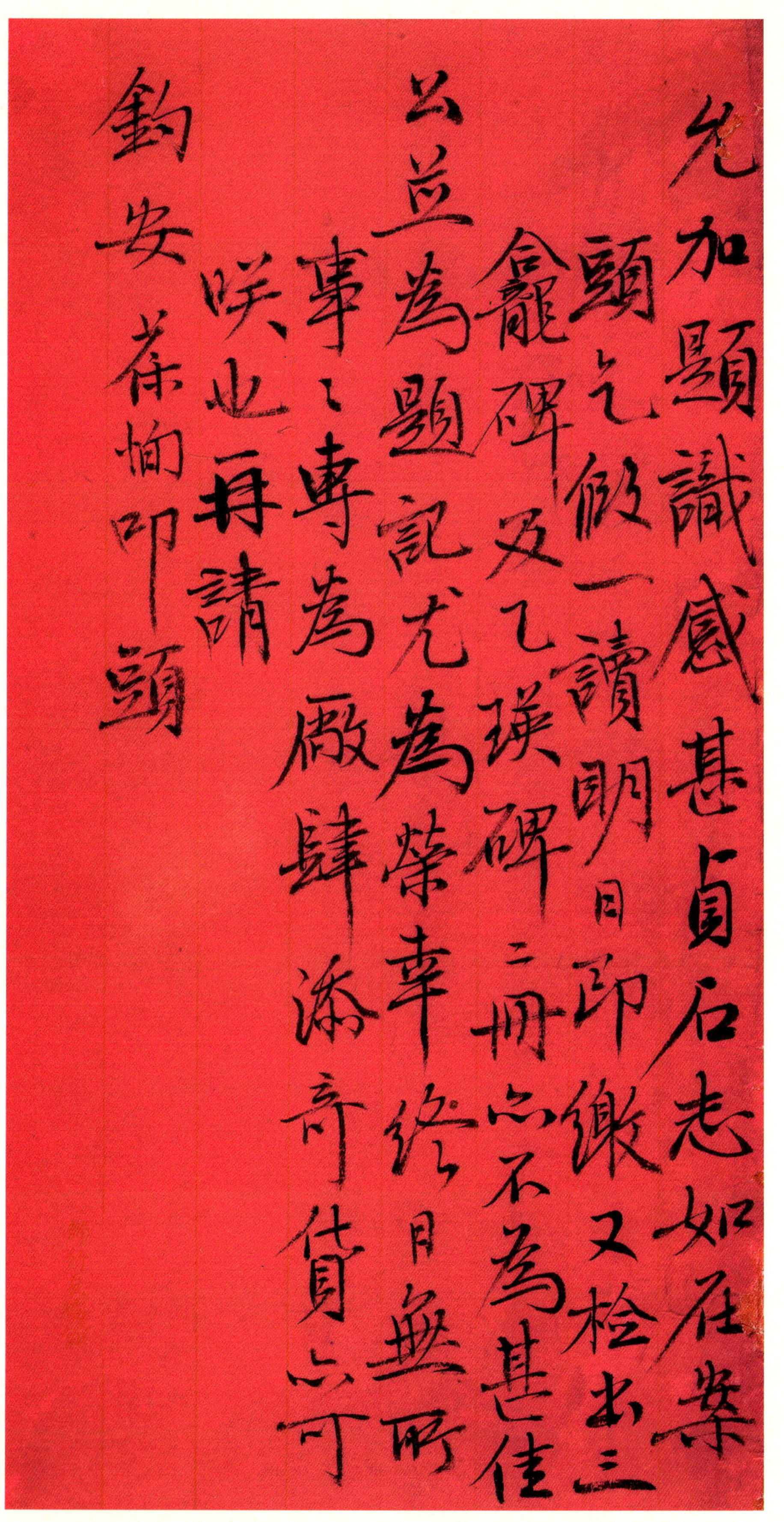
先加題識感甚貞石志如在梁
頭乞假一讀明日即繳又檢出三
龕碑及乙瑛碑二冊亦不為甚佳
公並為題記尤為榮幸終日無所
事事專為厰肆添奇貨亦可
哂也再請
鈞安 恭恂叩頭

諭悉。大敦拓本，恂當不惜聲名，大跋一篇，力言查蝕數次始見誥字，不患�齋詔版不來歸我。銹結未盡蝕最妙，似不必再行炮製矣。此器既秦中所得，何以先未之見？必我公見一二字即知其僞，故高閣之，且屢以真贋下問也。

漢碑承允加題識，感甚。《貞石志》如在案頭，乞假一讀，明日即繳。又檢出《三龕碑》及《乙瑛碑》二册，亦不爲甚佳，公并爲題記，尤爲榮幸。終日無所事事，專爲廠肆添奇貨，亦可笑也。

再請鈞安。

葆恂叩頭

大敦呈

鑒鏽結甚堅，止用查數便自了了，不

敢致，每鍼剔然刮，慮有損失，此

器恐非

出在關中所得真贋，請

法鑒並與黃大師審之。敝藏孔宙碑

未知是國初打本否，祈

題記數語為榮。又李芝階贈白石神

君三公山碑一冊似不甚舊三公碑
拓尤草草不足存也柯氏刻常山
貞石志渴思一讀
公所棄舊刻本在此否 恂今日又稍
好晚間或能叩謁也恭請
大人鈞安 蓀恂謹稟

大敦呈鑒。銹結甚鬆，止用查數便自了了，不敢效六舟針剔竹刮，慮有損失。此器恐非公在關中所得，真贋請法鑒，并與黄大師審之。

敝藏《孔宙碑》未知是國初打本否？祈題記數語爲榮。又李芝階贈《白石神君》《三公山碑》一册似不甚舊，《三公碑》拓尤草草，不足存也。柯氏刻《常山貞石志》渴思一讀，公所弆舊刻本在此否？

恂今日又稍好，晚間或能叩謁也。

恭請大人鈞安。

葆恂謹禀

鈞諭敬悉窮君尺專使
公論定精確不移欽服無似昨夜夢與
人爭玉版真偽於
公前憤不可遏稍遲又夢一極不通之族
姪獲舉歸向人出驕語更覺氣
憤咄嗟而醒此刻猶餘怒未息可
笑人也兩日晝間居然心悸漸軒若
再不氣塞則大愈矣頃細觀秦燕

拓本謹識數語於别簡以志眼福

恭呈

鈞誨素冊一帙祈

出於退食之暇或詩文或金石跋尾進呈

叢話信筆一揮即用作起草底本

亦妙當永爲珍秘傳之子孫他日如付

梓人即

匋齋叢録一種也叩禱叩禱　蒓衕謹謂

時人每拜
公之名隨聲附和實則
公之所蓄蓋未有深知者 葆恂獨自謂能
窺見於萬一若葆恂雖學識淺陋
亦未嘗遇一知己故困折至此今幸遇我
公始得蒙舒昌黎所謂感恩知己蓋兼之矣
言之於邑兩窓攄悶乞 恕其狂恭請
大人鈞安 職道葆恂謹稟

鈞諭敬悉。齊君卿專經公論定，精確不移，欽服無似。

恂夜夢與人争玉版真僞於公前，怒不可遏。稍選又夢一極不通之族侄獲舉歸，向人出驕語，更覺氣憤，咄嗟而醒。此刻猶餘怒未息，可笑人也。

兩日晝間，居然心悸漸輕，若再不氣塞，則大愈矣。頃細玩秦器拓本，謹識數語於别紙，以志眼福，恭呈鈞誨。素册一帙，祈公於退食之暇，或詩文，或金石跋尾、遺事叢話，信筆一揮，即用作起草底本亦妙，當永爲珍秘，傳之子孫。他日如付梓人，即《匋齋叢録》一種也。叩禱叩禱。

葆恂嘗謂時人多耳公之名，隨聲附和，實則公之所蓄，蓋未有深知者，葆恂獨自謂能窺見於萬一。若葆恂，雖學識淺陋，然亦未嘗遇一知己，故困折至此。今幸遇我公，始得發舒。昌黎所謂感恩知己，蓋兼之矣，言之於邑。雨窗攄悶，乞恕其狂。

恭請大人鈞安。

職道葆恂謹稟

連日未展趨叩想
道履勝常至念議長目患腮
腫乞假前晚西醫拔去槽
牙左右各一痛苦異常前
觀戰票兩議長尚擬打球
至兩夜真神勇郡庭聞者

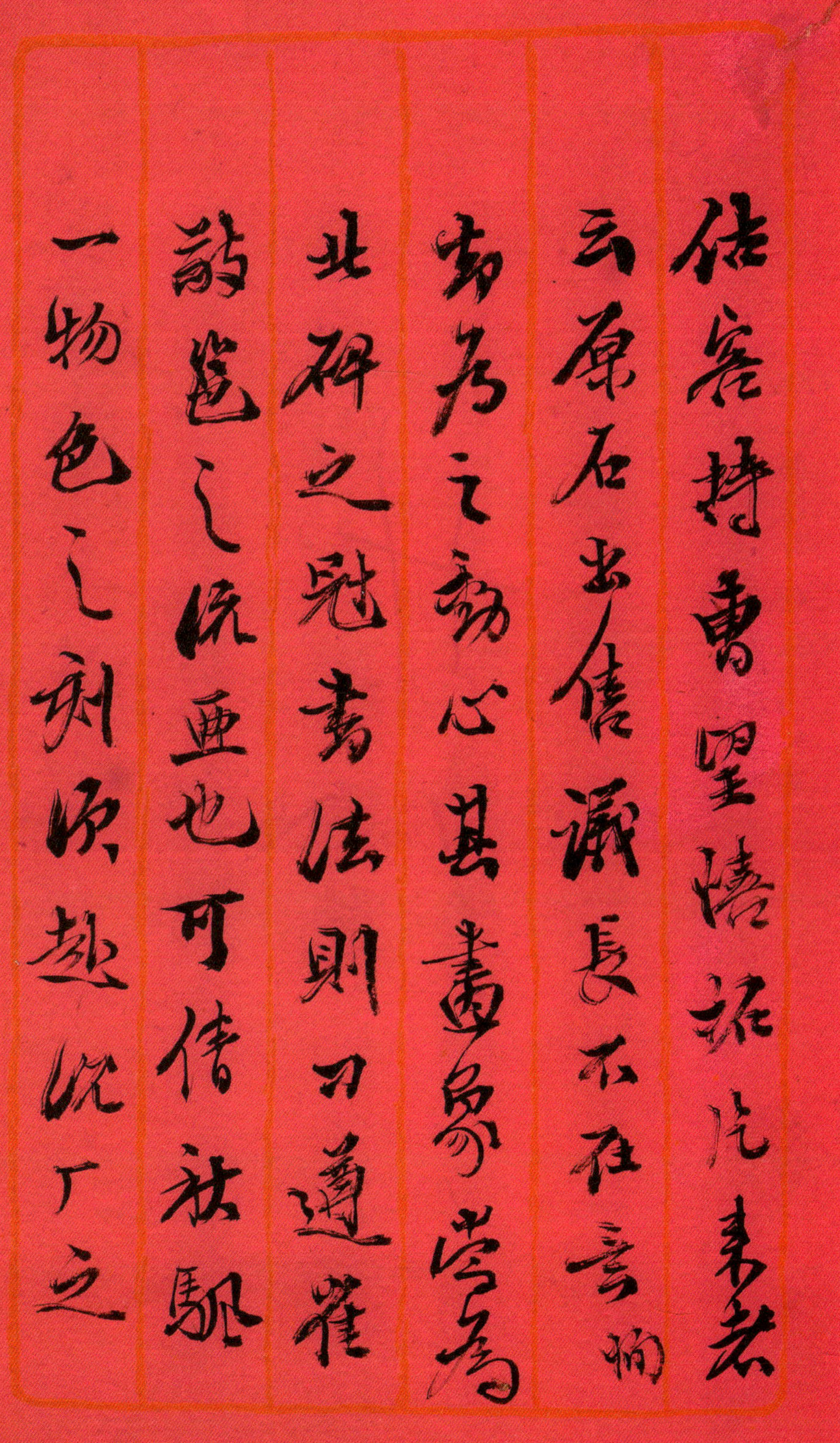
佳客持書望請拓片來若
云原石出售識長不在言物
當爲之動心甚畫象當爲
北碑之冠書法則刀遒雅
韻逸之流亞也可借祇馹
一物色之刻須趣况厂之

约癸谭七夜偕瓒林寓

竟无缘佳观每为忙乃尔

殊可哂也明晚必在寓当

趋叩麾诲

太夫人晚安　荐钧谨叩上

連日未能趨叩，想道履勝常，至念。

議長因患腮腫乞假，竟浼西醫拔去槽牙左右各一，痛苦异常，旁觀戰栗，而議長尚能打球至丙夜，真神勇哉！

座間，有估客持《曹望憘》拓片來者，云原石出售。議長不在意，恂却爲之動心。其畫象當爲北碑之冠，書法則《刁遵》《崔敬邕》之流亞也。可倩秋帆一物色之。

刻須赴沈厂之約。老譚今夜演《瓊林宴》，竟無緣往觀。無事忙乃爾，殊可哂也。明晚如在寓，當趨叩。

肅請大人晚安。

葆恂謹叩上

蘅均自前夜歸來受寒
作燒骨節酸痛昨延徐
潤齋診視云感受甚重須
過凡數日始能就痊明日
節丁已來渴思一晤海日
又值開書畫展覽會均

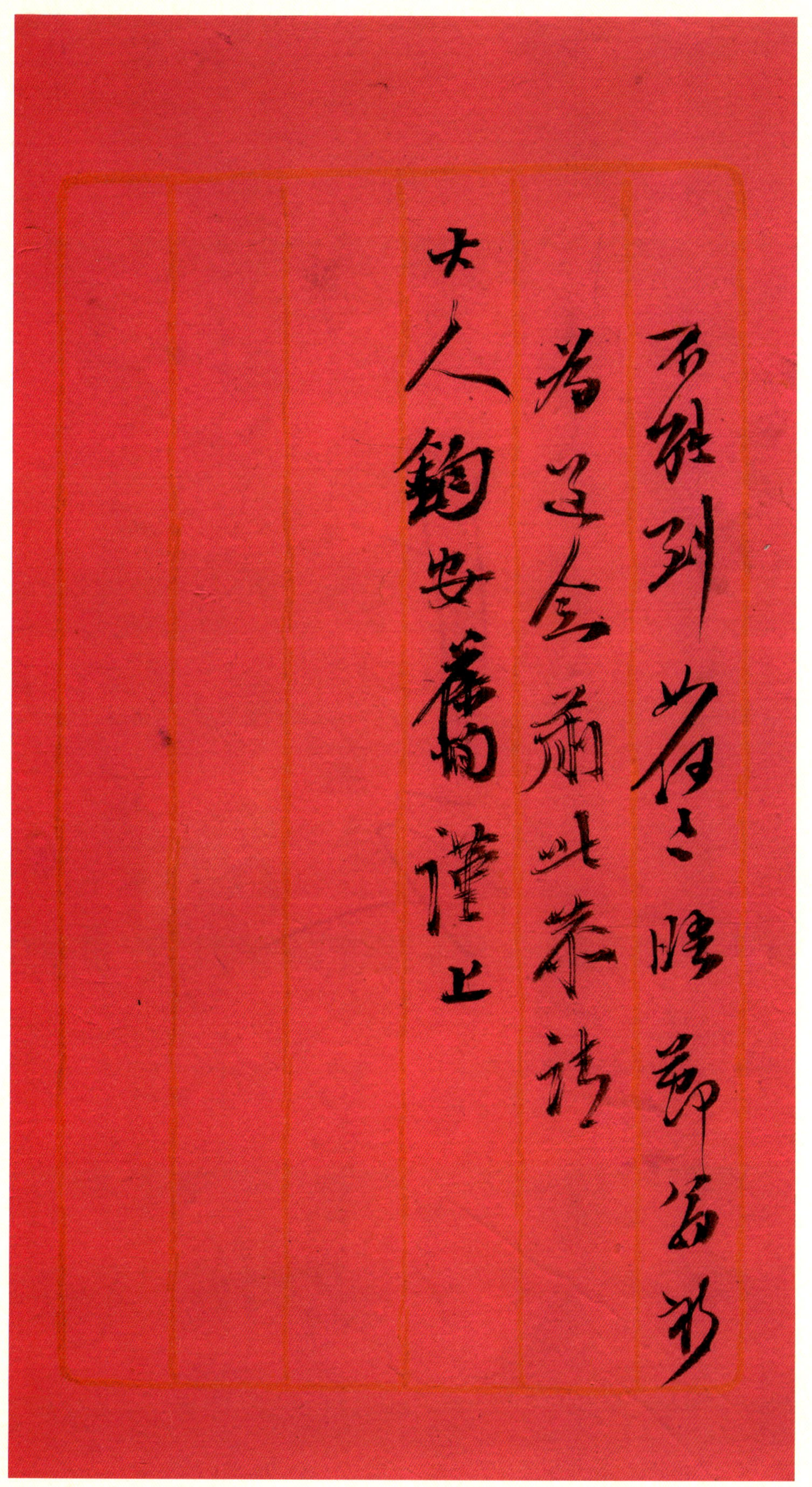

[illegible]經到[illegible][illegible]之[illegible][illegible][illegible][illegible]
[illegible][illegible][illegible][illegible]此[illegible]請
大人鈞安[illegible]謹上

葆恂自前夜歸來，受寒作燒，骨節酸痛。昨延徐裕齋診視，云感寒甚重，須避風數日始能就痊。明日節厂兄來，渴思一晤，後日又值開書畫展覽會，均不能到，如何如何？晤節翁，祈爲道念。

肅此，恭請大人鈞安。

葆恂謹上

以乾隆仿澄心堂紙乞
河帥大人書新作用梅聖俞謝
宋次道惠澄心堂紙韻敬呈
誨政
舊聞南唐澄心紙膚理瑩滑如
凝脂玉堂制草昔獲覯摩
挲百遍心然疑（注見宋人制，叶云是澄心紙，未敢定也）
此來數番製絶異仿作印記

芠石未讀

乾隆時（帝有印記曰乾隆年仿澄心堂紙）山川圖畫
蛀金碧造次不敢捩眼窺如意館
中待詔筆（帝以泥金山水當是畫苑筆也）點染未讓
荊關奇絕上林劫火偶餘燼壓
封蠹蝕無人知（有老監云是圓明火後物也）書生
寶此氣頭目癡癖不顧人罵
嗤我
公筆書勢妙天下京洛萬口

文石未讀

群交推天馬奮迅秋隼擊遠
縱頡柳追羲之敢將此紙乞
筆法興到偶肖書新詩什
襲篋衍比球壁子孫世々期無
遺巧偷縱過蕭翼輩釭函
不飲嗟何爲
庚寅十月望日　世小姪李葆恂

文石赤讀

以乾隆仿澄心堂紙，乞河帥大人書新作，用梅聖俞《謝宋次道惠澄心堂紙》韵，敬呈誨政。

舊聞南唐澄心紙，膚理瑩滑如凝脂。玉堂制草昔獲覯，摩挲百遍心然疑（往見宋人制草，云是澄心紙，未敢定也）。何來數番製絶异，仿作印記乾隆時（紙有印記曰『乾隆年仿澄心堂製』）。山川圖畫炫金碧，造次不敢捩眼窺。如意館中待詔筆（紙山泥金山水當是畫苑筆也），點染未讓荆關奇。上林劫火偶餘燼，塵封蠹蝕無人知（有老監云是圓明火後物也）。書生寶此若頭目，痴癖不顧人罵嗤。我公書勢妙天下，京洛萬口群交推。天馬奮迅秋隼擊，邁踪顔柳追羲之。敢將此紙乞筆法，興到倘肯書新詩。什襲篋衍比球璧，子孫世世期無遺。巧偷縱遇蕭翼輩，缸面不飲嗟何爲？

庚寅十月望日，世小侄李葆恂

跋

壬寅仲春，冠疫肆虐，余終日无所事事，枯坐累月，无聊至極。幸有所藏前賢芳翰，可供撫挲觀賞，品玩良久，于其中檢出清中晚之善鑒富藏者翰札數叢，有直述辨析燭照之决者，有旁及時艱離亂者，更有官場迎送之舉，林泉悠游之況，世態人心，管窺豹斑，頗可玩味。隨即着手編綴成册，借此稍遣扃牖而居之苦悶。

或謂收聚藏弆，誠樂事也，亦苦事也，個中甘苦非數十年浸淫其間者莫可盡道哉。其樂也，非關積珍秘以豐貨殖，數十載旁搜遠紹，披沙煉金，得錦囊玉軸幾許，每于静幽清寂之居，獨對先賢名迹，思接千載，心游物外，怡情悦性，足可充烟雲供養，其樂自是無窮也。其苦也，知而不可見，見而不可得，得而不可全，全而不可留，其中緣由，佛家早有揭示，所謂『求不得』『愛别離』是也，其苦亦不堪言。好古敏求者大抵都能體會。

是集所選者，佛山吴荷屋、宗室崇恩、吴縣潘西圃、元和顧子山、中江李眉生、濟寧孫莱山、常熟邵息盦、奉天李文石，皆爲嘉道後鑒藏大家，考辨鑒審允推斫輪，成就名望一時之選。至于歸安吴平齋，吴縣吴愙齋、潘伯寅，溧陽端午橋，皆爲一時鑒藏巨子，或已有單集刊印，或已入編别集，故不再編入，以免重複出版，徒貽責紙之譏。

是書成編之時，白謙慎先生欣然題寫書名，李軍先生爲之撰文作序，滬上諸簡甫兄、西泠譚貞寅女史數度指謬正訛，拾漏補缺。衷心感謝之餘不禁感慨萬千，慶幸各位好友皆能幸免于疫，復歸康寧，在此祈祝各位師友無病無災，一生平安！是以爲跋。

癸卯立夏吴趨篤齋

圖書在版編目（CIP）數據

篤齋藏晚清鑒藏家翰札 / 李雋編. -- 杭州 : 西泠印社出版社, 2024.3
（魚傳尺素）
ISBN 978-7-5508-4476-6

Ⅰ. ①篤… Ⅱ. ①李… Ⅲ. ①書信集－中國－清後期 Ⅳ. ①I265.2

中國國家版本館CIP數據核字（2024）第067559號

魚傳尺素

篤齋藏晚清鑒藏家翰札

李雋 編

出品人 王淩永
品牌策劃 來曉平
封面題簽 白謙慎
責任編輯 譚貞寅
責任出版 馮斌强
責任校對 曹卓
出版發行 西泠印社出版社
（杭州市西湖文化廣場三十二號五樓 郵政編碼 三一〇〇一四）
經銷 全國新華書店
設計製作 杭州漢罡文化創意有限公司
印刷 浙江海虹彩色印務有限公司
開本 八八九毫米乘一一九四毫米 十六開
字數 二一〇千
印張 二十點七五
印數 〇〇〇一—一八〇〇
書號 ISBN 978-7-5508-4476-6
版次 二〇二四年三月第一版 第一次印刷
定價 肆佰玖拾捌元

西泠印社出版社發行部聯繫方式：（〇五七一）八七二四三〇七九